WHITLEY COX

New Year's with the SINGLE DAD

Emmett

Whitley Cox ist an der kanadischen Westküste geboren und aufgewachsen. Sie studierte Psychologie und unterrichtete zeitweise in Indonesien, bevor sie in ihre Heimat zurückkehrte. Heute ist sie mit ihrer Highschool-Liebe verheiratet und Mutter von zwei Töchtern.

Bei More Taschenbuch liegen bereits ihre Romane »Hired by the Single Dad – Mark«, »Dancing with the Single Dad – Adam«, »Saved by the Single Dad – Mitch«, »Living with the Single Dad – Aaron« und »Christmas by the Single Dad – Zak« vor.

Auch achtzehn Monate nach seiner Scheidung weiß der alleinerziehende Arzt Dr. Emmett Strong nicht, wie das alles geschehen konnte. Er hatte sich immer für einen guten Ehemann und Vater gehalten, und dann lagen auf einmal die Scheidungspapiere auf dem Tisch – ohne jede Erklärung. Niemals wieder wird er zulassen, dass man ihm und seiner Tochter Josie wehtut, und daher ist eine neue Frau kein Thema. Doch das Schicksal scheint andere Pläne zu haben, denn überall trifft er auf Zara, die Besitzerin des Blumenladens. Als sie dann auch noch Gast auf derselben Silvesterparty ist, fragt sich Emmett, ob vierundzwanzig Stunden nicht vielleicht doch ein ganzes Leben verändern können.

Eigentlich hatte Zara ganz andere Päne für ihr Leben. Aber auch wenn ihre Ehe gescheitert ist, so liebt sie ihr Leben mit ihrem Sohn Nolan und die Arbeit in ihrem Blumengeschäft. Sie ist glücklich, finanziell unabhängig, und alles ist gut so, wie es ist. Doch dann kommt ihr immer wieder dieser gutaussehende Arzt in die Quere. Erst im Coffee-Shop, dann in ihrem Blumengeschäft und auch noch auf der Party ihrer Freunde. Aber Zara hat keine Zeit für Männer in der Midlife-Krise, die sich nicht binden wollen. Und sie wird auch nach Mitternacht als Single ins neue Jahr gehen …

WHITLEY COX

New Year's with the SINGLE DAD

Emmett

ROMAN

Aus dem Amerikanischen
von Michelle Landau

more
Immer mit Liebe

Titel der Originalausgabe
New Year's with the Single Dad

MIX
Papier | Fördert gute Waldnutzung
FSC® C083411

ISBN 978-3-98751-038-0

More ist eine Marke der Aufbau Verlage GmbH & Co. KG

1. Auflage 2024

www.aufbau-verlage.de
10969 Berlin, Prinzenstraße 85

Umschlaggestaltung Grit Bomhauer
graphische Adaption www.buerosued.de, München
unter Verwendung von Motiven von © autsawin uttisin; photonova, Giamportone; Ron Dale; Vitaly Korovin; fizkes
Satz LVD GmbH, Berlin
Druck und Binden CPI books GmbH, Leck, Germany

Printed in Germany

For Danielle and Jillian,
my critique partners and two seriously awesome bitches.
Thank you for everything.

Kapitel 1

Kaffee!

Er brauchte Kaffee.

Am besten einen Liter Espresso intravenös, zumindest aber seinen extragroßen schwarzen Kaffee im Trinkrucksack auf den Rücken geschnallt.

Wie um alles in der Welt sollte er diesen Tag durchstehen? Diesen Abend?

Dr. Emmett Strong stampfte den Schnee von seinen schwarzen Businessschuhen und lockerte den Kragen seines Mantels, bevor er auf den Tresen des Coffeeshops in der Seattler Innenstadt zutrat. Was für ein Glücksfall, dass er genau im richtigen Moment gekommen war und nicht erst zwanzig Minuten anstehen musste.

Ging es vielleicht endlich bergauf in seinem Leben?

Wäre höchste Zeit.

Er wandte sich an einen der beiden Baristas, die darauf warteten, seine Bestellung aufzunehmen.

»Was darf's sein?«, fragte ihn der Barista mit dem Ziegenbärtchen und der leicht schief sitzenden roten Krawatte.

»Ein großer Kaffee mit zwei extra Espressoshots, bitte.

Und ein Bagel mit Frischkäse, Lachs und Gurke.« Er runzelte die Stirn, kaum, dass die Bestellung seinen Mund verlassen hatte, denn es hatte geklungen, als hätte er in Stereo gesprochen.

Die beiden Baristas hinter dem Tresen sahen ihn und den Menschen neben ihm ebenso überrascht, ja beinahe erschrocken an. Anscheinend hatten sie gleichzeitig exakt dieselbe Bestellung aufgegeben.

Was für ein ungewöhnlicher Zufall.

Er wandte den Kopf, um herauszufinden, wer da seine Frühstücksvorlieben teilte, und erblickte eine äußerst attraktive Frau, die nun herzhaft lachte. Ihr hellbraunes Haar war zu einem glatten Bob frisiert, der ihr bis knapp unters Kinn reichte, und ihre himmelblauen Augen strahlten.

»Gute Wahl«, sagte sie noch immer lachend. »Aber nur damit das klar ist: Falls es nur noch einen Bagel gibt, ist das meiner. Ich bin spät dran und kurz vorm Verhungern.«

»Sie beide kennen sich gar nicht?«, fragte der eine Barista.

Emmett schüttelte den Kopf, die umwerfende Frau neben ihm ebenfalls.

»Nur Frühstücks-Seelenverwandte«, sagte sie fröhlich.

»Wir haben genug Bagels für Sie beide«, fügte die andere Barista hinzu. Ihr aufgedrehter Tonfall ließ ahnen, dass sie an diesem Morgen vermutlich ebenfalls schon zwei oder drei Espressos getrunken hatte. »Aber eine so synchrone Bestellung hatten wir noch nie. Das war fast schon unheimlich.«

Die Baristas kassierten Emmett und die Unbekannte neben ihm ab. Sie zückten beide ihre Kreditkarten, bezahlten und traten dann wie zwei wohlerzogene Rinder beiseite, damit die nächsten Koffeinabhängigen fair gehandelten Arabica-Kaffee in ihren Blutkreislauf pumpen konnten, um es durch den Tag zu schaffen – und durch diese Nacht, die für alle lang sein würde.

Obwohl heute Silvester war, hing noch Weihnachtsdekoration von der Decke und in den Fenstern des Coffeeshops, und im Radio liefen nach wie vor Hits wie Mariah Careys *All I want for Christmas*. Emmett konnte es kaum erwarten, bis der Sender wieder zu seinem üblichen geschmackvollen Classic-Rock-Mix zurückfand und er nicht mehr diesen Glitzermist ertragen musste, während er auf sein Frühstück wartete.

Na ja, zumindest bis der Valentinstag wie ein fetter kleiner Engel über sie herfallen würde. Dann war hier alles voller roter und pinker Herzen und noch mehr Glitzer – oder, wie er es nannte, dem Herpes der Bastelmaterialien. Seine fast sechs Jahre alte Tochter Jojo liebte alles, was glitzerte. Er fand ständig Glitzer in seiner Wäsche, seinen Schuhen – seinem Essen.

Sie sollte diesen Mist einfach bei ihrer Mutter lassen.

Er warf der Frau neben ihm einen Blick zu. Sie war groß. Nicht unnormal groß, nicht größer als er mit seinen gut 1,90, aber größer als seine Ex. Größer als die meisten Frauen.

Sie hielt das Kinn hoch erhoben, mit einem Selbstbewusstsein, das er bewundernswert fand, ihr Blick war scharf, auf den vollen Lippen lag ein freundliches Lächeln. Sie hatte ein tolles Profil, und eine Aura der Ruhe und Sicherheit umgab sie wie ein warmes Leuchten.

Er musste sie zu offensichtlich angestarrt haben, denn ihr Blick huschte zu ihm, und sie wandte sich ihm zu. »Meinen Sie, die bringen unsere Bestellungen gleichzeitig raus, oder müssen wir uns um die erste kloppen?«

Emmett verzog die Lippen zu einem kleinen Grinsen. »Sie können gern die erste haben.«

Sie kniff die hellblauen Augen leicht zusammen, ballte eine Hand zur Faust und spannte den Oberarm an. »Sicher, dass Sie nicht darum Armdrücken wollen?«

Emmett lachte und sah sich kurz im Coffeeshop um. »Leider gibt es keinen freien Tisch.« Er schnippte mit den Fingern. »Verdammt. Und dabei hätte ich Sie so gern fertiggemacht.«

Er war den ganzen Morgen über schlecht gelaunt gewesen – zu viel Bier beim Pokerabend gestern –, und sein letztes Jahr war absolut beschissen gewesen. Aber das Lächeln dieser Frau holte ihn aus dem dunklen Loch, in dem er heute Morgen aufgewacht war. Mehr noch, ihr Lächeln ließ seinen Magen Purzelbäume schlagen und Hitze in diverse Körperteile steigen – diverse *intime* Körperteile.

»Oha, Sie haben ja ein ganz schön großes Ego«, sagte sie, und ihre unbekümmerte Art ließ ein wenig Anspannung aus seinen Schultern weichen.

»Ich bevorzuge die Bezeichnung Selbstbewusstsein«, erwiderte er ebenfalls grinsend.

Sie streckte ihm die Hand entgegen. »Zara Olsen. Gern einfach Zara.«

Er schüttelte ihre Hand. Sie war weich, aber ihr Griff fest. »Emmett. Emmett Strong.«

Sie warf den Kopf in den Nacken und lachte. Sie hatte ein umwerfendes Lachen. »Dein Nachname ist *Strong*?«

Ihm war bewusst, wie dämlich er grinste, aber es war ihm egal. Es gefiel ihm, wie er sich in Gesellschaft dieser Frau fühlte. Sie gefiel ihm. »Jap. Hab's dir doch gesagt, beim Armdrücken hättest du keine Chance. Mein Name lügt nicht.«

»Also, wenn das so läuft, dann ist mein Nachname nicht Olsen, sondern *Brilliant*. Zara Brilliant.« Sie streckte ihm noch einmal die Hand hin. »Freut mich, dich kennenzulernen.«

O ja, sie gefiel ihm definitiv. Hübsch und schlagfertig – eine unschlagbare Kombination.

Vor zwanzig Jahren, als er in einem der überfüllten Clubs im Univiertel auf der Pirsch gewesen war, wäre er sturzbetrunken gewesen und hätte vermutlich einen Spruch losgelassen wie: »Dein Nachname sollte eher *Gorgeous* sein.« Aber inzwischen war er klüger. Er schüttelte den Kopf bei der Erinnerung daran, was für ein pussybesessenes Monster er damals gewesen war. Er würde sein Möglichstes tun, um solche Typen von Jojo fernzuhalten. Sein Ego damals hätte die Sonne in den Schatten stellen können.

Er unterdrückte ein Schaudern angesichts dieser peinlichen Erinnerungen.

Dieser Typ war er jetzt nicht mehr.

Er war erwachsen geworden. Reifer. Er war Vater eines wunderhübschen kleinen Mädchens, das er am liebsten in Luftpolsterfolie wickeln und vor jeglichem Herzschmerz beschützen wollte.

Zara zog eine dunkle Augenbraue hoch. »Alles klar, *Mr Strongman*?« Ihre auffallend üppigen Lippen zuckten, als sie versuchte, nicht zu lachen.

Emmetts Brust bebte, und er grinste sie an. »Jap, hab nur gerade mein zwanzigjähriges Ich davon abgehalten, den Spruch zu bringen, den es vor zwei Jahrzehnten gebracht hätte.« O Mann, warum hatte er das gesagt? Jetzt würde sie bestimmt wissen wollen, was das für ein Spruch war.

Neugier flackerte über ihr Gesicht, und sie öffnete schon den Mund, als der Barista zu Emmetts Rettung herbeigeeilt kam. »Extragroßer schwarzer Kaffee mit zwei Espressoshots und ein Bagel mit Frischkäse, Lachs und Gurke«, sagte er.

Oh, Gott sei Dank.

Emmett neigte den Kopf, um Zara den ersten Kaffee und Bagel anzubieten, und wollte schon so etwas sagen wie »Nach dir«, als der Barista dieselbe Bestellung neben die erste stellte und sagte: »Mal zwei.«

Sie griffen beide nach ihrem Kaffee und Frühstück. Als sie gleichzeitig die Hand um ihre riesigen Kaffeebecher legten, streiften Emmetts Fingerknöchel die ihren, und eine Welle aus etwas, das er nur als elektrische Spannung bezeichnen konnte, schoss direkt von seiner Hand zwischen seine Beine.

»Lass dir dein Frühstück schmecken, *Mr Strong*«, sagte Zara und lachte wieder, während sie sich zum Gehen wandte. Über die Schulter hinweg lächelte sie ihn noch einmal an und schüttelte den Kopf, dann schob sie leise lachend die Tür auf und trat hinaus auf den Gehsteig.

Wieso hatte er sie nicht gefragt, ob sie sich zu ihm setzen und mit ihm frühstücken wollte? Wieso hatte er nicht nach ihrer Nummer gefragt? Wieso hatte er nur dagestanden wie ein Idiot, gegrinst wie ein Idiot, mit ihr geflirtet wie ein Idiot und die schönste, interessanteste Frau, die er seit Langem kennengelernt hatte, dann einfach gehen lassen?

Weil du Angst hast. Du dachtest, dass Tiff die Liebe deines Lebens ist, deine Seelenverwandte, und sie hat dir das Herz rausgerissen und ist darauf herumgetrampelt. Du willst nicht, dass das noch einmal passiert.

Halt die Klappe. Ich habe keine Angst.

Na ja, du führst Selbstgespräche … also bist du zumindest ein bisschen verrückt.

Grummelnd nahm er einen Schluck von seinem Kaffee, und das Koffein flutete seine Venen und machte ihn endlich richtig wach. Er bahnte sich einen Weg durch die wartenden Menschen zur Tür. Es war stürmisch heute, aber zum Glück war das Krankenhaus nur fünf Minuten entfernt. Hoffentlich wurde er unterwegs nicht weggeweht. Hoffentlich würde er Zara noch einmal begegnen.

Und was willst du tun, wenn du sie wiedersiehst? Sie zum Armdrücken herausfordern?

Vielleicht. War das denn so eine schlechte Idee? Auf die Art könnte er sie wenigstens wieder berühren.

Emmett seufzte. Jetzt benahm er sich schon wie ein liebeskranker Teenager. Er war nicht ganz sicher, ob das besser oder schlechter war als der dauergeile Zwanzigjährige.

Er zog den Reißverschluss seines Wintermantels bis zum Kinn hoch, zog den Kopf ein und machte sich auf den

Weg Richtung Arbeit. Vielleicht würde es ja seine Laune heben, die nächsten neun Stunden lang Leute zusammenzuflicken und gebrochene Gliedmaßen zu behandeln, oder ihn zumindest davon abhalten, über sein einsames Leben nachzugrübeln und an seine Ex-Frau zu denken und an ihren Neuen, Huntley den Vollidioten.

Es war Silvester, und in der Notaufnahme würde heute die Hölle los sein.

Es war Silvester, und Emmett hatte niemanden.

Es war Silvester – nächstes Jahr musste besser werden.

Morgen musste besser werden.

Zara rannte durch die automatische Tür des Krankenhauses, eine Hand in ein Papiertuch gewickelt und fest an die Brust gedrückt. Es hatte angefangen zu schneeregnen, und ihr klebte das Haar an Gesicht und Nacken. Sie hatte keine Zeit gehabt, ihren Mantel anzuziehen – nicht, dass sie dazu noch in der Lage gewesen wäre –, deswegen zitterte sie nun heftig, als sie auf den Empfangstresen zuging. »Ich habe mich ziemlich übel geschnitten und brauche bitte Hilfe«, sagte sie zu der müde wirkenden Spätfünfzigern dahinter.

Die Frau tippte weiter auf ihrer Tastatur. Sie hob nicht mal den Blick vom Bildschirm ihres Computers. »Nehmen Sie bitte Platz, es wird sich bald jemand um Sie kümmern.«

Zara riss die Augen auf. Das Wartezimmer des Krankenhauses war voll bis obenhin. In jeder Ecke schniefte und hustete irgendjemand. Sie unterdrückte den Drang, den Kragen ihres Oberteils über Nase und Mund ziehen, um sich hier nichts einzufangen.

Aber das war im Moment ihre geringste Sorge. Viel mehr Sorgen musste sie sich um ihre Hand machen, die noch immer nicht aufgehört hatte zu bluten. Sie wusste, dass sie sie höher als ihr Herz halten sollte, und sie tat ihr Bestes, aber die letzten Blumenstraß-Bestellungen fertig zu machen, bevor der Laden für heute – für dieses Jahr – schloss, war mit einer Hand doch etwas schwierig.

»Ich brauche wirklich einen Arzt«, sagte sie bittend. Ein kleines Blutrinnsal war dem Papiertuch entkommen und schlängelte sich ihr Handgelenk hinunter.

Die Frau hinter dem Tresen hob endlich den Blick von ihrem Bildschirm und sah Zara aus grauen Augen mürrisch an. »Sie und alle anderen hier. Sie können entweder in die Notaufnahme gehen, einfach den Flur runter, oder hier Platz nehmen. Es gibt eben nicht mehr Ärzte in dieser Klinik, als da sind, und die nehmen die Patienten in der Reihenfolge dran, in der sie angekommen sind.« Sie starrte Zara noch eine halbe Sekunde an, ihre Mundwinkel sackten nach unten, und dann tat sie einfach so, als wäre Zara gar nicht mehr da und wandte sich wieder ihrem Computer zu.

Zaras Blick huschte zu dem Schild über der Rezeption. *Tagesklinik.*

Sie musste in die Notaufnahme. Das hier war schließlich ein Notfall. Gott, wieso waren Krankenhäuser immer aufgebaut wie ein Labyrinth? Wie sollte man denn da die Station finden, die man brauchte, bevor man verblutete? Wer weiß, wie viele schon auf der Suche nach dem Geschenkeshop an Altersschwäche gestorben waren.

Beide Hände über den Kopf gehoben – die verletzte und die andere, um das Papiertuch festzuhalten – ging sie mit schnellen Schritten den Flur entlang auf das große gelbrote Schild zu, auf dem *Notaufnahme* stand.

Sie hatte es fast erreicht, als direkt vor ihr eine Tür aufging und sie ins Gesicht traf – und gegen ihre Hand stieß.

Sie fiel nach hinten, landete auf ihrem Po, das Papiertuch flog weg, und Blutstropfen besprenkelten die Wand neben ihr.

»Oh!«, sagte eine sanfte Stimme. »Alles okay?«

Zara blinzelte heftig, bevor sie sich auf ihre Ellbogen hochstemmte und den Kopf weit genug heben konnte, um zu erkennen, dass niemand anderes als Mr Strong aus dem Coffeeshop auf sie herabsah.

Er erkannte sie sofort. Er lächelte, allerding nur, bis ihm

ihre blutende Hand auffiel und die frischen Blutflecken an der Wand. Sein Lächeln erlosch.

Er runzelte die Stirn. »Du bist verletzt«, sagte er besorgt. Er half ihr mit einem sanften Griff unter dem Arm auf, zog eine Packung Taschentücher aus der Tasche und drückte eines davon schnell wieder auf den Schnitt an ihrer Hand, um den Blutfluss zu stoppen.

Mit einer Hand in ihrem Rücken, die andere um ihre verletzte Hand gelegt, führte er sie den Flur zurück, aus dem sie gekommen war, doch bevor sie den Tresen von Schwester Grummelliese erreichten, bog er rechts in einen leeren Untersuchungsraum ab.

»Schwing dich auf die Liege, und dann schauen wir uns das mal an«, sagte er, schloss die Tür, ging zu einem kleinen Waschbecken in der Ecke und wusch sich die Hände. »Was ist denn passiert?«

»Ich habe mich an einer Vase geschnitten«, sagte sie, während sie seine Bewegungen beobachtete. Er trocknete sich die Hände ab und zog blaue Latexhandschuhe an, bevor er zu ihr zurückkam und vorsichtig ihre Hand in seine nahm. Sie zuckte zusammen, als er das Papiertuch löste und ihre Hand drehte.

Er sog scharf die Luft ein. »Das ist wirklich ein tiefer Schnitt. Autsch!«

Sie verdrehte die Augen. »Ich bin so eine Idiotin.«

»Das bezweifle ich sehr«, sagte er, zog eine Schublade

neben sich auf und begann darin herumzukramen. »Auch Genies verletzen sich hin und wieder mal. Ich kann mir nicht vorstellen, dass Einstein sich nie das Knie aufgeschürft oder sich den Ellbogen angeschlagen hat.«

Sie konnte sich ein schiefes Lächeln nicht verkneifen. »Vielleicht. Aber ich sollte es besser wissen. Ich wollte einfach zu viel auf einmal machen.«

Er zog eine Spritze auf und reichte ihr ein Stück Mullbinde. »Drück das bitte auf den Schnitt.«

Sie tat wie geheißen, fasziniert von seinen selbstsicheren Bewegungen und der Geschicklichkeit seiner ruhigen, fähigen Hände.

Dann wurde ihr plötzlich etwas klar. Er hieß nicht nur *Strong* mit Nachnamen, er war zu allem Überfluss auch noch Arzt.

Zara schnaubte.

Er hob den Kopf. »Was ist so lustig?«

Sie schnaubte wieder. »Mir ist nur gerade klar geworden, dass du *Dr. Strong* bist.«

»Genau der bin ich.«

»Arbeitest du nebenher noch als Astronaut? Bist du vielleicht *Astronaut Dr. Strong*? Denn sonst fällt mir echt nichts mehr ein, das dich noch ...«

Er hob eine dunkle Augenbraue, die den Mundwinkel auf derselben Seite mit hochzuziehen schien. »Das mich noch ...?«

Sie hob ihre gesunde Hand und ließ sie dann wieder auf die Liege fallen. »Keine Ahnung … das dich noch anziehender macht? Noch attraktiver? Zu einem noch besseren Fang?«

War sie zu offensiv?

Tja, und wenn schon.

Zara war noch nie schüchtern gewesen und auch nicht der Typ, der lange um den heißen Brei herumredete. Sie sagte immer, was sie dachte.

Sie fand diesen Mann attraktiv. Es gab keinen Grund, wieso sie das nicht aussprechen sollte. Oder?

Sein zweiter Mundwinkel hob sich nun auch. »Deine Direktheit gefällt mir … aber ich kann dir versichern, dass nicht alle Frauen mich anziehend finden oder gar für einen guten Fang halten.«

Dann sind diese Frauen verrückt.

Den Gedanken behielt sie doch lieber für sich. Es gab einen Unterschied zwischen Direktheit und Aufdringlichkeit. Sie war bekannt für beides.

»Ich bin allerdings kein nebenberuflicher Astronaut«, sagte er, drückte den Kolben der Spitze einen Millimeter hoch, so dass ein paar Tröpfchen herausspritzten. Dann kam er damit zu ihr und nahm die Mullbinde von ihrer Hand. »Das tut jetzt vielleicht ein bisschen weh. Ich betäube die Hand, bevor ich die Wunde nähe.«

Zara schluckte und nickte. »Okay. Ich habe schon eine

Geburt mitgemacht. Ein kleiner Piks ist nichts im Vergleich dazu.«

Sein leises Lachen war tief und kehlig. »Das ist die richtige Einstellung.« Er nahm ihre Hand. »Stillhalten.«

Genau das tat sie.

»Allerdings arbeite ich nach Feierabend ab und zu noch als Polizist«, witzelte er, als er die Nadel sanft in die Haut stach. »Irgendwie muss ich ja diese ganzen Studienkredite abbezahlen. Ein Medizinstudium ist nicht billig.« Er zog die Spitze zurück und drückte die Mullbinde wieder auf den Schnitt, der immer noch blutete.

»Du bist also *Officer Dr. Strong*?«, fragte sie.

Er nickte. »Genau genommen *Captain Dr. Strong*. Aber du kannst mich gern *Officer* nennen. Captain klingt immer so formell.«

Sie verdrehte die Augen über seinen frotzelnden Tonfall und sein Grinsen.

»Ach was, zum Teufel damit. Du kannst mich Emmett nennen.« Er nahm die Mullbinde weg und drückte leicht auf die Haut um den Schnitt. »Wie fühlt sich das an? Schon taub?«

Sie spürte überhaupt nichts. »Jap.«

Er lächelte. »Gut.« Er ließ sich auf einen Rollhocker fallen, öffnete eine Schublade neben der Liege und holte die Instrumente zum Vernähen heraus. »Du hast also Kinder?«

Zara hielt ihre Hand im Schoß und starrte auf seinen Scheitel, während er das Nähen der Wunde vorbereitete, als hätte er das schon eine Million Mal getan – was vermutlich sogar stimmte.

Er hob den Kopf. »Kinder?«

Richtig.

»Ich habe einen Sohn«, sagte sie und spürte, wie die Hitze aus ihren Wangen ihren Hals hinunter- und bis zu ihrem Haaransatz hinaufwanderte. »Er ist sieben.« Sie war zu fasziniert von diesem attraktiven Mann vor ihr, um klar denken zu können.

Und sie hatte eine ganze Menge Blut verloren.

Ja, genau, Blutverlust. Deswegen benahm sie sich wie eine Idiotin. Das hatte nichts mit sexy Dr. Strong zu tun oder seinem vollen, kurzen, dunklen Lockenschopf und den bernsteinfarbenen Augen. Und diese Wimpern – sie zahlte alle drei Wochen einen Haufen Geld, um solche Wimpern zu haben.

Und sein Duft. Oh, so männlich, so frisch. Wie schaffte er es, in einem Krankenhaus so köstlich zu riechen?

»Ich habe eine Tochter«, sagte er, nahm ihre Hand und legte sie neben ihrer Hüfte auf eine sterile Unterlage. »Sie ist fast sechs.«

»Wie heißt sie?«, fragte Zara. Sie musste die Unterhaltung am Laufen halten, sonst würde sie sich am Ende noch vorlehnen und an seinem Haar schnuppern oder zumindest mit ihrer freien Hand hindurchfahren. Es sah so dicht und voll aus. Sie liebte Männer mit vollem Haar.

»Josephine«, sagte er, als er die Mullbinde wieder von ihrer Hand nahm. »Aber wir nennen sie Josie oder Jojo.«

Wir.

Er war also verheiratet.

»Wie heißt denn dein Sohn?« Er begann, den klaffenden Schnitt zwischen ihrem Daumen und ihrem Zeigefinger zu nähen. Gott sei Dank war es ihre rechte Hand – sie war Linkshänderin.

»Nolan«, antwortete sie. »Früher, als er gerade erst sprechen gelernt hat, hat er sich selbst Nono genannt. Das ist dann irgendwie hängengeblieben.«

Emmett hob den Kopf. »Das gefällt mir. Jojo und Nono.« Mit dem Kinn deutete er auf ihre freie Hand, die auf ihrem Oberschenkel lag. »Bist du Links- oder Rechtshänderin?«

»Linkshänderin zum Glück. Sonst hätte ich jetzt echt ein *Riesen*problem.«

»Oooh, ein Linksi. Jojo ist auch ein Linksi.«

»Wir Linksis sind ziemlich cool.«

»Da kann ich nicht widersprechen.«

Er hatte so eine beruhigende Ausstrahlung, seine Berührungen waren sanft und sicher. Sie fragte sich, wieso sie ihm bisher noch nie über den Weg gelaufen war – schließlich war ihr Blumenladen direkt um die Ecke.

»Irgendwelche großen Pläne für heute Abend?«, fragte er, während er weiternähte.

»Eine Freundin hat mich zu ihrer Party eingeladen. Nichts Großes – zumindest hoffe ich das. Nur ein paar Leute, die zusammensitzen, essen und trinken. Und kinderfreundlich, was super ist, weil Nolans Dad heute arbeiten muss.«

»Was arbeitet dein Mann denn?« Gekonnt verknotete er den letzten Stich und schnitt den Faden mit einer Edelstahlschere ab.

»Nolans Vater ist nicht mein Mann. Er ist mein bester Freund, und er ist schwul.«

Wieso erzählte sie ihm das?

Weil du willst, dass er weiß, dass du Single bist.

Er räumte die Nähinstrumente weg, schloss die Schublade und zog die Handschuhe aus. Er hatte noch nichts gesagt. Wartete er darauf, dass sie die Situation näher erklärte?

»Wir sind schon seit der Grundschule befreundet. Wir waren mal zusammen – oder haben es zumindest versucht. Hatten unser erstes Mal miteinander, und so hat er dann rausgefunden, dass er schwul ist. Ein ganz schöner Schlag für mein Ego, aber ich bin drüber hinweggekommen.«

Emmett lachte leise, und sein Lachen war warm und verdammt sexy. Die Hitze in seinem Blick ließ Flammen in ihrem Bauch tanzen. Die Härchen auf ihren Armen richteten sich auf und sandten ein Kribbeln über ihre Haut.

Sie schluckte schwer, bevor sie weitersprach. »Wir haben einen Pakt geschlossen. Wenn wir mit sechsunddreißig noch nicht verheiratet sind oder Kinder haben, dann bekommen wir zusammen eins. Ziehen das Baby gemeinsam groß.«

Er setzte sich wieder auf den Rollhocker und sah sie an, seine Augen voller Neugier, sein Mund zu einem freundlichen, kleinen Lächeln verzogen.

»Ich habe geheiratet, als ich siebenundzwanzig war und mich mit vierunddreißig wieder scheiden lassen. Wir hatten keine Kinder. Wie sich herausgestellt hat, wollte mein Ex keine. Als ich dann sechsunddreißig geworden bin, habe ich entschieden, dass ich nicht mehr länger warten will, um Mutter zu werden. Ein Jahr später haben Michael und ich Nolan bekommen. Wir haben zusammengelebt, ihn zusammen aufgezogen. Bis er Shane kennengelernt hat und die beiden geheiratet haben. Dann sind sie ein paar Straßen weiter gezogen, und jetzt teilen wir uns das Sorgerecht für unseren Sohn und ziehen ihn zu dritt groß.«

»Am Anfang ist es echt schwer, oder?«, fragte er. »Diese ganze Sache mit dem geteilten Sorgerecht. Sein Kind nicht jeden Tag zu sehen, sich auf Anrufe oder Videochats verlassen zu müssen.«

War er auch geschieden?

»Meine Ex-Frau und ich haben uns vor etwas über einem Jahr getrennt, und mir ist es am Anfang sehr schwergefallen, Jojo nicht jeden Tag zu sehen. Extrem schwer. Aber irgendwann ist es leichter geworden, und inzwischen nutze ich die Zeit mit ihr voll aus, genieße aber auch die Zeit, die ich für mich habe, und dass ich nicht durchgehend im Daddy-Modus sein muss.«

Zara grinste.

Er verstand es.

Ihr ging es ganz genauso. Sie liebte ihre kinderfreien Zeiten, wenn sie abends noch mit einer Freundin was trinken gehen oder morgens ausschlafen konnte und nicht aufstehen musste, um irgendwem Frühstück zu machen. Sie würde Nolan für nichts in der Welt hergeben, aber es war trotzdem schön, ab und zu Zeit für sich selbst zu haben.

Manchmal musste man sein Kind auch vermissen.

Niemand sollte ununterbrochen an eine andere Person gekettet sein. Nicht einmal an seine eigenen Kinder. Privatsphäre und Zeit für sich waren genauso wichtig wie genug Bewegung und sechs bis acht Gläser Wasser am Tag.

Psychische Gesundheit war kein Witz.

Jeder sollte sich mehr um sich selbst kümmern.

»Wie oft hast du deine Tochter?«, fragte sie. Sie wollte mehr über diesen sexy Arzt erfahren, wollte sich weiter mit ihm unterhalten.

»Drei Nächte in der einen Woche und vier in der nächsten. Meine Ex-Frau ist Dermatologin in einer Privatklinik, ihre Arbeitszeiten sind also ziemlich unflexibel. Meine Stunden hier sind eher chaotisch, aber ich versuche sie so konstant wie möglich zu halten.« Seine Augen funkelten. »Ein Belegarzt zu sein ist da ganz hilfreich.« Er griff nach ihrer Hand. »Sehen wir uns das doch noch mal an.«

Er hatte die Handschuhe ausgezogen, also spürte sie seine Berührung nun Haut an Haut. Seine Hände waren groß und warm, seine Finger lang und gewandt. Zara schluckte hart und rutschte ein wenig auf der Liege hin und her, als sie sich vorstellte, wie diese Finger ihre Fußballen bearbeiteten, ihre müden, schmerzenden Schultern, die Knoten in ihrem Nacken … und definitiv auch Körperteile weiter südlich. Seine Berührung war nicht nur sanft, sondern auch stark und selbstsicher, fähig und voll von einer Wärme, die sie an ein Kaminfeuer in einer alten Burg erinnerte. Einladend und beschützend. Mächtig und verschlingend.

Er fuhr mit dem Daumen sanft über die Stiche. »Sie sind schön flach, sollten dich kaum beeinträchtigen. Könnte allerdings ein bisschen jucken.« Er zog die Schublade neben der Liege wieder auf und holte eine Rolle Mull heraus. »Ich verbinde die Hand vorsichtshalber, falls es noch mal anfangen sollte zu bluten. Halte sie sauber. In zwei

Wochen kannst du dir von deinem Hausarzt die Fäden ziehen lassen.«

Mit einer Hand hielt er ihre fest und begann mit der anderen, den Verband anzulegen. Sein Blick huschte hoch zu ihrem. »Was arbeitest du denn eigentlich, wobei du eine große Vase rumtragen musstest?«

»Ich bin …«

Ein Vibrieren in seiner Tasche ließ sie innehalten.

Mit einer Hand hielt er den Verband an ihrer Hand fest, während er mit der anderen in die Tasche griff und sein Handy herauszog. »Mist«, murmelte er. »Ich muss los. Tut mir leid.«

Mit der linken Hand winkte sie ab. »Nein, nein. Geh Leben retten. Geh abgefallene Körperteile wieder annähen und Gedärme dahin zurückstecken, wo sie hingehören. Das ist doch dein Job. Danke *dir* fürs Zusammennähen, das weiß ich sehr zu schätzen.«

Er lächelte, war aber offensichtlich noch abgelenkt von dem, was er auf seinem Handy gelesen hatte. Er griff nach einer Rolle medizinischem Klebeband, befestigte damit den Verband und stand dann auf. »Alles Gute, Zara«, sagte er, die Hand schon auf der Türklinke. »Und versuch, dich ein paar Tage lang von Vasen fernzuhalten.«

Damit verschwand er durch die Tür, nachdem er ihr noch ein letztes Lächeln zugeworfen hatte, das ihr Inneres zu Brei zerfließen ließ und Hitze zwischen ihre

Beine sandte. Zara blieb allein zurück, mit einer bandagierten Hand und einem albernen Grinsen im Gesicht, und fragte sich, wie und wann sie ihn wohl wiedersehen würde.

Kapitel 2

Emmett öffnete seinen Spind im Umkleideraum der Belegärzte und hängte sein Namensschild und das Stethoskop hinein. Hinter ihm wurde die Tür geöffnet, und hereingeschlendert – ja, geschlendert, denn der Typ hatte einfach immer diese lässig großspurige Art an sich – kam Riley McMillan.

Riley grinste sein freches Grinsen und klopfte Emmet auf die Schulter. »Du bist heute Abend doch noch dabei, Kumpel, oder? Daisy hat sich ihren hübschen kleinen Arsch aufgerissen, um alles vorzubereiten. Hat Caterer angeheuert, Kellner, einen Barkeeper, das ganze Drum und Dran. Du weißt doch, wie gern meine Frau Partys organisiert.«

»Das ist der einzige Grund, wieso ich komme«, sagte Emmett, fuhr sich mir der Hand durch die Haare und warf einen Blick in den Spiegel an der Innenseite seiner Spindtür. Er sah müde aus, aber eine ausgiebige Dusche würde das schon wieder hinbiegen. »Deine Frau schmeißt die besten Partys – und damit meine ich, dass sie die besten Caterer der Stadt engagiert und ihr immer eine offene Bar habt.«

Riley öffnete seinen eigenen Spind und streifte seinen weißen Arztkittel ab. »Die Party heute wird super.« Er grinste so durchtrieben, dass sich Emmetts Nackenhaare aufstellten. Daisy hatte immer ein paar Überraschungen auf Lager – die Frau war schließlich professionelle Verkupplerin. War das heute etwa eine *dieser* Partys?

Wieso war ihm diese Möglichkeit nicht früher schon in den Sinn gekommen?

»Was hat deine Frau denn diesmal geplant?«, fragte Emmett, steckte die Arme in die Ärmel seines Wintermantels und zog den Reißverschluss hoch. »Ich habe kein Interesse daran, verkuppelt zu werden, falls das das Ziel des heutigen Abends ist. Jojo wird auch da sein, und ihr kennt doch alle meine Einstellung dazu, ihr jemand Neues vorzustellen. Nur weil meine Ex Jojo ihren neuen Macker viel zu früh vorgestellt hat, heißt das nicht, dass ich meiner Tochter dasselbe antun werde.«

Riley verdrehte die Augen. »Eine neue Freundin haben oder einfach nur jemanden kennenlernen, um zu sehen, ob da vielleicht ein Funke überspringt, sind doch zwei grundverschiedene Dinge. Außerdem werden die Kinder sowieso mit einem Babysitter unten im Spielzimmer sein.«

Emmett biss die Zähne zusammen und versuchte die aufbrodelnde Wut zu bändigen, die heiß durch seine Adern floss. »Ich kann es nicht leiden, verkuppelt zu werden, verdammt nochmal. Das habe ich deiner Frau doch gesagt.«

Riley setzte sich auf die Bank und öffnete die Schnürsenkel seiner Laufschuhe. »Du wirst nicht *verkuppelt.*« Er hob den Kopf und kniff die dunkelbraunen Augen zusammen. Das spitzbübische Grinsen verschwand von seinem Babyface mit den immer rosigen Wangen und wurde von einem ernsten Ausdruck ersetzt. »Solltest du vielleicht vor heute Abend noch im Rage Room vorbeischauen? Bist mal wieder ein bisschen angespannt, Kumpel.«

Der Rage Room war ein neues Geschäft in der Stadt, das seinen Kunden die Möglichkeit bot, alles Mögliche zu zerstören, von Möbeln über Geschirr und Vasen bis hin zu Elektrogeräten. Für fünfzig Dollar konnte man sich dreißig Minuten in einen Raum einmieten, dessen kompletten Inhalt man mit einer Waffe seiner Wahl zertrümmern durfte. Emmett mochte den Baseballschläger aus Aluminium am liebsten, fand aber auch das Brecheisen seltsam befriedigend.

Er hängte sich seine Laptoptasche über die Schulter und seufzte. »Nein. Außerdem hat Luna den Rage Room heute für eine private Party geschlossen, soweit ich weiß.«

»Du bist mit der Eigentümerin schon beim Du?«, fragte Riley, zog seine glänzenden Lederschuhe unter der Bank hervor und schlüpfte hinein. Das anzügliche Grinsen breitete sich wieder über sein blödes Gesicht aus. »Wieso lädst du sie nicht mal auf ein Date ein?«

»Ich bin mir ziemlich sicher, dass sie nicht für unser Team spielt«, sagte Emmett trocken. »Und selbst wenn, ich habe im Moment einfach kein Interesse an Dating. Jojo und meine Arbeit reichen mir völlig.«

Und wieso bekommst du Zara und ihre ausdrucksvollen blauen Augen dann nicht mehr aus dem Kopf? Wem machst du hier eigentlich was vor? Es liegt nicht an ihren Augen, auch wenn sie wunderschön sind. Du denkst die ganze Zeit nur daran, wie ihr klatschnasser Pulli an ihrem sexy Oberkörper geklebt und dir gezeigt hat, was sie zu bieten hat – und mehr.

Riley verdrehte die Augen. »Red dir das nur weiter ein, Kumpel.« Er stand auf, zog seine Winterjacke aus dem Spind und schlüpfte hinein. »Lass die schlechte Laune heute Abend einfach zu Hause, okay? Meine Frau hat sich einen Haufen Arbeit gemacht, um die perfekte Party auf die Beine zu stellen, und ich werde nicht zulassen, dass deine miese Laune ihr das ruiniert. Bester Freund hin oder her, ich werde deinen Hintern höchstpersönlich vor die Tür setzen, wenn ich mitbekomme, dass du andere Gäste anschnauzt.«

Emmett sah seinen Freund mit erhobener Augenbraue an. Riley war zwar knapp vier Zentimeter größer als Emmett, aber Emmett war breiter. Zak, einer der Single Dads von Seattle, betrieb die Club-Z-Fitnessstudios, und alle Single Dads bekamen dort Rabatt – Riley war zwar kein Single Dad, aber er war ebenfalls Mitglied im Club Z. Emmett ging regelmäßig ins Studio, wenn Jojo in der Schule war und er frei hatte. Zak hatte ihm geholfen, Muskelmasse zuzulegen, und inzwischen stemmte er ein beeindruckendes Gewicht – na ja, zumindest fand Emmett es beeindruckend. Zak selbst konnte einen verdammten Chevy Sprint stemmen.

Riley baute sich dicht vor seinem Freund auf. Zog die Brauen zusammen, und sein Mund wurde zu einer schmalen Linie.

Emmett verzog die Lippen und hob eine Augenbraue.

»Ich werde so lange hier stehen bleiben, bis du mir versprichst, die Party meiner Frau nicht zu ruinieren«, sagte Riley schlicht. Eine Locke seines blonden Haars fiel ihm in die Stirn. Er hatte in ihrer Ärzteclique nicht ohne Grund den Spitznamen *Pretty Boy*.

Emmett nickte knapp. »Ich verspreche es.«

»Besorg ihr ein paar Blumen«, sagte Riley, brach den intensiven Blickkontakt ab und warf sich seine Tasche über die Schulter. »Tussen lieben Blumen.«

Emmett schnaubte, und die beiden Männer gingen gemeinsam zur Tür. »Findet deine Frau es okay, dass du sie eine *Tusse* nennst?«

Riley grinste. »Meine Frau hat mich an den Eiern, Mann.

Wenn sie verlangt, dass ich sie *Königin* nenne, würde ich das tun. Ich bin der absolut größte verdammte Glückspilz der Welt, weil ich mit Daisy verheiratet bin.«

Da konnte Emmett nicht widersprechen. Rileys Frau war einer der liebsten Menschen auf dieser Erde.

»Da hast du absolut recht«, sagte er und schloss zu Riley auf. Gemeinsam liefen sie durchs Krankenhaus. »Und ich verspreche, dass ich Daisys Party nicht mit meiner schlechten Laune verderben werde. Ich gehe den heutigen Abend ganz offen und mit einem breiten Lächeln im Gesicht an.« Er strahlte seinen Freund mit dem kitschigsten Lächeln an, das er zustande brachte.

Wie oft musste er das sagen, damit es wahr wurde?

Eine Million Mal?

Eine Milliarde?

Riley schnaubte. »Vergiss die Blumen nicht. Hier um die Ecke ist ein Blumengeschäft, das Daisy mag.«

»Soll ich ihr *Daisys* besorgen – Margeriten?«

Die automatische Tür öffnete sich, und sie traten hindurch. Die eisige Winterluft traf sie wie eine Ohrfeige ins Gesicht. Der Boden war hier und da noch von Schnee bedeckt, den mehrere Blizzards letzte Woche gebracht hatten, und die Luft roch nach noch mehr davon.

Zara war bis auf die Knochen durchweicht gewesen, als sie in die Notaufnahme gekommen war, und auf den Windschutzscheiben der parkenden Autos waren noch

Reste des Eisregens zu sehen. Dankenswerterweise hatte es inzwischen aufgehört zu regnen.

»Sie mag Ranunkeln und Pfingstrosen«, sagte Riley, während sie über den Parkplatz gingen, und holte Emmett damit aus seinen Gedanken – den Zara-Gedanken.

Emmett runzelte die Stirn und drücke auf einen Knopf an seinem Autoschlüssel, um seinen SUV zu entriegeln. »Was zur Hölle ist das denn?«

Riley hatte direkt neben Emmett geparkt und schloss nun seinen BMW auf. »Keine Ahnung, Alter. Ich weiß nur, dass ich das bestellen muss, und wenn ich Mist gebaut habe, am besten gleich eimerweise.«

»Was oft vorkommt?«, fragte Emmett und lachte leise.

»In letzter Zeit zum Glück nicht«, erwiderte Riley.

Emmett stellte seine Laptoptasche auf die Rückbank seines Wagens. »Na gut. Dann besorge ich wohl mal Blumen für deine reizende Dame.« Er schloss seinen SUV wieder ab. Besser, er ging kurz zu Fuß zum Blumenladen, bevor er riskierte, draußen auf der Straße keinen Parkplatz zu finden.

Riley schwang seinen hochgewachsenen Körper hinter das Lenkrad, jedoch nicht, ohne Emmett vorher noch zuzurufen: »Es ist übrigens auch meine Party. Und ich ziehe Scotch Blumen eindeutig vor.«

Emmett warf einen Blick zurück und zeigte seinem Freund den Mittelfinger.

Riley lachte. »Macallan 18 bitte, *Dr. Strong*. Ich weiß, dass du dir den leisten kannst. Ich weiß, wie viel du verdienst.«

»Ja, aber ich muss auch Unterhalt für meine Ex-Frau und Tochter zahlen«, gab Emmett zurück.

»Ich weiß, dass du es dir trotzdem leisten kannst, deinem guten Freund seinen Lieblingswhiskey zu besorgen«, rief Riley gegen den Wind an.

Emmett machte sich nicht die Mühe, sich noch einmal umzudrehen, als er den Parkplatz verließ, hob aber beide Hände nach hinten und zeigte seinem Freund diesmal zwei Mittelfinger.

»Dann wohl doch eher den Macallan 25, Blödmann.«

Zum Glück war der Blumenladen, den Riley gemeint hatte, nur eineinhalb Blocks vom Krankenhaus entfernt. Emmett kannte ihn, war aber noch nie drin gewesen. Der Laden war schon fast so etwas wie eine Institution in Seattle – er war schon immer an dieser Ecke gewesen, mit derselben dunkelgrünen Markise, zumindest, solange Emmett sich erinnern konnte. Auf einem Schild stand sogar: *»Flowers on the 5th. Seit 1935«*, den Laden gab es also schon eine ganze Weile.

Er zog den Kopf ein und den Kragen seiner Jacke enger um den Hals, damit nicht noch mehr eiskalte Böen in seinen Nacken wehten. Ein paar vereinzelte Flocken trafen sein Gesicht, und er sah hoch zum Himmel. Es war schon dunkel, und kein einziger Stern war zu sehen.

Silvester mit Schneesturm. Er konnte sich nur allzu gut vorstellen, was für ein Chaos später im Krankenhaus herrschen würde.

Die grüne Markise kam in Sichtweite, und er beschleunigte seine Schritte. Er musst Jojo noch bei Tiff abholen, nach Hause fahren und schnell duschen. Er hoffte, dass seine Ex zumindest daran dachte, Jojo Essen zu machen, bevor er sie abholte. Das war leider nicht immer der Fall, und dann beschwerte Jojo sich auf dem Heimweg, dass sie Hunger hatte, und Emmett musste irgendein Abendessen aus dem Hut zaubern.

Er selbst lieferte Jojo immer mit vollem Magen und einer Tasche voll sauberer Klamotten bei Tiff ab.

Die Höflichkeit in ihrer Beziehung war wohl verpufft, kaum dass die Tinte auf den Scheidungspapieren getrocknet war. Die Liebe war es auf jeden Fall.

Er drückte die Tür des Blumenladens auf, was eine kleine Glocke zum Läuten brachte, und fühlte sich sofort besser, kaum dass er eingetreten war. Mit einem tiefen Atemzug sog er den Duft der vielen Blumen ein, der seine Nerven beruhigte. Er war immer angespannt, wenn er an seine Ex-Frau dachte.

»Ich bin gleich bei Ihnen«, rief eine freundliche weibliche Stimme aus dem Hinterraum.

»Keine Eile«, rief er zurück, obwohl er eigentlich durchaus in Eile war. Er schlenderte durch den Laden und betrachtete die verschiedenen Sträuße, die in schwarzen Wassereimern standen. Er hatte keine Ahnung, was das alles für Blumen waren, aber sie waren hübsch.

Er warf einen Blick in Richtung des Hinterzimmers und der Kasse. Ein großer Teddybär in einem Blumenkleid saß leicht eingestaubt auf einem Regalbrett – der Bär erinnerte ihn sofort an seinen eigenen Teddy, Dr. Arnold Strong, der bei ihm zu Hause in einem Bücherregal saß. Er fragte sich, ob dieser Teddy demjenigen, der ihn dorthin gesetzt hatte, ebenso viel bedeutete.

Er sah den Bär noch eine halbe Sekunde lang lächelnd an, drehte sich dann wieder um, schob die Hände in die Manteltaschen und machte weiter seine Runde durch den Laden. Selbst wenn ihm eine Pfingstrose und eine Ranunkel ins Gesicht gesprungen wären, hätte er sie nicht erkannt.

Er konnte jeden Muskel und Knochen, jedes Organ und jede Sehne im menschlichen Körper identifizieren, war aber vollkommen aufgeschmissen, wenn er eine Petunie von einer Begonie unterscheiden sollte. Wenn man ihn fragte, könnten das alles auch einfach nur Rosen sein.

»So, tut mir leid. Was kann ich denn für Sie tun?«, hörte er wieder die Stimme aus dem Hinterzimmer, nur dass sie diesmal direkt hinter ihm erklang.

»Ich brauche Pfingstrosen und Ranunkeln, bitte.« Emmett drehte sich um. Dann riss er die Augen auf, und das

Lächeln, das sich über sein Gesicht zog, war so breit, dass es wehtat. »Du!«

Ihr Lächeln war ebenso strahlend – und außerdem atemberaubend –, und ihre blauen Augen leuchteten auf. »Ich.«

»Ich wusste nicht, dass du Floristin bist.« Er nickte. »Das erklärt die Vase.«

Zara grinste. »Stimmt. Ich wollte dir gerade erzählen, was ich arbeite, als du angepiept wurdest und zurück in die Notaufnahme musstest, um ein Leben zu retten.«

»Genau genommen habe ich sogar zehn gerettet«, sagte er. Ihm gefiel die Art, wie sich ihre Augenwinkel in Falten legten, wenn sie frech war. Tatsächlich war er wegen einer Schusswunde angepiept worden, und der Patient hatte überlebt.

Er hoffte, dass sie wusste, dass er nur Spaß machte.

»Oh, wow. Tja, dann ist es ja gut, dass du mich sitzengelassen hast.«

»Ich würde dich niemals absichtlich sitzenlassen.«

Oha! Wo war das denn jetzt hergekommen?

»Außer, wenn du Leben retten musst, richtig?«

Sein Lächeln wurde nur noch breiter. »Richtig.«

Flirtete er mit ihr?

Er hatte schon so lange nicht mehr geflirtet, dass er gar nicht mehr wusste, wie sich das anfühlte.

Früher war er ein richtiger Flirtprofi gewesen – oder

zumindest dachte er das gern. Funktionierte Flirten heutzutage noch genauso wie damals?

Machte er es richtig?

Flirtete sie auch mit ihm?

»Ranunkeln und Pfingstrosen also?«, fragte sie. »Die haben gerade keine Saison, sind also ganz schön teuer. Muss ja jemand Besonderes sein.«

Sie wandte ihm den Rücken zu und ging auf einen kleinen Kühlraum zu. Er folgte ihr.

»Sie sind für die Frau eines Freundes. Sie gibt heute eine Silvesterparty, und er hat mir gesagt, dass ich Blumen mitbringen soll. Er befürchtet, dass ich mit meiner schlechten Laune die Party ruiniere, und will, dass ich gleich mit einem Friedensangebot auftauche.«

»Wieso bist du schlecht gelaunt?« Sie griff nach einem schwarzen Eimer und deutete dann auf einen weiteren, der auf einem Metallregal stand. »Nimmst du die Pfingstrosen bitte mit?«

Es war eng in dem Kühlraum mit ihnen beiden und den zahlreichen Eimern voller Blumen darin. Sie mussten sich aneinander vorbeischieben, damit er den Eimer erreichen konnte. Seine Hüfte streifte ihre, dann ihr Ellbogen seine Taille. Er war sich nicht sicher, ob es die Blumen waren oder sie, aber irgendetwas roch absolut fantastisch.

Er tat, wie ihm geheißen, nahm den Eimer voller Pfingstrosen und folgte ihr dann aus dem Kühlraum zurück zum Tresen.

»Stell sie einfach da ab. Danke.«

Er folgte ihrer Anweisung und trat dann einen Schritt zurück, um der Meisterin bei der Arbeit zuzusehen.

»Also, ähm, wieso hast du schlechte Laune? Ich kann zwei Sachen auf einmal machen, weißt du. Einen Strauß binden und mich unterhalten.« Vorsichtig zog sie einzelne Blumen aus den Eimern und legte sie auf eine glänzende Goldfolie.

»Kein bestimmter Grund«, antwortete er. »Die Frau meines Freundes arbeitet bei einer Partnervermittlung, und ich habe den unguten Verdacht, dass sie für heute Abend eine Verkupplungsparty geplant hat. Ich habe ihr schon mehrfach gesagt, dass sie *nicht* versuchen soll, mich zu verkuppeln.«

Zara nickte. »Ah, verstehe. Aber du gehst trotzdem hin?«

Emmett schob die Hände in seine Hosentaschen. »Ja. Er ist mein bester Freund, und sie ist einer der nettesten Menschen der Welt. Außerdem wird es das beste Essen geben, das ich dieses ganze verdammte Jahr über gegessen habe. Und eine offene Bar.« Er zuckte mit den Schultern. »Muss man also nicht lange drüber nachdenken.«

Sie zuckte ebenfalls mit den Schultern, hielt den Blick

aber auf ihre Arbeit gesenkt. »Klar. Dann musst du eben einfach den Annäherungsversuchen der ganzen Damen ausweichen, die bestimmt ganz wild darauf sind, ihre lackierten Krallen in einen attraktiven Arzt wie dich zu schlagen.«

Emmett fiel die Kinnlade runter.

Zara hatte noch immer nicht den Kopf gehoben. »Ich kenne keine einzige Frau, die sich nicht gern einen Arzt angeln würde.«

Emmett schnaubte. »Ich kann ein paar aufzählen.«

Endlich hob sie den Blick von den Blumen zu seinem Gesicht. Ihre kornblumenblauen Augen hatten einen ernsten Ausdruck angenommen. »Schon möglich, aber Arzt hin oder her, du bist ein echter Fang, so viel ist klar. Du solltest heute Abend besser aufpassen.« Dann zog sie einen Mundwinkel zu einem schiefen Grinsen hoch. »Oder du verliebst dich Hals über Kopf und bekommst dein Happy End.«

Hitze schoss durch seine Adern. Er konnte nur dastehen und sie anblinzeln.

Doch statt verlegen zu werden, warf Zara den Kopf in den Nacken und lachte laut. »Oder auch nicht«, sagte sie unbekümmert. »Du siehst aus, als würdest du so weit wie möglich in die entgegengesetzte Richtung davonlaufen, wenn dir die Liebe begegnet. Hast dir echt schlimm die Finger verbrannt, was?«

Sie drehte sich um, nahm ein paar grüne Blätter von einem Tisch hinter ihr und legte sie zu den Blumen.

»Wenn das so ist, kann ich dir keinen Vorwurf machen«, fuhr sie fort. »Ich dachte auch, ich hätte den Einen gefunden, hab ihn geheiratet. Habe ihm einige der besten Jahre meines Lebens geschenkt – den Großteil meiner fruchtbaren Jahre –, und dann hat er plötzlich entschieden, dass Kinder nicht sein Ding sind, und das war's.« Sie schnaubte. »Würdest du mir glauben, wenn ich dir erzähle, dass er sich eine kleine sexy Kellnerin bei *Chilis* geangelt und sie bei ihrem dritten Date geschwängert hat, keine sechs Monate nach unserer Scheidung?« Feuer brannte in ihren Augen. Schmerz. Wut.

Sie band den Strauß zusammen und faltete das Papier darum.

»Das tut mir leid«, sagte Emmett leise und legte seine Hand auf ihre, bevor er sich davon abhalten konnte.

Sie sah zu ihm auf, hinter dem frustrierten Schimmer in ihren Augen waberte Schmerz. Er konnte die Wellen des Zorns, die von ihr ausgingen, fast körperlich spüren.

»Das war dir gegenüber alles andere als fair. Dein Ex-Mann war ein Idiot.«

»*Ist* ein Idiot«, korrigierte sie. »Er ist nicht tot – auch wenn ich mir manchmal wünsche, er wäre es. Der Drecksack hat jetzt schon zwei Kinder mit *Tobi* – mit i, das sagt sie dir nämlich gleich als Erstes: Ich bin *Tobi, mit i*«, sagte Zara in einer verstellten hohen Mädchenstimme, legte gleichzeitig den Kopf schief und bog sich in der Hüfte durch. »›Ich bin Tobi, mit *i*, und ich habe den IQ einer Zitronenscheibe.‹«

Emmet lachte prustend. »Einer Zitronenscheibe?«

Sie verdrehte die Augen. »Magst du Zitronen etwa, oder was? Dann eben ein Stein. Sie hat den IQ eines Steins.«

Er schnaubte.

Sie verdrehte wieder diese strahlend blauen Augen, und ihre bittere Miene wurde immer weicher, je länger sie ihn ansah. Ein Kichern blubberte aus ihrer Kehle empor und über ihre Lippen. Emmett grinste ebenfalls und drückte ihre Hand, die ganz zufällig noch immer unter seiner lag. Das hatte er ganz vergessen.

Sofort huschte ihr Blick zu ihren sich berührenden Händen.

Er schluckte, lächelte angespannt und zog dann seine Hand zurück. »Sorry.«

Sie schüttelte den Kopf. »Schon okay. Schließlich habe ich doch diesen ganzen Mist bei dir abgeladen – einem zahlenden Kunden. Ich sollte mich entschuldigen.« Sie nahm einen langen Halm, der aussah wie Heu oder etwas in der Art, und wickelte ihn um das Papier.

»Ich glaube, wir sind über die Kunde-Verkäuferin-Beziehung inzwischen hinaus, meinst du nicht?«, fragte er.

»Ich meine, wir sind schließlich auch Arzt und Patientin und Frühstückszwillinge.«

»Frühstückszwillinge«, wiederholte sie, hob den Strauß und hielt ihn Emmett entgegen. »Das gefällt mir.«

Er nahm den Straß, bewunderte ihr Können – denn es war echtes Können. Er könnte aus einem Haufen Blumen niemals etwas so Schönes fabrizieren.

»Da drüben sind Karten und Umschläge«, sagte sie und deutete auf einen kleinen Kartenständer. »Die gibt's gratis dazu.«

Er nickte und suchte eine Karte aus, auf der »Vielen Dank« stand.

»Ich hoffe, deine Party heute Abend läuft gut«, sagte sie und trat hinter die Kasse. »Ich hoffe, du findest die Liebe, wenn du danach suchst, und entkommst ihr, wenn nicht.«

Er gab ein kehliges Geräusch von sich, das viel herablassender klang, als er beabsichtigt hatte.

Emmett war kein Liebesverächter wie sein Freund Liam. Er war sich nur nicht mehr sicher, ob es für ihn noch eine Seelenverwandte gab. Er war sich nicht sicher, ob Liebe für ihn noch möglich war.

Tiff hatte ihm das Herz rausgerissen, und er war nicht wirklich scharf darauf, dass ihm – oder seiner Tochter – das noch einmal angetan wurde.

Da war es auch nicht hilfreich, dass er ein vierzigjähriger Mann war, der absolut keine Lust hatte, sich noch mal auf Dating einzulassen. Davon hatte er die Nase gestrichen voll. Wenn er könnte, würde er direkt zu einem entspannten Filmabend mit Nachos zu Hause auf seinem Sofa vorspulen, mit einer guten Flasche Wein.

Essen in teuren Restaurants und unbequemer Kleidung, dem anderen dabei alles Mögliche vorgaukelnd, war absolut überbewertet, unrealistisch und in vielerlei Hinsicht auch einfach langweilig.

Vielleicht will Daisy dir das alles ja ersparen, indem sie dich mit deiner Seelenverwandten verkuppelt?

Er warf diesen Gedanken direkt wieder aus seinem Kopf, hörte ihn bei seinem Fall nach unten durch die Luft pfeifen und schließlich mit einem harten, aber befriedigenden *Platsch* auf dem Boden aufschlagen.

Könnte er nicht Zara zu der Silvesterparty einladen?

Nein. Sie war ja selbst auf eine Party eingeladen. Sie würde bestimmt auch einen tollen Typ finden, den sie um Mitternacht küssen konnte. Natürlich würde sie das. Diese Frau war ein echter Hingucker – und noch dazu klug und witzig.

Er sah ihr zu, als sie ein paar Tasten an der Kasse drückte. »Das sind dann siebenundsechzig fünfzig«, sagte sie und lächelte ihn etwas unangenehm berührt an.

Das riss Emmett abrupt aus seinen Gedanken, in denen er gerade sein gesamtes Leben infrage stellte.

»Ich habe dir gesagt, die sind teuer«, sagte sie, die Lippen zu einer bedauernden Schnute verzogen – selbst so war sie noch bildhübsch.

Blinzelnd fischte er in seiner Gesäßtasche nach dem Geldbeutel. »Und das hast du ernst gemeint.« Er reichte ihr seine Kreditkarte. »Ist der *Arzt*-Rabatt da schon mit drin?« Mit einem Nicken deutete er auf ihre verbundene Hand. »Schließlich habe ich deine Hand gerettet. Manch einer würde vielleicht sogar sagen, dein Leben. Auf jeden Fall deinen Lebensunterhalt.«

Ihre Lippen zuckten, als sie seine Karte entgegennahm. »Tatsächlich ist der Rabatt schon eingerechnet. Anders als normale Kunden bekommst du zu deinem Strauß nämlich nicht nur ein Lächeln und ein *Danke*, sondern ich lege auch noch eine Portion von meinen hoch angesehenen weisen Ratschlägen obendrauf – und die sind unbezahlbar.«

Er tippte seine Pin ein. »Ach ja? Na, dann lass mal hören.«

Zara räusperte sich und reichte ihm die Quittung. »Hab keine Angst vor der Liebe, nur weil dir das Herz gebrochen wurde. Herzen heilen. Herzen sind widerstandsfähig. Du hast es verdient, wieder jemandes Ein und Alles zu sein. Verschwende nicht die besten Jahre deines Lebens damit, wütend auf die Vergangenheit zu sein, sondern verbring diese Jahre lieber damit, nach dem zu suchen, was sein könnte.«

Sein Magen vollführte einen Salto – den zweiten an diesem Tag und in Gesellschaft dieser faszinierenden Frau.

Zaras Augen funkelten, und sie hob eine Schulter. »Bitte schön, das ist mein weiser Rat. Mach damit, was du willst, aber du solltest wissen, dass den nur meine absoluten VIP-Kunden bekommen.«

Emmett suchte in den Wirren seiner Gedanken nach etwas Witzigem und Schlagfertigem, das er darauf erwidern konnte, aber zum ersten Mal in seinen vierzig Jahren war er sprachlos. Er öffnete den Mund, doch es kam nichts heraus.

Zara sah ihn aus ihren blauen Augen an, die strahlten wie Sterne, und ein Lächeln breitete sich auf ihrem Gesicht aus. »Habe ich den attraktiven Arzt etwa sprachlos gemacht?«, fragte sie ihn neckend.

In mehr als nur einer Hinsicht.

Verdammt, sie hatte es echt in sich.

Eine Frau wie sie hatte er schon sehr lange nicht mehr getroffen – vielleicht noch nie.

Sie sagte, was sie dachte, und hatte kein Problem damit, ihm Komplimente zu machen oder ihn ihr Interesse spüren zu lassen. Es war eine nette Abwechslung, nicht raten zu müssen, was ihre Absichten waren oder wie sie wirklich empfand. Sie war erwachsen und selbstsicher, und das gefiel ihm sehr.

Sie gefiel ihm sehr.

Er musste diese Frau wiedersehen. Nur das nächste Mal sollte es geplant sein. Das nächste Mal wollte er mehr als nur ein paar Minuten voll schlagfertiger Neckereien und vielsagender Blicke mit ihr verbringen. Er wollte mehrere Stunden mit ihr verbringen. Er wollte ein Date.

Sie war die erste Frau seit seiner Scheidung, die den Wunsch in ihm weckte, sein Herz wieder zu öffnen und eine neue Beziehung in Betracht zu ziehen. So aufregend das war, so sehr jagte es ihm auch Angst ein.

Er räusperte sich und öffnete gerade den Mund, um sie zu fragen, ob sie mit ihm ausgehen würde, als die Türglocke hinter ihm klingelte und das *Platsch, Platsch* von jemandes – vermutlich eines Kindes – nassen Stiefeln seine Pläne durchkreuzte.

»Mom.« Der kleine Junge mit dunklem Haar und den Augen seiner Mutter duckte sich unter der Theke hindurch und schlang seine Arme um Zaras Hüfte. »Dad und Shane sind mit mir ins Kino gegangen. Wir haben uns den neuen Film mit Dwayne Johnson angeschaut.«

Zara hob den Kopf, erkannte offensichtlich jemanden hinter Emmett. »War das ein Ausflug für dich oder für ihn?«

»Für alle.« Ein großer, schlanker, hervorragend gekleideter Mann stellte sich neben Emmett. Er beugte sich vor und betrachtete den Strauß in Emmetts Hand. »Oh, Pfingstrosen und Ranunkeln.« Er ließ seinen Blick aus dunkelgrünen Augen einmal kurz, aber gründlich an Emmett hoch und runter wandern. »War da etwa jemand ein böser Junge und muss sich entschuldigen?«

Zara schnaubte. »Lass ihn in Ruhe, Michael.« Ihr Blick wurde weicher, als sie Emmett ansah. Sein Puls ging noch immer heftig dank ihres Kommentars vorhin über die Liebe und die Möglichkeiten einer Zukunft. »Ignorier ihn einfach. Er will dich nur ärgern.«

Emmett nickte. »Ich muss sowieso los.«

Aber ich wünschte, ich könnte bleiben.

Sie lächelte und legte ihrem Sohn einen Arm um die Schultern. »Okay. Es war schön, dich wiederzusehen. Ich hoffe, die Blumen gefallen deiner Freundin.«

Unbehagen und noch etwas anders, das ihm völlig fremd war, summten in seinem Kopf. Er nickte wieder. »Ja, danke. Sie gefallen ihr bestimmt.« Er ging Richtung Tür, die fröhlichen Stimmen von Zara, Michael und ihrem Sohn trieben ihn an, einen schnellen Abgang zu machen.

»Oh, hey!«, rief sie ihm nach.

Er hielt mit der Hand auf der Klinke inne und wandte sich zu ihr um.

»Frohes neues Jahr, *Officer Astronaut Dr. Strong*.« Ihr Lächeln hätte die ganze Stadt erhellen können.

»*Officer Astronaut Dr. Strong*?«, fragte Michael. »Gibt's so was überhaupt?«

Emmett winkte nur und murmelte halbherzig »Dir

auch«, bevor er in den dunklen, eisigen Abend hinaus flüchtete – den letzten Abend des Jahres –, während Zaras leichtes und feminines Lachen hinter ihm herwehte. Sein Gehirn fühlte sich benebelt an und sein ganzer Körper überhitzt.

Sein Herz allerdings – sein Herz war kristallklar und ruhig. Sein Herz wusste ohne jeden Zweifel, dass er Zara Olsen wiedersehen musste.

Kapitel 3

Emmett sah auf seine Tochter hinunter, seine Tochter in ihrem süßen kleinen roten Mantel, schwarzen Glitzerschuhen und schwarz-weiß kariertem Kleid, die neben ihm vorsichtig die steile und vereiste Einfahrt zu Daisys und Rileys Haus hinaufging. Oben erwartete sie eine klassische Seattler Villa.

Jojo stellte ihre Outfits immer selbst zusammen, und das heutige war *partyperfekt*, wie sie es ausdrückte. Ihre Stoffgiraffe Zelda hatte sie fest zwischen Ellbogen und Brust geklemmt. Die Giraffe war ihr Lieblingskuscheltier, sie hatte sie schon seit ihrer Geburt. Zelda hatte eindeutig schon bessere Tage gesehen und hätte mal wieder eine Wäsche nötig, aber wenn Jojo es vermeiden konnte, ging sie ohne ihre treue Begleiterin nirgendwohin.

Emmett war als kleiner Junge ganz genauso gewesen. Nur dass sein Lieblingskuscheltier ein Teddy namens Arnold war, und Arnold trug ein T-Shirt, das aus dem Arztkittel von Emmetts Großvater genäht worden war, inklusive dem gestickten Schriftzug *Dr. Strong* auf der Brusttasche. Sein Großvater war drei Tage vor Emmetts Geburt gestorben.

Offiziell war sein voller Name Emmett Harold Strong II. Er war nach seinen beiden Großvätern benannt – Emmett Strong und Harold Abernathy –, die beide vor seiner Geburt gestorben waren, sein Leben aber dennoch tiefgreifend beeinflusst hatten. Beide Männer waren Ärzte gewesen, so wie auch Emmetts Vater. Das Heilen lag ihm also im Blut. Es war seine Berufung – schon immer. Heilen, Reparieren, Sicherheit, Geborgenheit. Das waren seine vier Säulen, und sie waren so fest in seinem Leben verankert wie seine Nase in seinem Gesicht. Er hatte immer eine Packung Pflaster in der Hosentasche – seit sich sein Freund das erste Mal das Knie aufgeschürft hatte, als sie mit sieben Jahren zusammen mit dem Fahrrad in den Park gefahren waren.

Arnold der Bär war Dr. Arnold Strong, und er verkörperte all das, was Emmett ausmachte, seine Herkunft und die Zukunft, die er anstrebte.

Dieser Bär saß jetzt zu Hause in seinem Büro in einem Bücherregal, unter einer nicht gerade dünnen Staubschicht. Aber er war nach wie vor in Emmetts Leben. Emmett stellte sich gerne vor, dass sein Großvater Emmett Senior ihn durch Arnolds Augen beobachtete, ihn beschützte und dafür sorgte, dass er nicht vom Weg abkam.

Er dachte an den Bären in Zaras Blumenladen. Gehörte er ihr? Hatte er auch eine Geschichte? War er ihr Lieblingskuscheltier aus Kindertagen?

»Wieso bringst du Tante Daisy Blumen mit?«, fragte Jojo. »Sie hat doch gar nicht Geburtstag.« Sie griff Emmetts Hand fester, als sie auf einem eisigen Wegstück ins Rutschen kam.

Er hielt ihre Hand fest und stützte sie, bevor sie hinfallen konnte. Beide rissen erschrocken die Augen auf.

Puh.

Vorsichtig setzten sie ihren Weg fort. »Ich bringe Tante Daisy Blumen mit, weil das eine nette Geste ist. Wenn dich jemand zum Essen oder zu einer Party einlädt, ist es unhöflich, mit leeren Händen aufzutauchen. Man bringt entweder ein kleines Geschenk für den Gastgeber oder die Gastgeberin mit oder etwas fürs Buffet.«

»Die Flasche *Alk* ist also fürs Buffet?«

Er amüsierte sich königlich darüber, wie sie *Alk* betonte.

»Die ist für Onkel Riley. Das ist sein Lieblingswhiskey. Er ist schließlich auch unser Gastgeber.«

Sie zog die Nase kraus und legte die Stirn in Falten. »Hätte ich auch was mitbringen sollen?« Panik trat in ihre grünen Augen. »Ich meine, ich esse hier doch auch, oder? Hätte ich Nick ein Geschenk mitbringen sollen?«

Emmett lachte leise. »Nick ist erst drei. Ich glaube, der freut sich schon, wenn du einfach mit ihm spielst. Außerdem bist du meine Begleitung. Meine Gastgeschenke sind auch deine Gastgeschenke. Ich teile mit dir.«

Jojo stieß erleichtert die Luft aus, und ihre Schultern

entspannten sich, als sie Emmetts Hand losließ. »Oh, Gott sei Dank. Ich habe mir schon Sorgen gemacht. Ich meine, ich hätte ihnen vielleicht noch ein Bild malen können oder so. Kann ich immer noch, wenn Tante Daisy mir ein paar Wachsmalstifte leiht.«

Emmett sah auf seine wundervolle und umsichtige Tochter hinab und beugte sich dann vor, um ihr einen Kuss auf den Scheitel zu drücken. »Du musst dir keine Sorgen machen, Jojo-Maus, hab einfach Spaß auf der Party. Meine Geschenke reichen auf jeden Fall für uns beide.« Er kitzelte sie im Nacken. »Willst du auf die Klingel drücken?«

Sie grinste zu ihm hoch und nickte. Daisy und Riley hatten eine dieser Melodie-Klingeln, die Jojo einfach toll fand. Sie stellte sich auf die Zehenspitzen, um die schick erleuchtete Klingel erreichen zu können.

Alles in Rileys und Daisys Haus war schick.

Daisy hatte einen teuren Geschmack.

Und wieso auch nicht? Ihre Partnervermittlung war sehr erfolgreich, die Frau konnte sich ihren teuren Geschmack also durchaus leisten, auch ohne das Arztgehalt ihres Mannes.

Die Klingelmelodie hallte durchs Haus und brachte Jojo zum Kichern. »Darf ich noch mal draufdrücken?«, fragte sie und hob sich wieder auf die Zehenspitzen.

Emmett schüttelte den Kopf und wollte gerade sagen

»Einmal reicht«, als die große Eichentür aufschwang und Daisy in einem sehr engen, sehr hübschen goldenen Kleid vor ihnen stand.

»Hallo, Josie, Süße«, sagte Daisy, bat die beiden rein und schlang ihre durchtrainierten Arme um Emmetts Tochter.

Daisy kannte Jojo schon seit ihrer Geburt. Sie und Riley waren sogar Jojos Paten, zwischen ihnen gab es also keine Schüchternheit.

Seine Tochter erwiderte die Umarmung. »Hallo, Tante Daisy. Wo ist Nick? Wo ist Chelsea?«

Niemand würde es für möglich halten, dass Daisy erst vor fünf Monaten ein Kind bekommen hatte. Sie hatte die Babypfunde in null Komma nichts verloren.

»Chelsea ist unten bei der Babysitterin. Bestimmt um ihren Bauch geschnallt, da ist sie momentan am liebsten. Und Nick ist auch unten. Das letzte Mal, als ich nachgesehen habe, waren alle ganz vertieft in eine Folge *PAW Patrol.*«

Jojo zog die Nase kraus, und ihre Mundwinkel sackten nach unten. »Ich bin zu alt für *PAW Patrol*. Ich bin doch schon fast sechs, weißt du. Ich gehe in die Vorschule, und Vorschulkinder sind zu alt für *PAW Patrol.*«

Emmett presste die Lippen zusammen und versuchte sein Lachen zurückzuhalten. Über den Kopf seiner Tochter hinweg warf er Daisy einen Blick zu.

Daisy grinste ihn an, bevor sie in die Hocke ging, was in diesem Kleid eine echte Leistung war.

»Aber weißt du was, Josie? Unten gibt es auch noch ganz viele andere Sachen, die man machen kann. Außerdem habe ich Nick und der Babysitterin gesagt, dass der Fernseher nicht den ganzen Abend laufen soll. Man kann auch was malen oder Kekse verzieren, und es gibt Puppen und Puzzles. In der Waschküche ist auch eine Staffelei aufgebaut, die du gern benutzen darfst.«

Josie wich plötzlich ein paar Schritte zurück, schlang einen Arm um Emmetts Bein und sah mit großen grünen Augen zu ihm auf. »Ich will nicht allein runtergehen, Daddy.«

Emmett stieß die Luft durch die Nase aus und fuhr mit einer Hand über das seidige blonde Haar seiner Tochter. »Ich komme ein bisschen mit dir nach unten, Süße. Bis du dich wohlfühlst.«

»Danke, Dad«, flüsterte sie.

»Kein Problem«, sagte Daisy fröhlich. »Ich bin mir sicher, dass du ganz schnell Spaß mit den anderen Kindern haben wirst.« Sie trat auf sie zu und streckte die Arme aus. »Gebt mir eure Mäntel, dann könnt ihr gleich runtergehen. Es sind noch nicht viele Gäste da, ihr verpasst also nichts.«

»Dad, die Blumen!«, rief Jojo. Sie sah Daisy an. »Wir haben Gastgeschenke für dich und Onkel Riley mitgebracht. Du bekommst Blumen. Onkel Riley bekommt *Alk.*«

Daisys Lächeln war breit und herzlich. Sie lachte, als Emmett ihr den Strauß in die Hände drückte, die Geschenktüte mit dem Scotch für Riley hing noch an seinen Fingern.

Daisy neigte den Kopf, um an den Blumen zu riechen, und schloss ihre grünen Augen. »Mmmm, Pfingstrosen und Ranunkeln, meine Lieblingsblumen. Der Strauß ist wunderschön.«

Jojo strahlte. »Er ist von uns beiden, nur damit du das weißt.«

Emmett verdrehte die Augen und wandte den Kopf ab, um sein Grinsen zu verbergen. Dieses Kind …

Daisy drehte sich um und legte den Strauß auf der Treppe ab. »Sie sind jedenfalls wunderschön. *Vielen* Dank, Josie, für dein aufmerksames Geschenk.«

Jojo strahlte von einem Ohr zum anderen.

Daisy nahm ihnen die Mäntel ab, Emmetts zuerst.

»Danke«, murmelte Emmett, während er seinen Wollmantel aufknöpfte und aus den Ärmeln schlüpfte. Er überließ Daisy den Mantel, den sie in einen Flurschrank hängte. Dasselbe tat sie für Jojo.

»Kein Problem«, sagte Daisy lachend. »Ich bin mir sicher, Josie wird sich schnell wohlfühlen und dir sagen, dass du dich verkrümeln sollst.«

»Lass es uns hoffen«, erwiderte er leise und nahm die kühle, feingliedrige Hand seiner Tochter. Er sah zur ihr hinunter. »Wollen wir?«

Jojos Blick war so nervös, dass sich sein Herz zusammenzog. Wenn seine Tochter keinen Spaß hatte, würden sie sofort von hier verschwinden. Er würde nicht ihr Silvester ruinieren, nur um seine kuppelnden Freunde bei Laune zu halten.

Er gab Daisy auch noch die Geschenktüte für Riley und ließ sich dann von Jojo die Treppe in den Keller runterführen, aus dem ihnen schon helles Kinderlachen entgegenschallte.

Zwanzig Minuten später stieg Emmett die Treppe ins oberste Stockwerk von Daisys und Rileys Haus hinauf. Wie erwartet hatte sich Jojo gleich ganz zu Hause gefühlt. Sie hatte zwei Mädchen in ihrem Alter gefunden, und die drei saßen jetzt zusammen an einem Tisch und bastelten Perlenketten.

Jojo liebte Schmuck, sie würde also vermutlich den ganzen Abend dort verbringen und dann mit genug Ketten nach Hause gehen, um ihre gesamte Klasse zu versorgen.

Riley hatte Emmett entdeckt und wartete oben an der Treppe auf ihn. Er klopfte ihm freundschaftlich auf den Rücken. »Freut mich, dass du nicht an *PAW Patrol* hängengeblieben bist und dich entschieden hast, das neue Jahr nicht mit den kleinen Klebehänden da unten einzuläuten.«

Emmett grinste. »Die Folge habe ich bestimmt schon zehn Dutzend Mal gesehen, ich könnte sie dir Wort für Wort wiedergeben. Gott sei Dank ist diese Phase bei Jojo vorbei.«

Riley lachte. »Das heißt nur, dass bald eine neue anfängt.«

Emmet schnaubte. »Wem sagst du das. Wo ist der Alkohol?«

Riley grinste breit. »Hier entlang, Sir. Aber das *sehr* großzügige und *aufmerksame* Geschenk, das Jojo mir mitgebracht hat, habe ich im Schlafzimmer versteckt.«

Emmett schnaubte und folgte seinem Freund durch das festlich, aber geschmackvoll dekorierte Haus ins Wohnzimmer.

»Am Ende denkt der Barkeeper noch, dass ich die Flasche mit *denen* hier teilen will.« Riley deutete mit dem Kinn auf das gut gefüllte Wohnzimmer. »Die Hälfte dieser Leute kenne ich kaum – mal abgesehen von den Kollegen aus dem Krankenhaus. Der Rest sind alles Leute, von denen Daisy weiß, dass sie Single sind und denen sie dabei helfen will, die große Liebe zu finden. Die bekommen meinen Macallan 18 nicht einfach so umsonst.«

»Richtig so. Du weißt ja, wie viel das Zeug kostet. Genieß es also. So bald werde ich mein hartverdientes Geld nicht noch mal in eine Flasche für dich investieren. Sieh es als Geburtstags- und Weihnachtsgeschenk für nächstes Jahr und als Gastgebergeschenk für die nächsten zehn.«

Riley nickte dem Barkeeper zu. »Einen Rye and Tonic mit viel Eis und Limette für meinen Freund.«

Emmett und Riley waren schon seit fast zwanzig Jahren befreundet. Sie hatten zusammen – und mit Will Colson und Mark Herron – Medizin studiert und waren am Ende alle im gleichen Krankenhaus gelandet. Sie waren beste Freunde, und auch wenn sich ihre Geschmäcker in Sachen Alkohol unterschieden, sorgten sie immer dafür, dass sie die Lieblingsgetränke der anderen zur Verfügung hatten. Und Riley wusste, was Emmett gerne trank, und hatte deswegen nur für ihn immer Rye-Whiskey und Tonic im Haus. Riley selbst trank nur sehr teuren Scotch, sehr teuren Rotwein und aus irgendeinem merkwürdigen Grund Pabst Blue Ribbon. Sein Geschmack war durchaus gediegen, außer wenn es um Bier ging. Sein Kumpel war schon etwas merkwürdig, so viel stand fest.

Alles andere in Rileys und Daisys Leben war vom Feinsten. Sie hatten sich an einen gewissen Lebensstil gewöhnt und standen zu ihrem teuren Geschmack. Sie waren aber auch zwei der großzügigsten Menschen, die Emmett jemals kennengelernt hatte.

Emmett bedankte sich beim Barkeeper für seinen Drink und nahm einen Schluck. Verdammt, das Zeug war gut.

Sie drehten sich um und lehnten sich mit den Rücken an die Bar, ließen die Blicke durch das volle Wohnzimmer schweifen. In der Küche, wo das Buffet aufgebaut war, waren noch mehr Leute, und vermutlich hatten sich ein paar kleine Grüppchen und Paare in den vielen Zimmern des Hauses verteilt, um private Gespräche – oder was auch immer – zu führen.

»Also, gibt es hier jemanden, den du gerne etwas näher kennenlernen würdest?«, fragte Riley und stupste Emmett mit dem Ellbogen an, bevor er den Arm hob und einen Schluck aus seinem Tumbler mit Scotch und Eis nahm.

Emmett ließ seinen Blick durch den Raum wandern.

Alle hatten sich rausgeputzt und schick gemacht.

Aber das beeindruckte ihn nicht.

Die anwesenden Damen waren alle wunderschön, aber es gab keine, der er unbedingt Hallo sagen wollte.

Seine Gedanken wanderten wieder zu Zara und ihren durchdringend blauen Augen, ihrer Schlagfertigkeit, ihrem umwerfenden Lächeln und diesen üppigen Kurven. Ja, ihr würde er gern Hallo sagen. Er würde vermutlich sogar über eine stark befahrene Straße rennen, nur um ihr Hallo zu sagen.

Es klingelte an der Tür.

Riley wackelte mit den Augenbrauen. »Vielleicht ist das ja deine Miss Right.«

Emmett verdrehte die Augen und nahm noch einen Schluck von seinem Drink.

Ja, genau.

Für ihn gab es keine Miss Right. Nicht mehr.

Hab keine Angst vor der Liebe, nur weil dir das Herz gebrochen wurde. Herzen heilen. Herzen sind widerstandsfähig. Du hast es verdient, wieder jemandes Ein und Alles zu sein. Verschwende nicht die besten Jahre deines Lebens damit, wütend auf die Vergangenheit zu sein, sondern verbring diese Jahre lieber damit, nach dem zu suchen, was sein könnte.

Zaras Worte kamen ihm wieder in den Sinn. Sie hatte noch so viel Hoffnung in sich. Sie glaubte immer noch an ein Happy End, daran, dass es für jeden einen Seelenverwandten gab. Ihr Herz war liebenswert, voll und offen.

Emmetts Herz war zerschunden, voller blauer Flecken und Narben und fest verschlossen – außer für seine Tochter, die den einzigen Schlüssel besaß. Er wünschte, er hätte wenigstens einen Bruchteil von Zaras positiver Einstellung und ihrem Optimismus. Sie war wie eine frische Brise, die nach den besten und schönsten Blumen duftete, die man mit Geld kaufen konnte. Zu schade, dass er einfach nicht mehr daran glaubte, dass dieser ganze Seelenverwandtschaftskram für ihn funktionierte. Nicht nach Tiff und dieser höllischen Scheidung. Nicht nach dem, was ihm seine Ex – die er für die perfekte Frau, seine Seelenverwandte gehalten hatte – angetan hatte.

Ja, das ganze Gerede von Seelenverwandtschaft war doch nur verträumter Mist.

Verdammt, jetzt klang er schon wie Liam.

Aber sosehr ihm sein Freund mit seinen Anti-Liebes-Tiraden auch auf die Nerven ging, Liam lag nicht völlig falsch.

Auch Emmett glaubte nicht mehr an ein Happy End. Zumindest nicht für sich selbst.

Nein. Das würde nicht passieren. War einfach nicht drin.

Aber an etwas glaubte er, nämlich an seine Tochter. Mit ganzem Herzen. Das war es.

Sie war seine Seelenverwandte.

Er musste ihre Seele beschützen.

Josephine Eliza Strong war sein Herz und seine Seele, sein Ein und Alles. Niemand sonst.

Und er brauchte auch niemanden sonst. Seine Arbeit und Jojo lasteten ihn vollkommen aus. Da musste er sich nicht auch noch die Komplikationen einer Beziehung, einer Frau in seinem Leben aufhalsen.

Und selbst wenn es da draußen irgendwo eine Miss Right für ihn gab, dann war sie vermutlich schon mit jemand anderem zusammen oder auf einer anderen Party. So war das eben. Ja, Emmett hatte die Hoffnung aufgegeben, jemanden zu finden, mit dem er sein Leben teilen wollte, seine Seelenverwandte. Er würde sich einfach auf seine Arbeit und auf seine Tochter konzentrieren.

Liebe war kompliziert.
Liebe war überbewertet.
Liebe war nichts für ihn.

Kapitel 4

»Ich habe Ziggy vergessen!«, rief Nolan, drehte sich zurück zu Zaras SUV und wartete darauf, dass sie den Wagen entriegelte.

Zara atmete aus und sah dem kleinen Wölkchen nach, das aus ihrem Mund nach oben in den bewölkten Himmel verschwand. Ein Frösteln durchfuhr sie, als sie auf den Knopf an ihrem Autoschlüssel drückte, damit Nolan die hintere Tür öffnen konnte.

Sie wohnten zwar nur ein paar Straßen entfernt und hätten auch laufen können, aber es war tiefster Winter und die Gehwege vereist. Das Letzte, was sie gebrauchen konnte, war, dass sie oder ihr Sohn auf dem Heimweg in der Silvesternacht ausrutschten und sich verletzten.

Sie wartete auf dem Gehsteig und zog den Kragen ihres Wintermantels hoch bis unters Kinn, um den kalten Wind auszusperren. »Langsam gehen, bitte«, sagte sie in ihrem besten mütterlichen Tonfall. »Du willst doch nicht ausrutschen.«

Nolan verlangsamte seinen Schritt, aber sein Mund blieb zu einer schmalen, entschlossenen Linie zusammengepresst und seine Stirn konzentriert gerunzelt. Ein paar

Momente später erreichte er seine Mutter, sein liebstes Kuscheltier, Ziggi die Giraffe, jetzt sicher unter einen Arm geklemmt.

»Ich kann doch das neue Jahr nicht ohne meinen besten Freund beginnen«, sagte Nolan und schob seine Hand in Zaras.

»Natürlich nicht«, erwiderte sie fröhlich.

Als Kind war sie ganz genauso wie Nolan gewesen, sie hatte sehr an ihrem Teddybär Arabella Blossom von Bärson gehangen. Jetzt saß Arabella auf einem Regalbrett im Blumenladen und trug ein Kleid aus der Schürze von Zaras Großmutter. Sie war das Maskottchen des Ladens und ein Glücksbringer. Zara wusste, dass sie Arabella eigentlich mal mit nach Hause nehmen und waschen sollte, aber sie fühlte sich unwohl bei dem Gedanken, den Bär von seinem angestammten Platz zu entfernen. Wer wusste schon, ob der Laden in Arabellas Abwesenheit nicht plötzlich Feuer fing oder von einem riesigen Senkloch verschluckt wurde. Ein staubiger Glücksbringer war besser als gar kein Glücksbringer – zumindest sah sie das so.

Das Haus ihrer Gastgeber kam in Sicht, die Straße davor war dicht beparkt, und auch die steile Einfahrt stand voller Autos. Gut, dass sie ein Stück weiter hinten geparkt hatte. Sie begannen den Hügel zum Haus hinaufzusteigen.

»Meinst du, da sind auch andere Kinder?«, fragte Nolan.

Zara hob eine Schulter. »Ich glaube schon. Mrs McMillan hat mir gesagt, dass es eine kinderfreundliche Party ist und einige Kinder da sein werden.«

Nolan lächelte. »Ich hoffe es. Erwachsene sind langweilig.«

Zara verdrehte die Augen und grinste ihren Sohn an. »Danke, Liebling. Ich hab dich auch lieb.« Sie hob eine Hand, um an die Tür zu klopfen, doch die schwang auf, bevor sie sie auch nur berühren konnte.

Daisy strahlte sie an, ihre grünen Augen funkelten. »Du hast es geschafft!«

Zara erwiderte ihr Lächeln und schob Nolan über die Türschwelle. Sie bekamen beide große Augen, als ihnen die schiere Größe des edlen Foyers bewusst wurde. Eine Tannengirlande mit großen roten Schleifen wand sich um das Treppengeländer. In einer Ecke neben einem Schrank stand ein wunderschönes Arrangement aus weißen Zweigen mit kleinen Lichtern und rot-goldenen Kugeln.

Das ganze Haus – zumindest, soweit Zara das sehen konnte – war perfekt eingerichtet und dekoriert, nicht nur mit viel Geschmack, sondern auch jeder Menge Geld.

»Ich freue mich so, dass du gekommen bist«, fuhr Daisy fort und schloss die Tür hinter ihnen.

»Tja, wenn deine beste Kundin dich zu ihrer Party einlädt, sagst du eben nicht Nein. Zum Teil dank deines zweiwöchigen Blumenabos kann ich es mir jetzt leisten, Nolan im Sommer ins Space-Camp zu schicken.«

Daisy kicherte, als sie Zara aus ihrem Mantel half. »Ich liebe meine Blumen eben.«

Zara drehte sich wieder zu Daisy um und reichte ihr eine Packung Pralinen. »Ich habe dir eine Kleinigkeit mitgebracht. Die sind aus der neuen Chocolaterie direkt um die Ecke meines Ladens.«

»*Wicked Sister Chocolates?*« Daisy machte große Augen, und ihre Nasenflügel blähten sich, als hätte sie gerade ein Chai-Karamellbonbon gerochen. Zara hatte am Morgen auch für sich ein Dutzend dieser Köstlichkeiten gekauft und den ganzen Tag über davon genascht. Sie wäre beinahe in Tränen ausgebrochen, als sie in die Schachtel gegriffen hatte, um sich noch eine Praline zu nehmen, und sie leer vorgefunden hatte.

Manchmal war die Welt einfach unnötig grausam.

Die bloße Erinnerung an diese köstlichen Bonbons ließ ihr das Wasser im Mund zusammenlaufen. »Warst du schon mal da?«

Daisy schüttelte den Kopf und nahm die hübsch verpackte Schachtel entgegen. »Nein, aber ich habe schon so viel davon gehört. Die Leute sind vollkommen verrückt nach dieser Schokolade. Und das London Fog Petit Gâteau hat es sogar bis in die Nachrichten geschafft. Ich habe versucht, dort eine Nachtischplatte für die Party zu bestellen, aber sie waren völlig ausgebucht.« Sie zog kurz einen Schmollmund, lächelte aber gleich wieder. »Ich kann es kaum erwarten, die hier zu probieren. Danke!« Ihr Bick wanderte die Treppe hinauf. »Aber ich werde sie wohl vor Riley und den Kindern verstecken müssen.«

Zara grinste und legte Nolan eine Hand auf den Rücken. »Das ist übrigens Nolan. Er hofft, dass es hier noch mehr Kinder gibt.«

»Hi, Nolan!«, zwitscherte Daisy. »Es ist so schön, dich endlich mal kennenzulernen. Deine Mom hat mir schon viel von dir erzählt.«

Nolan knabberte an seiner Unterlippe und drückte Ziggy noch fester an seine Brust.

»Darf ich deinen Mantel aufhängen?«, fragte Daisy und trat hinter ihn.

Nolan nickte. Daisy half ihm aus seiner Jacke und hängte sie neben Zaras in den Schrank.

»Es sind ganz viele Kinder hier. Sie sind alle unten, wo wir einen Kicker haben und ein Film läuft, und es gibt jede Menge Spiele, Malsachen, Puzzle und sogar Plätzchen zum Dekorieren. Was auch immer du willst. Es ist auch ein Babysitter unten und ein ganzer Berg Essen.«

Nolans Augen leuchteten, und Zara lachte. »Ich glaube, du hattest ihn schon beim Plätzchendekorieren. Der Junge liebt Backen.«

»Ich auch«, sagte Daisy mit einem breiten Grinsen. Dann fiel ihr Blick auf Zaras Hand, und ihr Lächeln verblasste. Sorge trat in ihre moosgrünen Augen, als sie nach der Hand griff. »Was ist denn da passiert? Geht es dir gut?«

Zara lachte nur wieder und zog eine Grimasse. »Das habe ich ganz vergessen. Ja, alles gut. Ich wollte einfach zu viel auf einmal machen und hab am Ende eine Vase zerdeppert. Hab mich ziemlich übel geschnitten. Ich musste sogar in die Notaufnahme, um das nähen zu lassen.«

Daisy ließ Zaras Hand wieder los und verzog den Mund. »Aua! Ich hoffe, du hattest wenigstens einen heißen Arzt. Oh, und was mir da gerade einfällt, du solltest mal den Strauß sehen, den Rileys Freund mir mitgebracht hat – Ranunkeln und Pfingstrosen! Ich glaube, die sind sogar aus deinem Laden. Ich habe die Verpackung erkannt.«

Ranunkeln und Pfingstrosen?

Das war doch nicht möglich, oder?

Sie hatte heute nur einen solchen Strauß verkauft.

Was war das denn für ein Zufall?

Hitze stahl sich in Zaras Wangen und rieselte ihren Nacken hinunter, als ihr klar wurde, dass der attraktive Dr. Strong wohl auf derselben Party war. Woher kannte er Daisy und ihren Mann?

Lachen vom oberen Ende der Treppe zog ihre Aufmerksamkeit auf sich. Zara fiel die Kinnlade runter. Der große, dunkelhaarige Mann auf der Treppe drehte sich um, und auch ihm stand der Mund offen, bevor er ihn zu einem teuflischen Grinsen verzog.

»Ms Olsen«, sagte er. In seinen bernsteinfarbenen Augen blitzte es übermütig.

»Officer Astronaut Dr. Strong«, erwiderte sie und schenkte ihm ein neckisches Lächeln.

Daisy und der große blonde Mann, mit dem Emmett sich unterhalten hatte, wechselten einen verwirrten Blick, aber Zara schenkte ihnen kaum Beachtung.

»Komm mit, Nolan«, sagte Daisy. »Ich zeige dir, wo die anderen Kinder sind.«

Zara spürte, wie sich Nolans Rücken unter ihrer Hand wegbewegte, und stieg langsam die Treppe hoch auf Emmett zu.

»Ihr beide kennt euch?«, fragte der blonde Mann mit dem Babyface. Sein Blick hüpfte zwischen ihr und dem zum Anbeißen aussehenden Emmett hin und her.

Dunkelgraue Anzughose, ein schwarzes Hemd, die obersten drei Knöpfe offen, und ein glänzender schwarzer Ledergürtel. Der Mann sah vollkommen entspannt aus und einfach zum Niederknien.

Sein Blick blieb auf sie geheftet, während sie die Treppe hochstieg, sein Lächeln war verschmitzt und unfassbar sexy. »Wir haben uns heute erst kennengelernt. Aber wie! Drei zufällige Begegnungen an einem Tag. Jetzt vier.«

»Will uns das Schicksaal vielleicht etwas sagen, Dr. Strong?«, fragte sie. Ihr Magen schlug immer größere Purzelbäume, je näher sie ihm, seinem köstlichen Duft und seinem beeindruckenden Körper kam.

»Ich bin mir nicht sicher, ob ich an *Schicksal* glaube«, sagte er, noch immer mit einem Lächeln auf den Lippen, das ihre intimsten Stellen prickeln und ihre Brustwarzen unter dem kurzen schwarzen Kleid hart werden ließ. »Was ich aber glaube, ist, dass *eine* zufällige Begegnung ja noch vorkommen kann, aber wenn es vier an einem einzigen Tag sind, dann muss einer von uns beiden ein Stalker sein. Und ich kann dir jetzt schon sagen, ich bin keiner.« Sie wusste nicht, wie das überhaupt möglich war, aber sein Grinsen wurde noch etwas größer, seine Augenwinkel legten sich in Falten, und seine Wangen wurden rund und ein klein wenig rosig.

Oh, er war ein Charmeur. Er hatte einen Drink in der Hand, und so wie er mit dem Blick ihren Körper auf und ab wanderte, würde sie tippen, dass es nicht sein erster war.

Letzte Woche hatte sie den Großteil eines Abends damit verbracht, ihren Schrank nach etwas zu durchsuchen, was sie zu dieser Party anziehen konnte. Doch sie hatte nichts gefunden, das einer edlen Silvesterparty angemessen war, und hatte in ihrer Verzweiflung schließlich Michael und Shane um Hilfe gebeten.

Zum Glück liebten ihr bester Freund und sein Mann Mode und Shopping. Sie selbst hatte dafür wenig übrig. Gleich am nächsten Tag waren die beiden mit ihr shoppen gegangen, und zu dritt – na ja, eigentlich waren es nur Michael und Shane gewesen – hatten sie das perfekte Kleid für Zara gefunden. Es war aufreizend und feminin, sexy und elegant und betonte ihre besten Seiten – ihren Po, ihre Hüfte, ihre schlanke Taille und ihre Brüste. Auch wenn sie selbst behauptete, dass ihre Brüste nicht mehr so toll waren wie früher, nachdem sie Nolan zwei Jahre lang gestillt hatte, fanden Michael und Shane sie immer noch umwerfend.

Und wer war sie, die Meinung zweier schwuler Männer zur Attraktivität ihrer Brüste infrage zu stellen?

Zara erreichte das obere Ende der Treppe, und Emmett trat einen Schritt zurück, um ihr Platz zu machen, während er weiterhin ihre teure Boutique-Errungenschaft begutachtete.

Neben ihnen räusperte sich jemand, und ein royalblaues Hemd schob sich in Zaras Blickfeld. »Riley McMillan«, sagte der Mann und streckte Zara seine Hand entgegen. »Daisys Mann und Emmetts Kollege und bester Freund.«

Ah, *daher* kannte Emmett also Daisy. Er arbeitete mit ihrem Ehemann. Und Zara war nur Daisys Floristin.

Emmett verdrehte die Augen und nahm noch einen Schluck aus seinem Tumbler. »*Dr.* McMillan ist allerdings nur ein mickriger Chirurg. Kein Polizist-Astronauten-Arzt wie ich.«

Zara lachte schnaubend und bewunderte die kleinen

Lachfältchen um Emmetts hellbraune Augen, während er Witze machte und seinen Freund neckte. »Armer Dr. McMillan«, sagte sie. Ihr war bewusst, dass sie ihrem Gastgeber mehr Aufmerksamkeit schenken sollte, aber sie konnte den Blick kaum von Emmett losreißen.

Riley zog die Nase kraus und hob eine blonde Augenbraue. »Was zur Hölle redet ihr da?«

Emmett legte Zara eine Hand in den Rücken und schob sie sanft vorwärts, weg von den Stufen. »Insiderwitz, Kumpel. Zerbrich dir nicht deinen hübschen kleinen Kopf darüber.« Er sah Zara an. »Willst du was trinken?«

Die Schmetterlinge in ihrem Bauch flatterten heftig unter seiner Berührung. »Bezahlst du?«

Er lachte leise und rau. »Noch besser, Dr. McMillan zahlt.«

Er führte sie durch ein Wohnzimmer voller elegant gekleideter Partygäste und in das Esszimmer, in dem ein Barkeeper gerade damit beschäftigt war, in einer Glaskaraffe zu rühren, die mit einer tiefroten Flüssigkeit, Orangenscheiben und Cranberrys gefüllt war.

»Das Getränk des Abends ist eisgekühlter Glühwein mit Cranberrys und Clementinen«, sagte der Barkeeper. Er zog den langen Metalllöffel aus der Karaffe und füllte dann vier aufgereihte Gläser mit Zuckerrand.

Zara schluckte und leckte sich die Lippen. Das klang tödlich.

Sie warf Emmett einen Blick zu. Es sah nicht so aus, als hätte er einen dieser Drinks. Sein Tumbler war zu klein dafür, und die Flüssigkeit darin war klar. »Was trinkst du?«, fragte sie.

»Rye and Tonic«, antwortete er. »Das ist einer der wenigen Drinks, von denen ich echt viel trinken kann, ohne am nächsten Tag verkatert zu sein.«

Ihre Augen wurden groß. »Hast du vor, dir heute Abend die Kante zu geben?«

Das schelmische Funkeln blitzte wieder in seinen Augen auf. »Das war eigentlich nicht der Plan, nein. Tatsächlich hatte ich überhaupt keine Lust auf diese Party, aber jetzt, da du hier bist, wird es vielleicht doch gar nicht so schlecht.«

Ihr ging es ganz genauso.

Zara biss sich auf die Lippe und sah auf den gefüllten und hübsch dekorierten Sangriakelch, den der Barkeeper ihr anbot. Sie griff danach und setzte das Glas sofort an die Lippen, genoss die frische Süße, die auf ihre Zunge traf.

»Darf ich kurz um eure Aufmerksamkeit bitten?« Daisys erhobene Stimme brachte das allgemeine Gemurmel abrupt zum Verstummen, und irgendjemand drehte die Musik leiser. Emmett und Zara wandten sich um und sahen Daisy und Riley im Wohnzimmer vor ihrem riesigen offenen Kamin stehen, der noch immer weihnachtlich geschmückt war. »Schön, dass ihr heute Abend alle gekommen seid. Wir freuen uns, euch hier zu haben.«

Daisy trug wie immer ein Outfit, mit dem sie den Verkehr lahmlegen konnte. Das eng anliegende goldene Kleid betonte ihre unglaubliche Figur, und die dunklen, professionell geschminkten Smokey-Eyes brachten ihre grasgrünen Augen besonders zu Geltung. Sie war ein echter Hingucker – und wahrscheinlich musste sie sich dafür nicht einmal groß anstrengen. Diese Frau hatte einfach einen dieser Looks. Sommersprossen, leuchtende Augen, ein strahlendes Lächeln, rotblonde Haare. Sie war von Natur aus schön. Und der Mann an ihrer Seite war nicht weniger ansehnlich. Die beiden waren ein eindrucksvolles Paar, daran bestand kein Zweifel.

Zaras Körpertemperatur schoss ein paar Grad in die Höhe, als Emmett plötzlich näher an sie herantrat, weil sich jemand an ihnen vorbeischieben wollte. Er wich nicht wieder zurück, als die Person weitergegangen war.

Sie nahm einen tiefen Schluck von ihrem eisgekühlten Getränk, in der Hoffnung, dass es sie abkühlen würde.

Tat es nicht.

»Wie ihr euch vermutlich denken könnt«, fuhr Daisy fort, »suche ich aufgrund meines Jobs immer nach neuen Wegen, wie ich Leuten dabei helfen kann, die Liebe zu finden. Eine Verbindung zu finden.«

Stöhnen und scharfes Einatmen erfüllten den Raum.

Daisy lächelte nur. »Ihr habt es erraten. Das hier ist eine Verkupplungs-Party.«

Zara sah zu Emmett auf. Er erwiderte ihren Blick, ein Grinsen auf den Lippen. »Du hast das nicht kommen sehen?«, fragte er. »Weißt du nicht mehr? Ich habe dir doch erzählt, dass ich heute auf so eine Party gehe.«

Sie schüttelte den Kopf und flüsterte: »Ich kenne Daisy nur aus dem Laden. Sie ist eine Kundin – eine *sehr gute* Kundin. Sie hat mich letzte Woche zu ihrer Party eingeladen. Ich hatte keine Ahnung, dass sie eine Partnervermittlung hat oder dass das hier eine Verkupplungs-Party wird. Als ich dich vorhin gesehen habe, habe ich da gar nicht mehr dran gedacht.« Sie kniff die Augen zusammen.

Sie hatte nicht daran gedacht, weil ihr Kopf voller verruchter Gedanken gewesen war, kaum dass sie ihn hier entdeckt hatte. Gedanken daran, was sie gern mit ihm tun würde … Erinnerungen an ihr Gespräch am Nachmittag hatten da keinen Platz mehr gehabt.

Er nickte und nippte an seinem Drink. »Mir war das ziemlich schnell klar. Daisy versucht ständig, irgendwen zu verkuppeln. Sie hat dafür schon ganz schön verrückte Sachen veranstaltet. Zum Beispiel sechs Leute, die in einer Berghütte eingeschneit waren, einfach eine Woche lang sich selbst überlassen.« Er schnaubte und schüttelte den Kopf. »Die Frau braucht echt ein Hobby.«

Zara riss die Augen auf. »Sie hat die Leute einfach da in den Bergen gelassen?«

Er zuckte mit den Schultern. »Es war eine Luxushütte mit allen Annehmlichkeiten. Ich glaube, sie fanden es nicht wirklich schlimm.«

Zaras Gedanken rasten. Sie hatte keine Ahnung gehabt, dass Daisy eine Kupplerin war. War das von Anfang an ihr Plan gewesen? Sich mit Zara anzufreunden, um sie über kurz oder lang als Kundin zu gewinnen?

Hatte Daisy jemanden Bestimmten für sie im Kopf? War derjenige hier auf der Party?

War es Emmett?

Oder war es jemand ganz anderes, und sie verschwendete hier neben Emmett ihre Zeit, während ihr wahrer Seelenverwandter durchs Haus streifte und die ganzen anderen Frauen anflirtete?

»So ein Event wie heute kostet natürlich nichts«, flüsterte Emmett. »Sie würde niemals Geld für diese Party von uns verlangen, falls du dir darüber Gedanken machst. Ja, sie verdient einen ganzen Haufen Geld mit dem, was sie tut, aber es ist auch ihre Leidenschaft. Deswegen machst sie so was wie heute ziemlich oft.« Er gab ein kehliges Geräusch von sich. »Theoretisch müsste Riley nicht mal mehr arbeiten, Daisy verdient genug für sie beide.«

Zara fiel die Kinnlade runter. Wer hätte das gedacht?

Emmett nickte. »Ja, sie ist wirklich so gut.«

Hitze stieg in ihre Wangen. War ihr Seelenverwandter irgendwo in diesem Haus? Oder war es eher eine Singleparty mit vielen Kennenlernmöglichkeiten? Nicht, dass sie Interesse daran hatte, irgendjemand anderen kennenzulernen als den sexy Officer-Astronaut-Arzt, der gerade ihren Ellbogen mit seinem streifte, als sich wieder jemand an ihnen vorbeidrängte. Aber sie kam nicht umhin, sich zu fragen, ob es ein Fehler war, sich nur mit ihm zu unterhalten. Vielleicht sollte sie mit allen Männern hier reden, um herauszufinden, ob es irgendwo eine noch tiefere Verbindung gab.

»Mischt euch unter die Leute, unterhaltet euch, findet eine Verbindung«, sagte Daisy. »Heute Abend gibt es keine Erwartungen. Anders als bei meinen meisten Verkupplungsplänen« – ihr Lächeln wurde ein klein wenig durchtrieben – »habe ich heute nicht dafür gesorgt, dass immer zwei Leute perfekt zusammenpassen. Manche von euch finden heute Abend vielleicht die große Liebe, andere nicht. Ich habe nur darauf geachtet, dass alle Gäste außer Riley und mir Single sind. Ich habe außerdem Wert darauf gelegt, niemanden auszuschließen, der Kinder hat, und ihr könnt natürlich jederzeit unten nach euren Lieblingen sehen.« Sie schlang ihrem Mann einen Arm um die Taille. »Also, genießt das Essen, die Getränke und die Gesellschaft. Auf dass das neue Jahr euer bestes Jahr wird!«

Die Menge brach in Applaus aus, aber Zara hatte Mühe, wirklich herzhaft zu klatschen. Das konnte daran liegen, dass sie ihren Drink nicht verschütten wollte, oder an dem Verband an ihrer rechten Hand, aber da war auch dieser unbehagliche Schauer, der sie plötzlich durchfuhr. Sie war noch nie verkuppelt worden. Hatte noch nie ein Blind Date gehabt. Wie funktionierte das?

Sie leerte ihr Glas.

Emmetts warmes und herzliches Lachen zog ihre Aufmerksamkeit auf sich. »Noch einen?«, fragte er. »Du bist kein Fan von solchen Überfällen, was?« Er nahm ihr das leere Glas ab und ging Richtung Bar davon. Wenige Augenblicke später kam er mit einem neuen Glas zurück und legte ihr wieder eine Hand in den Rücken. Als ob seine Hand magnetisch angezogen wurde. Als ob sie dorthin gehörte.

Vielleicht tat sie das ja.

Es fühlte sich auf jeden Fall richtig an.

»Ich bin nur kein Fan von Überraschungen«, sagte sie und nahm einen Schluck von ihrem neuen Drink. Flüssiger Mut. Den brauchte sie jetzt. »Macht es dir denn nichts aus, so überfallen zu werden?«

»Doch. Aber Riley hat mir vorher schon eine Standpauke gehalten und mir verboten, die Party seiner Frau zu ruinieren. Deswegen war ich ja in deinem Laden und habe Blumen für Miss Daisy besorgt. Ein Friedensangebot.«

Na, zumindest war sie nicht die Einzige, die sich plötzlich fühlte wie eine Zuchtstute, die gleich in einem Stall voller wiehernder Hengste auf die Bühne geführt werden würde. Nicht, dass sie sich daran erinnern konnte, wann sie das letzte Mal einen Hengst zum Wiehern gebracht hatte – oder einen Mann dazu, ihr mehr als einen Blick zu schenken.

Nicht mit vierundvierzig. Die Tage, in denen sie den Männern die Köpfe verdrehen hatte können, lagen längst hinter ihr.

Emmett beugte sich zu ihrem Ohr herunter. »Wenn das hier oben zu sehr in eine Frischfleischparty ausartet, können wir einfach runtergehen und mit den Kids feiern. Ich habe das Buffet gesehen, das Daisy da unten aufgebaut hat.« Er legte die Stirn in Falten und nickte ernst. »Ich habe nichts gegen Grilled Cheese und Gemüsesticks mit Dip.«

Ihre Schultern entspannten sich; sie lächelte. »Ich auch nicht.«

Seine Augen funkelten. »Also, Zara *Brilliant*«, begann er, grinste auf sie herab, den Arm noch immer um ihre Taille gelegt. »Erzähl mir von dir. Warst du schon immer Floristin?«

Sie nahm noch einen Schluck von ihrem Getränk. »Ja. Ich bin sogar Floristin in der dritten Generation. Der Blumenladen hat schon meiner Großmutter gehört. Sie hat ihn an meine Mutter vererbt und meine Mutter an mich.«

Sein Lächeln wurde noch breiter. »Das ist echt cool. Ich bin Arzt in der dritten Generation.«

Ein *heißer* Arzt in der dritten Generation.

Sie fuhr sich mit der Zunge über die Unterlippe und schmeckte den Zucker von ihrem Glasrand. Emmetts Augen wurden groß, und die kupferne Farbe um seine Pupillen schien zu leuchten.

»Und wo kommt der Name Zara her?«, fragte er, hielt die Unterhaltung trotz der ganzen Pheromone, die zwischen ihnen hin- und herzuflitzen schienen, am Laufen. Ihre Temperatur stieg immer weiter an. Sie nahm noch einen Schluck von ihrem kühlen Drink. Doch wie schon zuvor half das leider nicht dabei, sie abzukühlen.

Sie schluckte, bevor sie antwortete. »Meine Oma war Italienerin, mein Opa Ägypter, meine Mutter eine Kombination aus den beiden, und mein Vater hat skandinavische Vorfahren. Deswegen auch *Ols-son* oder eben *Olsen*. Die Großmutter meiner Mutter väterlicherseits hieß Zara, und die beiden standen sich sehr nahe, deswegen bin ich nach ihr benannt.«

»Ein wunderschöner Name«, schnurrte er nah an ihrem Ohr, wodurch sich ihre Nippel aufrichteten und Begierde durch ihre Adern brannte.

Sie leckte sich wieder die Lippen. »Danke. Er wird oft

falsch ausgesprochen, und früher hat es mich genervt, wenn mich jemand *Sä-rah* genannt hat, statt *Za-rah*, aber inzwischen reagiere ich einfach auf beides. Das Leben ist zu kurz, um sich über solche Kleinigkeiten aufzuregen.«

Sein leises Lachen wehte über ihre Haut wie eine warme Brise, und er drückte ihre Hüfte. »So kann man das natürlich auch sehen. Ich wäre nie darauf gekommen, deinen Namen anders auszusprechen. Aber du hast dich ja auch selbst als *Za-rah* vorgestellt ...«

Ein großer Schatten fiel plötzlich auf sie. Zwei Männer waren hinter Emmett aufgetaucht, einer von ihnen schlug ihm freundschaftlich auf den Rücken.

»Hey, dachte ich's mir doch, dass wir dich hier finden«, sagte der etwas ältere der beiden Männer, der einen Tumbler mit einer bernsteinfarbenen Flüssigkeit in der großen Hand hielt.

Emmetts Lächeln wurde breiter, und er wandte sich um, nahm den Arm von ihrer Hüfte und schüttelte den beiden sehr attraktiven und sich sehr ähnlich sehenden Männern die Hände. »Hey, Daisy hat euch also auch zu ihrer Party überredet, was?«

Der Jüngere der beiden zuckte mit den Schultern. »Ich glaube, ich bin langsam bereit dafür, mich wieder in die Dating-Welt zu stürzen. Außerdem ist das Essen köstlich und der Alkohol umsonst.« Er schob sich ein Canapé mit Lachs und Gurke in den Mund. »Mason sollte auch irgendwann auftauchen. Verspätet sich etwas, weil er noch irgendwas in der Bar regeln muss. Er hat da heute eine große Privatparty eingebucht.«

Emmett legte seine Hand wieder an Zaras Rücken und versengte ihr mit seiner Hitze beinahe die Haut unter dem schwarzen Kleid. »Tut mir leid, wie unhöflich von mir. Zara, das sind meine Freunde Liam und sein Bruder Scott.«

Liam – der Ältere – reichte ihr die Hand. »Schön, dich kennenzulernen, Zara.« Sein Blick huschte zurück zu Emmett. »Du bist ja fix. Ich dachte, du wärst noch nicht bereit für was Neues. Ich dachte, du wärst inzwischen genauso anti drauf wie ich, wenn es um Liebe und Bindung geht.« Er blickte auf seine sehr teuer wirkende Armbanduhr. »Ich würde sagen, du hast gewonnen. Außer euch hat sich hier sonst noch niemand gefunden.«

Anti drauf, wenn es um Liebe und Bindung geht?

Hatte er das vorhin auch so gesagt? Sie konnte sich nicht erinnern. Ihr Optimismus war mal wieder mit ihr durchgegangen, und sie hatte ihm irgendwas davon erzählt, dass er offen in die Zukunft gehen sollte, die Hoffnung nicht aufgeben, bla, bla, bla. Sie hatte sich für so clever gehalten mit ihren VIP-Ratschlägen … hatte sie in Wirklichkeit gegen eine Wand geredet?

Sie hatte gedacht, er wäre nur etwas skeptisch nach seiner Scheidung, aber vielleicht wollte er sich ja tatsächlich komplett von der Liebe fernhalten? Hatte er die Hoffnung auf ein Happy End aufgegeben?

Emmett gab ein kehliges Geräusch von sich und trat von einem Fuß auf den anderen. »Wir sind uns heute schon mehrfach über den Weg gelaufen und sind uns hier nur zufällig wiederbegegnet.« Er sah auf Zara herab und zwinkerte. »Genau genommen stalkt sie mich. Ich habe schon in Erwägung gezogen, eine einstweilige Verfügung zu beantragen. Vermutlich arbeitet sie sogar jetzt in diesem Moment an ihrem Plan, eine Puppe aus meinen Haaren zu machen.« Er verstärkte den Griff um ihre Taille, und ihre Hüfte berührte seine.

Hitze brodelte in ihrem Bauch.

Liam lachte, und Scott, der eine leicht krumme Nase hatte, grinste Zara an, während er seinen Blick langsam, *sehr* langsam an ihrem Körper auf und ab wandern ließ. »Du bist also noch verfügbar? Ich habe kein Problem mit einer Stalkerin, solange du nicht versuchst, mich umzubringen. Ein bisschen Besessenheit hat noch niemandem geschadet. Hat bei Zak und Aurora doch auch funktioniert, oder? Zak hat Liam gerade geschrieben, dass sie wieder bei ihm ist.« Er zuckte mit den Schultern. »Außerdem wäre das besser als mit meiner Ex. Für die war ich nur ein Nebengedanke.« Für den Bruchteil einer Sekunde flammte Wut in seinen Augen auf. Wut *und* Schmerz.

Emmett trat noch einen halben Schritt näher an sie

heran, die Finger jetzt in den Stoff ihres Kleides vergraben.

Zaras gesamter Körper stand in Flammen.

»Nee, nee, sie ist nicht mehr verfügbar«, sagte Liam lachend. Das spitzbübische Schimmern in seinen dunkelbraunen Augen war nicht zu übersehen. Er verzog die Lippen zu einem viel zu durchtriebenen Grinsen und begann die Melodie von *Another one bites the dust* zu summen, bevor sein Kichern in lautstarkes Gelächter überging, komplett mit in den Nacken geworfenem Kopf.

Emmett streckte den freien Arm aus und stieß Liam gegen die Schulter. »Du bist ein Arsch.«

Liam schien davon vollkommen unberührt. »Schon möglich. Ich bevorzuge allerdings den Ausdruck Realist. Ihr Jungs geht gerade alle drauf wie die Fliegen.«

Wovon redete er?

Wie die Fliegen?

Liam musste Zaras verwirrten Gesichtsausdruck bemerkt haben, denn er erbarmte sich und erklärte: »Wir sind alle Teil eines Clubs, den ich gegründet habe.«

Ein Club? Etwa so was wie ein Anti-Liebes-Club? Ein Anti-Frauen-Club? Ein Club für geschiedene und verbitterte Männer?

»Wir sind die Single Dads von Seattle«, sagte Scott. »Nur ein Haufen alleinerziehender Väter, die jeden Samstag zusammen Poker spielen.«

Oh.

»Aber wir sind mehr als das«, mischte sich Liam ein. Er straffte die Schultern und hob das Kinn. »Wir unterstützen uns gegenseitig. Ich habe diese Gruppe ins Leben gerufen, nachdem ich gesehen habe, wie viele Väter bei einer Scheidung und dem Kampf ums Sorgerecht unfair behandelt werden. Ich bin selbst Scheidungsanwalt und alleinerziehender Vater.«

Oh!

»Wir sind eine Minderheit, weißt du?«, fuhr er fort.

Hä?

Zara musste ein Lachen unterdrücken. Ein privilegierter weißer Mann, der sich selbst als *Minderheit* bezeichnete … das war das Lächerlichste, was sie seit Langem gehört hatte. Aber sie blieb still und ließ ihn ausreden.

»Es gibt haufenweise Hilfe und Ressourcen für alleinerziehende Mütter, aber so gut wie nichts für alleinerziehende Väter. Vor allem für solche, die das volle oder geteilte Sorgerecht haben. Selbst in so einer großen Stadt wie Seattle sind alleinerziehende Väter unterrepräsentiert und werden einfach übergangen.«

Ah, *die* Art Minderheit.

»Und genau das wollte ich ändern. Es gibt jede Menge alleinerziehende Väter da draußen, die mehr sind als nur Wochenendväter. Und die brauchen ebenfalls Unterstützung und Rückhalt.«

Scott klopfte seinem Bruder auf den Rücken. »Und genau dafür hat er tatsächlich gesorgt. Es ist fast so was wie eine Bruderschaft. Wir babysitten gegenseitig, geben einander Ratschläge, bringen uns wieder zur Vernunft, wenn gerade alles zu viel ist. Holen die Kinder der anderen von der Schule ab, wenn das mal nötig ist. Wie in einem Dorf.« Scott spannte die Armmuskeln an. »Einem *männlichen* Dorf.«

Zara schnaubte. Sie mochte Scott. Er war witzig und charmant, ohne Liams bissigen Sarkasmus.

»Nur dass einige von uns inzwischen neue Frauen haben …«, fuhr Liam fort und verdrehte übertrieben sarkastisch die Augen. Überraschung.

»Also hast du sie rausgeschmissen?«, fragte Zara, unentschlossen, ob sie Liam bewundern oder lieber ein Stück zurückweichen sollte.

Er schüttelte den Kopf. »Nein, natürlich nicht. Aber der Buy-in für die Pokerrunden verdoppelt sich, sobald man in einer Beziehung ist.« Er warf den Kopf zurück und lachte wieder. Dieser Typ hielt sich wirklich für unglaublich witzig. »Ich mache ein Vermögen damit. Diese liebeskranken Idioten sind viel zu abgelenkt von ihren Frauen, um sich auf ihre Karten zu konzentrieren. Ich gewinne momentan ein Spiel nach dem anderen.«

Zara verdrehte die Augen. Okay, Liam war also kein kompletter Arsch. Nur ein verletzter Arsch, der seine Freunde gleichzeitig ausnahm und unterstützte. Aber er schien das Herz am rechten Fleck zu haben.

Da sie selbst eine unschöne Scheidung durchgemacht hatte, konnte sie ihm seine Verbitterung nicht einmal übel nehmen. Zum Glück hatten Marcello und sie keine Kinder gehabt, um die sie sich streiten mussten. Und sie hätte sich keinen besseren Vater für ihren Sohn wünschen können als Michael.

»Wo ist Richelle heute Abend? Ich würde dich nämlich auch nicht wirklich als *Single* bezeichnen«, warf Emmett ein. Allmählich wurde seine Frustration spürbar, wie heiße Wellen, die von ihm ausgingen.

Zara war sich nicht sicher, ob sie seinen Arm noch um ihre Taille haben wollte. Ihr gefiel die Spannung in seinem Nacken und Kiefer nicht oder wie er seinen Freund vorher geschubst hatte, egal wie sehr Liam das verdient haben mochte.

Liam machte eine wegwerfende Geste. »So funktioniert unser *Arrangement* nicht. Es ist alles ganz ungezwungen. Richelle kann auch mit anderen Männern ausgehen, wenn sie das will. Nicht, dass sie das tun würde, zumindest nicht, soweit ich weiß.«

»Du weißt also nicht mal, wo deine Frau heute ist?«, fragte Emmett. Seine Stimme nahm einen scharfen Ton an, den Zara nicht ganz einordnen konnte, der ihr aber absolut nicht gefiel. Sie war schon immer gut darin gewesen, die Energie von jemandem zu spüren, und im Moment spürte sie eine ganze Ladung negativer Energie von dem Mann ausgehen, der seine Hand in ihr Kleid gekrallt hatte.

Anders als Liam, der trotz seiner negativen Redenschwingerei immer noch unbekümmert und heiter wirkte, schien Emmett richtig wütend, fast schon boshaft.

Es war Silvester. Da musste sie sich wirklich nicht mit Wut und Boshaftigkeit umgeben. Sie wollte gute Laune und Hoffnung um sich haben.

Sosehr ihr Ex-Mann sie auch verletzt hatte, sie hatte immer noch Hoffnung, dass ihr Seelenverwandter, ihre große Liebe irgendwo da draußen war.

Sie schüttelte Emmetts Arm ab und trat einen Schritt zur Seite.

Emmetts Blick wanderte sofort von Liam zu ihr. Verwirrung stand in seinem Gesicht und ließ seine bernsteinfarbenen Augen aufflammen. Er biss die Zähne zusammen.

»Ich weiß, wo Richelle ist«, sagte Liam. Entweder merkte er nicht, was zwischen Emmett und Zara vorging, oder es war ihm egal. »Sie ist zu Hause bei ihrem Kind. Am Mittwoch haben wir wieder ein sexy Date, so wie jede Woche.«

Scott schnaubte und schüttelte den Kopf. »Du machst dir selbst was vor, wenn du dir einredest, dass du nichts für sie empfindest.«

Emmetts Blick bohrte sich in Zaras, tausend Fragen schossen aus seinen Augen, ohne dass ein einziges Wort seine Lippen verließ.

»Ich habe Hunger«, sagte Liam plötzlich. »Hat Paige das Catering für diese Party gemacht?«

»Ja, ich glaube, Mitch hat was davon erwähnt, dass sie das Essen für Daisys Party macht«, antwortete Scott.

»Tja, dann sollte ich mir jetzt wirklich schleunigst meinen Teller vollladen, bevor alles weg ist.« Er legte Emmett eine Hand auf die Schulter. »Wir sprechen uns später noch, Kumpel«, sagte Liam amüsiert. »War schön, dich kennenzulernen, Zara. Ich bin mir sicher, wir werden noch *einiges* von dir hören.« Er begann wieder, *Another one bites the dust* zu summen, während er davonschlenderte.

»Du bist ein Arsch«, rief Scott seinem Bruder nach und warf Zara einen entschuldigenden Blick zu, bevor er Liam hinterher in Richtung Buffet lief.

»Ein Arsch mit tollem Arsch«, gab Liam über die Schulter hinweg zurück. Dann verschwanden die beiden um die Ecke.

Emmett schlang seine Finger um ihren Ellbogen. »Das tut mir ehrlich leid. Liam kann echt ein Idiot sein. Er hat ein großes Herz, aber eine noch größere Klappe.«

Es war jedoch nicht Liam, der sie desillusioniert hatte. Liam hatte bis zum Schluss ein Lächeln im Gesicht gehabt. Emmett nicht.

Sie presste die Lippen zusammen und nickte knapp, bevor sie sich abermals aus seinem Griff löste. »Alles okay.« Sie sah sich nach Daisy um und entdeckte ihre Gastgeberin in einer Ecke des Wohnzimmers, in ein Gespräch mit einer äußerst attraktiven rothaarigen Frau vertieft. »Ich muss mit Daisy sprechen. Entschuldigst du mich bitte?«

Bevor sie es sich anders überlegen oder ihm eine Chance geben konnte, sie zum Bleiben zu überreden, trat sie von ihm, seinem wunderbar maskulinen Duft und der Hitze seines großen Körpers weg. Sie hatte Kopfschmerzen von all den Informationen, die sie von Liam und Scott bekommen hatte. Und auch von der Vorstellung, dass Emmett so vollkommen gegen Liebe und Bindung eingestellt war. War er nur auf der Suche nach einer lockeren Affäre, so wie Liam? Nach Freundschaft plus?

Sie war zu alt für diesen Mist.

Sie war zu alt, um sich mit jemandem rumzuschlagen, der zu Wutausbrüchen neigte, und sie fragte sich allmählich, ob das bei Emmett nicht der Fall war. Auch wenn sie keine schicken Diplome an der Wohnzimmerwand ihres Townhouses hängen hatte, war sie der Meinung, einen Dr.-Titel der »harten Schule« verdient zu haben sowie eine Auszeichnung als gekonnte Menschenbegutachterin. Sie wusste, mit welchen Absichten und in welcher Stimmung ein Kunde in den Laden kam, bevor er den Verkaufstresen erreicht hatte. Sie war außerdem sehr, sehr gut darin, den perfekten Blumenstrauß für jemanden zusammenzustellen, indem sie drei einfache Fragen stellte. Erstens: Was ist Ihr Traumurlaubsziel? Zweitens: Was ist die wichtigste Eigenschaft, die ein guter Freund oder Partner haben sollte? Und drittens: Wenn Sie einer Person aus Ihrer Vergangenheit noch eine Frage stellen könnten, welche Person und Frage wären das?

Aus den Antworten auf diese drei (na ja, genau genommen vier) Fragen erfuhr sie so viel über einen Menschen, dass sie danach die idealen Blumen für denjenigen zusammenstellen konnte. Es war ein verblüffendes Talent, das sie von ihrer Mutter geerbt hatte und diese wiederum von ihrer Mutter. Sie war schließlich wirklich Floristin in dritter Generation. Blumen und das Talent, andere Leute mit ihren Kreationen glücklich zu machen, lagen ihr im Blut. Blumen, Knospen und Blüten machten ihr ganzes Leben aus.

Und auch wenn sie Emmett keine der drei Fragen gestellt hatte, konnte sie ihn lesen wie ein offenes Buch, und sie war nicht sicher, ob ihr die Seite gefiel, auf der sie gelandet war.

Sie war aber auch noch nicht ganz davon überzeugt, dass er ein Buch war, das sie weglegen wollte. Vielleicht ein Lesezeichen reinschieben und später weiterlesen? Würde es ein Später geben?

Mit diesen höchst verwirrenden Gedanken stieg sie die wenigen Stufen in das abgesenkte Wohnzimmer hinunter, als plötzlich jemand nach ihrer Hand griff und sie herumdrehte.

Es war Emmett. Sein Blick war so flehend, dass sie ihre Entscheidung zu gehen sofort infrage stellte, ebenso die Idee mit dem Lesezeichen, und überlegte, ob sie sich nicht lieber kopfüber in das nächste Kapitel stürzen und bis zum Ende durchlesen wollte.

»Such mich, wenn du mit Daisy fertig bist«, sagte er mit Hoffnung in der Stimme. »Bitte. Ich würde dich gern besser kennenlernen.« Dann ließ er sie los, zwinkerte und verschwand in Richtung Küche.

Zara blieb auf den Stufen zurück, mit hämmerndem Puls, steif aufgerichteten Nippeln und einem plötzlich sehr feuchten Höschen.

Kapitel 5

Emmett musste Liam finden. Er musste seinem *Freund* dringend die Meinung sagen – und zwar richtig. Er hatte Zara mit seinem Anti-Liebe- und Anti-Bindung-Gerede vertrieben und es so aussehen lassen, als würde Emmett seine düsteren Ansichten teilen.

Emmett war nicht *gegen* Liebe per se. Er glaubte nur nicht mehr an das große Happy End und Seelenverwandtschaft. Aber an Liebe? Klar.

Vielleicht.

Sein Herz war nicht schwarz. Eher ein dunkler Grauton?

Er konnte sich definitiv vorstellen, mehr Zeit mit Zara zu verbringen. Sie besser kennenzulernen, herauszufinden, ob der Trugschluss eines Happy Ends tatsächlich nur ein Trugschluss war oder nicht doch eine echte Möglichkeit.

Aber er war zu voreilig. Er hatte die Frau gerade erst kennengelernt, um Himmels willen. Hatten sich die anderen Single Dads auch so gefühlt, als sie nach dem Ende ihrer Ehe eine Frau getroffen hatten, mit der sie mehr Zeit verbringen wollten? Hatte Mark sich so gefühlt, als er Tori getroffen hatte? Hatte auch er dieses dringende Bedürfnis gehabt, in ihrer Nähe zu sein, sie richtig kennenzulernen? Hatte der Gedanke an sie ihn ebenfalls völlig vereinnahmt? Denn für Emmett fühlte es sich definitiv so an, und es waren nicht einmal vierundzwanzig Stunden vergangen. Nicht einmal *zwölf* Stunden war es her, seit er diese Frau getroffen hatte, und trotzdem bekam er sie einfach nicht mehr aus dem Sinn.

In seinem Kopf kreisten lauter widersprüchliche Gedanken. Gedanken an Zara, Gedanken an Tiff und ihre grauenhafte Scheidung. Gedanken an Jojo und daran, was es bedeuten würde, ihr jemand Neues vorzustellen. Tiff war das mit ihrem Neuen, Huntley, völlig falsch angegangen, und jetzt hasste Jojo den Typen. Emmett würde seinem kleinen Mädchen so etwas niemals antun, niemals.

Liam hatte ihn vollkommen durcheinandergebracht, der Idiot.

Er konnte echt ein Arsch sein.

Emmett hielt kurz an der Bar und besorgte sich einen neuen Drink, bevor er Richtung Küche ging, um nach seinem Freund und Clubgründer zu suchen. Er fand ihn am Buffet, mit einem vollen Teller in der Hand und im Gespräch mit einer süßen Blondine in einem *sehr* kurzen schwarzen Kleid. Zaras schwarzes Kleid war sexier. Es überließ mehr der Vorstellungskraft und betonte all ihre umwerfenden Kurven. Die Blondine war hübsch, aber sie war zu schlank, Emmett mochte Frauen, an denen ein bisschen was zum Anfassen war. Außerdem war das Lachen dieser Frau einfach grauenhaft. Wenn das überhaupt ihr echtes Lachen war. Gott, er hoffte für sie, dass es das nicht war. Sie warf ihre blonden Locken über die Schulter und zirpte beim Kichern wie ein kleines Vögelchen.

So witzig war Liam auch wieder nicht. Er war allerdings einer der begehrenswertesten Junggesellen von Seattle.

Der Mann war gut betucht, hatte jede Menge Verbindungen und war fast schon prominent. Liam kannte alle und jeden – oder ließ es zumindest so aussehen. Denn egal wo Emmett mit Liam Dixon hinging, sie trafen immer irgendjemanden, den Liam kannte, mit dem er zur Schule gegangen war oder den er über irgendwelche Kontakte kennengelernt hatte.

Er war außerdem schlagfertig, verdammt klug und hatte noch all seine Haare. Emmett zum Glück auch. Eine Glatze würde ihm wirklich nicht stehen.

Aber im Ernst, welche Frau bei klarem Verstand und ohne Ring am Finger würde nicht versuchen, bei Liam Dixon zu landen?

Und Liam wusste das. Wenn der Kerl ein Spezialgebiet hatte, dann war es, Menschen zu lesen. Der Mann war wie ein Hai und konnte Blut, Betrug und Falschheit schon auf eine Meile Entfernung riechen.

Aber Emmett würde das, was diese Frau vorhatte, weder

Betrug noch Falschheit nennen. Sie war einfach nur auf der Suche nach ihrem Happy End. Ihre biologische Uhr tickte – und das vermutlich schon ziemlich laut –, und sie würde Daisys Party voll ausnutzen, in der Hoffnung, dass ihr Traumprinz ein einflussreicher Seattler Scheidungsanwalt sein würde, der im siebenstelligen Bereich verdiente.

Leider hatte sie sich da den Falschen ausgesucht. Es passte zwar alles – bis aufs Happy End. Das würde sie bei Liam Dixon, dem wiedergeborenen Junggesellen, wie sie ihn nannten, niemals finden.

Emmett sollte ihr das klarmachen, bevor sie noch mehr Zeit an ihn verschwendete.

»Da bist du ja«, sagte Emmett und stellte sich neben die Frau, deren Wimpern so lang waren, dass es bei jedem Blinzeln aussah, als würde eine Hundertbeinige ihr Gesicht angreifen. »Dachte ich mir doch, dass ich dich mit vollem Mund finde.« Er reichte der Frau seine Hand. »Emmett Strong. Du weißt, wer das da ist, oder?«, fragte er und neigte den Kopf in Richtung Liam.

Sie nickte, Gier funkelte in ihren Augen. »Mhmm.«

»Dann weißt du sicher auch, dass er Junggeselle auf Lebenszeit ist. Du verschwendest deine Zeit.«

Der Frau klappte der mit nudefarbenem Lippenstift geschminkte Mund auf. Liam ebenfalls.

Emmett grinste seinen Kumpel an. »Stimmt doch, oder?

Du hast erst vor ein paar Minuten selbst gesagt, dass die Liebe nicht existiert und du dich an niemanden mehr binden wirst.«

Emmett hörte Scott hinter sich prustend lachen. Er war mit einer süßen Brünetten beschäftigt, die einen dunkelgrünen Hosenanzug trug, ohne Bluse – oder BH.

Liams Gesicht nahm die Farbe der Kirschtomate auf seinem Teller an. Er schluckte seinen Bissen runter. »Ich, äh …«

Emmett legte den Kopf schief und wartete ab, wie Liam sich aus dieser Grube, die er nicht nur für sich selbst, sondern auch für Emmett gegraben hatte, wieder befreien wollte.

Die dunkelgrauen Augen der Blondine huschten zwischen Liam und Emmett hin und her. »Ich, äh … Ich gehe dann mal. Ich glaube an die Liebe und will eine Beziehung, und meine biologische Uhr tickt schon viel zu laut, um meine Zeit mit einem Zyniker zu verschwenden.«

Hatte er's doch gewusst.

Sie ließ ihren Blick noch einmal an Liam auf und ab wandern und verzog die Lippen zu einem Grinsen, das eher ein Zähnefletschen war. »Verdammt schade.« Dann drehte sie sich auf ihren zehn oder zwölf Zentimeter hohen Absätzen um und verschwand. Wortwörtlich nur Sekunden später warf sie wieder die blonden Locken über die Schulter, lachte und legte eine Hand auf den Arm eines

Kardiologen aus dem Krankenhaus. Oh, die Frau war wirklich auf der Jagd.

»Was stimmt nicht mit dir, Mann?«, fragte Liam und nahm einen Schluck von seinem Scotch. »Die stand auf mich. Du hast mir gerade meinen Kuss um Mitternacht versaut.«

Emmett sah seinen Freund böse an. So leicht würde er ihn nicht vom Haken lassen, noch nicht. »Selbst schuld. Was soll das, Alter? Du kannst einer Frau doch nicht diesen Mist erzählen, erst recht nicht einer Frau, an der ich offensichtlich interessiert bin. Du hast dich echt aufgeführt wie der letzte Idiot. Zara konnte gar nicht schnell genug verschwinden, nachdem du ihr in den Kopf gesetzt hast, dass ich genauso gegen Liebe und Bindung bin wie du. Behalt deinen verdammten Zynismus für dich.«

Liam zog die Mundwinkel nach unten und kratzte sich im Nacken. »Scheiße, tut mir leid. Ich dachte, ich habe nur rumgeblödelt. Smalltalk gemacht.«

»Beim *Smalltalk* redet man übers Wetter oder empfehlenswerte Restaurants. *Smalltalk* sabotiert mich nicht.« Emmett hatte gar nicht realisiert, dass er beide Hände zu Fäusten geballt hatte, bis ein stechender Schmerz seine Arme hochschoss.

Scott kam zu ihnen geschlendert. »Alles okay?« Die Brünette, mit der er sich unterhalten hatte, hing an seinem Arm.

Liam warf der Frau einen kurzen Blick zu, nahm sie aber nicht wirklich wahr. Er nickte. »Ja, kriege nur gerade eine Standpauke von dem Herrn Doktor hier. Er hat's mir ganz schön heimgezahlt.«

Emmet schnaufte. »Nicht wirklich. Außer du warst ernsthaft an dieser Frau interessiert.«

Liam schüttelte mit einer wegwerfenden Geste den Kopf.

»Habe ich auch nicht erwartet.«

»Tut mir leid. Ich werde meine Meinung ab jetzt für mich behalten. Der Fairness halber muss ich aber sagen, dass du selbst auch einen ziemlichen Anti-Liebe-Vibe ausstrahlst. Frag die Jungs, die würden mir alle recht geben.« Liam warf seinem Bruder einen hilfesuchenden Blick zu.

Scott nickte. »Da hat er nicht ganz unrecht, Alter.«

»Willst du, dass ich mit ihr rede?« Das erste Mal, seit Emmett ihn kannte, schien Liam etwas ernsthaft zu bedauern.

Emmett schüttelte den Kopf und stieß die Luft aus. »Du hast schon genug getan. Ich kümmere mich darum.«

Er brauchte über eine Stunde, um sich einen Weg zurück ins Wohnzimmer zu bahnen. Rileys und Daisys Haus war voller Leute, und so, wie es aussah, nahmen sie diese Gratis-Verkupplungsparty verdammt ernst.

Die schmachtenden und verführerischen Blicke, die Emmett auf seiner Suche nach Zara verfolgten, brachten ihn fast dazu, nach Hause zu rennen und erst mal eine Dusche zu nehmen. Die Pheromone waberten wie ein dichter, erdrückender Nebel durch das ganze Haus.

Als er sie endlich entdeckte, begann sein Blut zu kochen. Er hätte geschworen, dass es in seinen Adern blubberte und schäumte, und war nicht sicher, ob nicht sogar Dampf aus seinen Ohren kam.

Sie saß auf einem kleinen Sofa und unterhielt sich mit Felix de Beer, oder besser gesagt *Dr.* Felix de Beer, Chef der Orthopädie.

Scheiße!

Felix war ein netter Typ, erstklassier Chirurg. Hatte ein ziemlich großes Ego, aber welcher Chirurg hatte das nicht? Immerhin war er kein Neurochirurg. Deren Egos waren so groß, dass man sie noch aus der nächsten Galaxie sehen konnte.

Dr. de Beer kam aus Südafrika und hatte ein Lächeln, bei dem die Schwestern rot anliefen, und einen Akzent, der sogar die Leiterin der Chirurgie – eine Frau in den Sechzigern – immer ein wenig ins Stottern brachte.

Die Frauen im Krankenhaus hatten ihm einen Spitznamen verpasst, der nicht so geheim war, wie sie dachten. Sogar Felix selbst wusste, dass sie ihn Dr. de Sexy nannten. Sie verglichen ihn oft mit Ryan Reynolds, mit ein paar mehr grauen Haaren und etwas gebräunter – dafür aber mit Akzent, was anscheinend das Sahnehäubchen war, wie ihm mindestens ein halbes Dutzend Schwestern bestätigt hatte.

Und Zara unterhielt sich mit ihm.

Zara lachte mit ihm.

Zara flirtete mit ihm.

Emmett schnappte sich ein Sektglas vom Tablett eines verbeikommenden Kellners und leerte es in einem Zug. Sein eigener Drink war längst schon leer. Er brauchte etwas, um runterzukommen, und zwar schnell. Aber die Kohlensäure schoss ihm direkt in die Nase, und einen kurzen Moment lang hatte er Angst, blind zu werden.

Als er die Augen wieder öffnete, lag Felix de Beers Hand gefährlich nah an Zaras Knie, und die beiden lachten schon wieder.

Emmett sah rot.

Und das nicht nur, weil er wütend war. Eine Frau in einem knallroten Kleid war gerade vor ihn getreten. Ihre Oberweite fiel beinahe aus dem tiefen V-Ausschnitt. »Hi, ich bin Amanda.« Sie hielt ihm die Hand hin. »Bist du auch Arzt? Scheinen eine ganze Menge Ärzte hier zu sein.«

Sie war hübsch, das konnte Emmett nicht abstreiten. Sie hatte ein süßes Lächeln und war geschmackvoll geschminkt. Er schätzte sie auf Ende dreißig. Einen Ring trug sie nicht, aber an ihrem Ringfinger war noch ein schwacher Abdruck zu sehen.

Hmmm …

Geschieden? Aufgelöste Verlobung? Witwe?

Sie hielt ihm noch immer ihre Hand entgegen, wartete darauf, dass er sie nahm.

Er tat es. Denn auch wenn er versuchte, unbemerkt an dieser Amanda vorbeizusehen, um noch einen Blick auf Zara und Felix zu erhaschen, war er ja nicht völlig unhöflich.

»Also, bist du Arzt?«, fragte sie wieder. Ihr Händedruck war eher von der schwachen Sorte.

Zaras Händedruck war fest gewesen.

Er nickte. »Ja, bin ich. Ich arbeite mit Riley zusammen. In der Notaufnahme.« Er neigte leicht den Kopf, um an Amandas dunkelrotem Haar vorbeizusehen. So wie es aussah, waren Zara und Felix noch immer in ihre unfassbar witzige Unterhaltung vertieft. Seine Hand war ihrem Knie jetzt noch näher gekommen.

Emmett hätte ihm die Hand am liebsten abgehackt.

»Das ist so cool«, sagte Amanda. »Ich bin Pharmaberaterin. Daisy und ich haben uns im Fitnessstudio kennengelernt.«

Emmett nickte. »Mhmm …«

Amanda bewegte sich ein Stück zur Seite, gerade weit genug, dass er endlich freie Sicht auf Zara hatte. Sie lachte – schon wieder. Verdammt, mit ihm hatte sie nicht so viel gelacht. Was erzählte Felix ihr bloß, was so verdammt witzig war?

Plötzlich hob Zara den Blick von ihrem Schoß – wo Felix Knöchel jetzt ihr nacktes Knie streichelten – und sah Emmett direkt an. Ihr Lächeln verblasste, aber in ihren Augen loderte eine Hitze auf, die jedes Haus sofort in Flammen gesetzt hätte. Sie rutschte ein wenig zur Seite, so dass Felix sie nicht mehr berührte.

Langweilte Felix sie?

Emmett war auf jeden Fall von dieser Amanda gelangweilt.

Du gibst Amanda überhaupt keine Chance. Sie steht vor dir und redet mit dir, aber du hörst kein einziges Wort. Du verhältst dich wie ein Arschloch.

Er erwiderte Zaras Blick, wanderte dann mit dem Blick den langen Flur hinunter in Richtung der Schlafzimmer. Ihr Blick folgte seinem.

Er hob eine Augenbraue.

Sie hob ihre. Nickte dann.

Sie nickte.

Sie. Nickte.

Er legte Amanda sanft die Hände an die zierlichen Oberarme. Ihre Haut war kühl, und ihm entging das Aufflammen ihrer blauen Augen nicht, ebenso wenig wie der Schauer, der sie durchfuhr.

»Amanda, richtig?«

Sie nickte hoffnungsvoll.

»Es tut mir sehr leid. Du scheinst eine nette Frau zu sein, bist wunderschön, und ich bin mir sicher, dass du heute Abend deinen Mr Right finden wirst, aber ich bin es leider nicht. Würdest du mich bitte entschuldigen?«, sagte er und hoffte, dass er höflich genug war und nicht einen von Daisys Gästen beleidigt hatte.

Er wollte die Gefühle dieser armen Frau wirklich nicht verletzen. Sie war schließlich nur auf der Suche nach Liebe. Im Gegensatz zu ihm eine hoffnungslose Romantikerin.

Auch wenn er das selbst mal gewesen war.

Hoffnungslos verliebt, ein Romantiker durch und durch, Hals über Kopf der Frau verfallen, die er für die Eine gehalten hatte.

Er hatte das ganz große Programm abgezogen, als er Tiff den Antrag gemacht hatte, ein Vermögen für ihren Ring, die Hochzeit und ihr Haus ausgegeben. Er hatte nie einen Geburtstag oder Jahrestag vergessen. Hatte ihr ohne Grund Blumen mitgebracht. Sie waren mindestens einmal die Woche ausgegangen. Er dachte, dass er alles richtig machte, weil sie die Richtige für ihn war.

Und dann hatte sie ihn gebrochen. Sein Herz gebrochen. Ihre Familie.

Jetzt wusste er nicht mehr, ob überhaupt noch ein romantischer Funke in ihm übrig war.

Diese arme Frau, die mit Hoffnung in Augen und Herz vor ihm stand, konnte seinen Schmerz und seine Verbitterung nicht gebrauchen.

Außerdem hatte er Riley versprochen, dass er niemanden beleidigen und Daisys Party nicht ruinieren würde. Er hatte vor, dieses Versprechen zu halten.

Er sah noch einmal an Amanda vorbei zu Zara. Sie unterhielt sich noch immer mit Felix, war aber noch weiter von ihm abgerückt, und ihre Körperhaltung schien angespannt, bereit zur Flucht. Bereitete sie auch ihren Abflug vor?

Emmett wandte sich wieder Amanda zu. Sie sah ihn traurig an.

Mist.

»Tut mir leid«, sagte er wieder und atmete aus. »Wenn du deinen Mr Right heute Abend nicht findest, gib mir Bescheid. Ich bin Mitglied in einem Club voller erfolgreicher alleinerziehender Väter, und ich bin mir sicher, einer davon würde sich unsterblich in dich verlieben. Ich kann da gern was arrangieren.«

Das schien sie ein wenig aufzumuntern.

Puh.

Er verabschiedete sich, ließ ihre Arme los und ging dann langsam den Flur hinunter. Zara ließ er dabei keine Sekunde aus den Augen, bis sie aus seinem Blickfeld verschwunden war.

Er öffnete die Tür zu einem der Schlafzimmer, das vom Cateringpersonal als Abstellraum für Kisten voll mit sauberem Geschirr benutzt wurde.

Er trat ein, setzte sich aufs Bett und wartete.

Kapitel 6

Was tat sie denn da? Wieso lief sie diesen Flur entlang und weg von der Party?

Um dem langweiligen Dr. de Beer zu entkommen, deswegen.

Und um Emmett zu treffen.

Sie versuchte die Nervosität abzuschütteln, die sich in ihrem Magen aufstaute, und strich mit den Händen über den Spitzenrock ihres Kleides – um ihn glatt zu streichen, aber auch, um ihre schweißfeuchten Hände zu trocknen.

Felix de Beer war eigentlich ganz nett – und Mannomann, auf jeden Fall attraktiv –, aber er war langweilig.

Zara konnte sich nicht daran erinnern, wann sie das letzte Mal innerhalb von zehn Minuten so oft künstlich gelacht hatte.

Vielleicht bei Michaels und Shanes Hochzeit, als Shanes bescheuerter Bruder seine Rede gehalten hatte. Sein Humor war völlig daneben gewesen, zwar nicht unangemessen, aber einfach nicht witzig.

Die Stimmen aus dem Wohnzimmer verklangen hinter ihr. Sie ging an einer Tür nach der anderen vorbei. Himmel, in diesem Haus gab es wirklich viele Zimmer. Wo war er? Hatte sie seinen Blick falsch gedeutet?

Nein, das war nicht möglich.

Wäre allerdings nicht das erste Mal, dass du jemandes Körpersprache falsch interpretiert hast.

Ja, aber das hatte nur darin gegipfelt, dass sie und Shanes bester Freund Deacon sich die Nasen angehauen hatten, als sie dachte, er wolle sie küssen, während er – der sich im Nachhinein als schwul herausgestellt hatte – sie nur umarmen wollte. Peinlich.

Zum Glück hatten sie beide darüber lachen können und waren inzwischen gut befreundet.

Hatte sie Emmetts Signale ebenfalls falsch gedeutet? War er am Ende vielleicht an dieser *anderen* Frau interessiert?

Als sie diese umwerfende Rothaarige auf Emmett hatte zugehen sehen, war Eifersucht ihren Rücken hochgekrochen. Diese Frau war mit weitem Abstand die attraktivste auf der ganzen Party und hatte sich Emmett ausgesucht. Und trotzdem wollte er sich mit Zara treffen. Wollte mit Zara reden.

Nachdem sie sich einen Moment Zeit genommen hatte, wieder runterzukommen, und mit Daisy gesprochen hatte, war ihr klar geworden, dass Emmett immer noch unter seiner schrecklichen Scheidung litt. Sie hatte Daisy so ausgiebig über den grüblerischen und faszinierenden Arzt ausgefragt, dass die sich ein breites Grinsen nicht verkneifen konnte. Daisy war beim Gedanken daran, dass Zara und Emmett zusammenkommen könnten, vor Freude beinahe auf und ab gehüpft.

»Er scheint ein bisschen hitzköpfig zu sein«, hatte Zara schließlich gesagt, tief durch die Nase ausgeatmet und einen Schluck von ihrem festlichen Cocktail genommen. Der Sangria-Glühwein war gefährlich, und sie wusste, wenn sie nicht aufpasste, würde sie später nach Hause wanken und musste Nolan auf seinem Schlitten hinter sich herziehen.

»Manchmal schon, das stimmt«, gab Daisy zu und nickte ein paar vorbeigehenden Gästen zu. »Aber er ist auch einer der loyalsten, ehrlichsten und großartigsten Männer, die ich kenne. Er hat Tiff von ganzem Herzen geliebt, und sie hat es ihm einfach aus der Brust gerissen und ist darauf herumgetrampelt. Wenn er also ein bisschen verbittert oder zögerlich rüberkommt, ist das durchaus nachvollziehbar.«

Zara fuhr mit dem Finger am Rand ihres Glases entlang und schleckte dann den Zucker ab. »Weißt du, ob er irgendwas tut, um seine Wut in den Griff zu bekommen?«

»Er macht viel Sport. Und er geht ab und zu in den Rage Room. Warst du da schon mal?«

Zara schüttelte den Kopf. Sie war noch nie dort gewesen, aber Nolan war schon seit einer Weile ganz scharf darauf. Man durfte allerdings erst ab acht rein, deswegen konnte er seinen Geburtstag im März kaum noch erwarten. Er wollte sogar seine Party dort feiern. Ein Haufen kleiner Jungs, die mit Baseballschlägern und Hämmern alles Mögliche zertrümmerten, gefolgt von Pizza und Kuchen. Was konnte da schon schiefgehen?

»Er ist ein toller Typ, Zara, ehrlich. Ich hätte ihn nicht eingeladen, wenn es anders wäre. Ein unglaublicher Vater, treuer Freund, wunderbarer Arzt – und ein hingebungsvoller Ehemann war er auch.«

Tja, er schien alle Punkte auf ihrer Liste zu erfüllen.

Aber …

»Wenn du mitbekommen hast, dass er wegen irgendetwas wütend geworden ist, vor allem wenn das etwas Lächerliches war, dann stell ihn zur Rede. Lass ihm so ein Verhalten nicht durchgehen. Emmett kann ein Sturkopf sein, aber er wächst an seinen Fehlern. Das haben wir alle schon miterlebt. Er wird dich dafür respektieren, wenn du ihm die Meinung sagst, weit mehr, als wenn er irgendwann herausfindet, dass du sauer auf ihn bist, ohne ihm eine Chance gegeben zu haben, sich entweder zu erklären oder zu ändern.« Daisy nahm einen Schluck von ihrem Champagner. Ihre French Nails in Kombination mit den großen Diamanten an ihrem Ringfinger wirkten unglaublich edel.

Diese Frau hatte eine so selbstverständliche Eleganz an sich, Zara wäre schon glücklich, wenn sie nur fünf Prozent davon hätte.

Daisys grüne Augen wurden sanft, und etwas wie Hoffnung blitzte zwischen den goldenen Sprenkeln um ihre Pupillen auf. »Fordere ihn heraus. Emmett mag starke Frauen, die ihm die Stirn bieten.«

Ihm die Stirn bieten.

Das konnte Zara.

Sie war noch nie vor einer Herausforderung zurückgeschreckt. Und wenn Dr. Emmett Strong wirklich so toll war, wie Daisy behauptete, dann würde Zara ihm noch eine Chance geben. Jedoch nicht, ohne vorher ein paar Dinge klarzustellen.

Sie beschleunigte ihre Schritte durch den Flur, und ihre Absätze klackten auf dem Holzboden. Plötzlich wurde sie von einer starken, warmen Hand am Oberarm gepackt und in ein Zimmer gezogen.

Sie schnappte nach Luft, doch da wurde ihr Mund schon von einem Paar Lippen versiegelt. Herrlich weichen, aber kräftigen und fordernden Lippen.

Den Lippen eines Mannes.

Emmetts Lippen.

Ja, bitte!

Er drängte sie gegen die Wand und ließ ihren Arm los, legte beide Hände an ihre Wangen und schob seine Zunge zwischen ihre Lippen. Sie fügte sich und öffnete ihren Mund für ihn, hieß ihn willkommen und erlaubte ihm, den Kuss zu vertiefen und zu kontrollieren.

Gott, sie hatte es vermisst, geküsst zu werden.

Und was für ein Mann, der ihre Durststrecke da beendete.

Emmett Strong konnte küssen.

Officer Astronaut Dr. Emmett Strong konnte *wirklich* küssen.

Sie schob die Finger ihrer unverletzten Hand in sein Haar, zog daran und ließ die kurzen, seidigen Locken durch ihre Finger gleiten. Es kitzelte und sandte Funken der Lust direkt in ihr Innerstes.

Ihre Brüste kribbelten, und sie spürte, wie sich ihre Nippel aufstellten.

Sie war nicht sicher, was sie erwartet hatte, als sie ihm den Flur hinunter gefolgt war, aber das hier sicher nicht. Sie hatte nicht diesen spontanen, leidenschaftlichen Mann erwartet, der sein Knie jetzt zwischen ihre Beine schob, bis ihre Mitte auf seinem muskulösen Oberschenkel zu liegen kam. Sie spürte, wie seine wachsende Erregung gegen ihren Schenkel drückte, und musste dem Drang widerstehen, danach zu greifen.

Er löste sich von ihren Lippen, und sie sog scharf die Luft ein, als seine Zunge ihren Hals hinunter wanderte bis zu der kleinen Kuhle über ihrem Schlüsselbein. Sie riss die Augen auf und sah, dass die Zimmertür noch immer offen stand.

Sollte sie sie schließen?

Würde das nicht noch ein deutlicheres Zeichen an all diejenigen senden, die aus dem Wohnzimmer vielleicht hierher sahen, als wenn sie sie offen ließ?

Hör auf, zu viel darüber nachzudenken, und genieß einfach den Moment.

Richtig. Den Moment.

Mit einer Hand ließ er von ihrem Gesicht ab und strich langsam, oh, so verdammt langsam, unter den Saum ihres Kleides, immer weiter hinauf und nach hinten, bis er eine ihrer Pobacken umfasste.

Sie trug keine Strumpfhose und hatte – um sich nicht nur äußerlich, sondern auch innerlich sexy zu fühlen –, ein schwarzes Spitzenhöschen angezogen, das ihre Pobacken bis zur Hälfte bedeckte.

Er grub die Finger in ihr Fleisch. Der leichte Schmerz ließ es heiß in ihrem Inneren aufflammen. Er zog sie enger gegen sich, so dass ihre Klitoris über seinen Oberschenkel rieb. Das Gefühl, das diese Reibung erzeugte, war absolut himmlisch und brachte sie schon jetzt dem Höhepunkt nahe.

Eine feuchte Welle floss aus ihr heraus, und sie war sicher, dass er später einen Fleck auf seiner Hose haben würde.

»Wieso bist du vor mir weggelaufen?«, fragte er, zog sie noch näher an sich. Sterne explodierten hinter ihren geschlossenen Augenlidern, als ihr jetzt feuchtes Höschen wieder über ihre Klitoris rieb. »Erzähl mir nicht, dass Liam dich vertrieben hat.« Warme, feuchte Küsse zogen eine feurige Spur quer über ihre Brust. »Ich habe weder was gegen die Liebe noch gegen Bindung. Ich bin nur vorsichtig.«

»Ein gebranntes Kind?«, fragte sie. Sie kannte die Antwort bereits, wollte es aber von ihm selbst hören. Sie zog stärker an seinem Haar, bis er aufstöhnte und wieder über ihren Mund herfiel. Er schob seine Zunge zwischen ihre Lippen und ließ sie mit der ihren Tango tanzen, saugte sie ein wie ein Ertrinkender die Luft. Er kostete von ihr, als wäre sie die verbotenste alle Früchte und er bereit, alles für sie zu riskieren.

Abermals unterbrach er den Kuss. »Ja, ich bin ein gebranntes Kind«, sagte er. »Heftig verbrannt.« Seine Küsse wurden sanfter, bedeckten ihre Wangen, ihre Nase und Lider. »Ich bin zurückhaltend und vielleicht ein bisschen verbittert, aber ich habe keine Angst davor, mit dem Feuer zu spielen … solange unser Feuer mich wärmt und nicht ausräuchert.«

Ihre Augen wurden groß. Sein Blick hielt sie gefangen. Seine Augen, magnetisch und voller Begierde, verwandelten ihr Inneres in Wackelpudding, und ihre Knie drohten nachzugeben.

»Es hat mir nicht gefallen, dich mit Felix zu sehen«, flüsterte er, fuhr mit einem Finger sanft ihre Wange hinab, ihr Kinn entlang und schob schließlich seine Hand in ihren Nacken. Er vergrub die Finger in ihrem Haar und massierte ihre Kopfhaut. Seine Berührung fühlte sich so gut an, dass sie instinktiv die Augen wieder schloss. »Sag mir nicht, dass du wieder da raus- und zu ihm zurückwillst.«

Sie lachte leise. »Um mir noch mehr Geschichten über sein Boot anzuhören, meinst du? Nein, danke, ich fühle mich ganz wohl da, wo ich bin.«

Seine Lippen streiften ihre Wange, sein Lachen war warm auf ihrer Haut. »Er redet wirklich gerne über sein Boot, oder?«

Sie verdrehte die Augen und nickte. »Man könnte fast meinen, dass Dr. de Beer irgendwas überkompensieren muss.«

An ihren Lippen spürte sie, wie er lächelte, und ihre Pussy zuckte, Gänsehaut breitete sich über ihre Arme aus. Ihre Lippen berührten sich, ohne dass sie sich küssten. Sie schmeckten den Atem des anderen.

»Könnte man meinen.« Er fuhr mit der Zunge über ihre Unterlippe. »Du solltest wissen, dass ich absolut nichts habe, das ich überkompensieren müsste. Ich *habe* nicht mal ein Boot. Brauche keins.«

Zara stöhnte. »Das ist gut zu wissen.« Sie zog wieder an seinem Haar. »Aber hast du auch eine Zimmerpflanze?«

Er löste sich etwas von ihr und sah sie verwirrt an. »Eine Zimmerpflanze?«

Sie nickte, die Augen noch immer halb geschlossen. »Ja, ich liebe Männer, die eine *schöne, große Zimmerpflanze* haben. Eine Pflanze, der ich mich *ganz* widmen kann. Um die ich mich kümmern und der ich beim Wachsen zusehen kann. Ich würde meine *gesamte* Freizeit mit seiner Pflanze verbringen, wenn ich könnte.«

In Emmetts Augen blitzt es amüsiert. »Oh, Zara *Brilliant*, dann solltest du wissen, dass ich eine *riesige* Pflanze habe. Gigantisch. Und du kannst so viel Zeit damit verbringen, wie du willst.« Er zuckte mit den Schultern. »Eigentlich gebe ich mit so was nicht an, aber meine Pflanze ist größer als die Durchschnittspflanze, und bisher hat sich noch keine Frau über die Größe beschwert. Es hat sich im Allgemeinen noch keine Frau darüber beschwert.«

»Reden wir immer noch über deine Pflanze?«, fragte sie kichernd.

Sein Grinsen ließ ihr Höschen noch feuchter werden. »Wir können die ganze Nacht darüber reden, wenn du das willst.« Mit einer Hand an ihrer Wange neigte er ihren Kopf leicht nach oben, so dass sie direkt in seine eindringlichen, hypnotisierenden Augen sehen musste. »Verbring den restlichen Abend damit, mich besser kennenzulernen. Lass dich nicht von dem abschrecken, was mein idiotischer Freund gesagt hat. Ich bin kein hoffnungsloser Fall.

Es braucht nur die richtige Frau, um mir zu zeigen, dass die Welt gar nicht so beschissen ist, wie ich denke.« Er drückte ihren Po und zog sie wieder gegen seinen Oberschenkel.

An einer Sache bestand absolut kein Zweifel: Emmett Strong musste definitiv nichts überkompensieren.

»Und du glaubst, ich bin dafür die Richtige?«, fragte sie. Ihre Brust hob und senkte sich heftig, ihre Lippen prickelten noch von ihrem letzten Kuss, und ihr Kopf war vor Lust ganz benebelt.

Seine Augen leuchteten. »Ich weiß, dass du es bist.«

»Es hat mir nicht gefallen, wie du Liam behandelt hast. Wenn er genauso verbittert und verletzt ist wie du, solltest du ihm mehr Mitgefühl entgegenbringen.« So gern sie ihn weitergeküsst hätte und dem Pfad gefolgt wäre, auf dem sie sich befanden, das musste sie erst klarstellen.

Biete ihm die Stirn.

»Deine ganze Energie vorhin hat mir nicht gefallen. Das ist alles sehr schnell sehr düster geworden.«

Emmetts Augen verdunkelten sich, und er presste die Lippen zu einer schmalen Linie zusammen. Einen Moment lang war er still, dann nickte er und sagte: »Du hast recht. Das tut mir leid. Liam ist manchmal einfach ein bisschen viel. Seine nonchalante Einstellung in Sachen Liebe ist wie eine Art Trigger für mich. Er ist schon viel länger geschieden als ich und hat sich mit seinem Leben, seinen Beziehungen und seiner Meinung arrangiert. Auch wenn ich behaupte, dass ich nicht mehr an Happy Ends glaube, ist da vielleicht doch noch dieser Funken Hoffnung in mir. Ich hatte noch nie eine *rein praktische Beziehung* so wie er und Richelle, deswegen verstehe ich das Arrangement der beiden einfach nicht.« Er fuhr wieder mit den Fingern über ihre Wange. Sein Blick bohrte sich in ihren, bat um Akzeptanz und Verständnis. »Aber das ist keine Entschuldigung für mein Verhalten vorhin. Du hast recht.«

Sie lächelte. »Daisy hat dich in den höchsten Tönen gelobt.«

»Hat sie das?«

»Mhmm. Sie war ganz aufgedreht bei der Vorstellung, dass wir ein Paar werden könnten.«

»Aufgedreht?«

»Ja, aufgedreht.«

Sie leckte sich die Lippen, fuhr dann mit der Zunge auch über seine. »Ich will dich besser kennenlernen. Ich will mehr sehen als die düstere Energie von vorhin, den verbitterten geschiedenen Mann und den müden alleinerziehenden Vater.«

»Schöne Beschreibung, trifft mich genau«, sagte er, sein Ton amüsiert, aber mit einer Spur Sarkasmus und Traurigkeit darin. »Das setzt mich jetzt ganz schön unter Druck, dir mehr zu zeigen als das.«

Sie griff seine Haare wieder fester und ließ ihren Mund direkt über seinem schweben. »Ja, aber irgendetwas sagt mir, dass ein Arzt-Astronaut-Polizist wie du dieser Herausforderung gewachsen ist.« Seine Lippen fanden wieder die ihren, sein Kuss war stürmisch und fordernd. Er übernahm erneut die Kontrolle und verlangte mehr von ihr. Sie fand seine Zunge und umspielte sie lasziv mit ihrer eigenen, genoss es, wie er an ihrer Unterlippe saugte und knabberte, bevor er seine Zunge tiefer in ihren Mund schob. Er überraschte sie immer wieder, war nie vorhersehbar und zeigte, was für ein talentierter Küsser er war.

Sie konnte sich nur vorstellen, was er sonst noch zu bieten hatte.

Sie küssten sich eine ganze Weile lang so. Heftiges Streicheln, Küsse und die Verlockung, was noch passieren könnte, wenn sie sich nur trauten, die Tür zu schließen.

Sie war kurz davor, genau das vorzuschlagen, der Verlockung und den aufgewühlten Hormonen nachzugeben, als rasch näher kommende Schritte ihre lusttrunkenen Gedanken durchbrachen.

»Emmett?« Daisys Stimme ließ Emmett so schnell von ihr ablassen, als hätte sie plötzlich Feuer gefangen.

Eine junge Frau, sie war vielleicht neunzehn, stand hinter Daisy, mit Panik im Blick und Baby Chelsea um die Brust geschnallt.

»Ich will dich nicht beunruhigen, Emmett«, sagte Daisy ruhig. Sie legte ihm eine Hand auf den Arm, während ihr Blick über sein und Zaras gerötetes Gesicht huschte. »Aber es sieht so aus, als wäre Josie verschwunden.«

Emmett starrte Daisy an. Jeder Muskel in seinem Körper war zum Zerreißen gespannt. »Was meinst du damit, *es sieht so aus, als wäre Josie verschwunden*? Hat sie das Haus verlassen? Läuft meine fünfjährige Tochter gerade allein durch die Straßen?« Er hatte Mühe, seine Stimme und seine Wut unter Kontrolle zu halten, um Daisy nicht an die Gurgel zu springen und den gesamten Abend zu ruinieren.

Es musste eine logische Erklärung dafür geben. Jojo würde nicht einfach so das Haus verlassen. Sie war ein kluges, extrem verantwortungsbewusstes Kind. Sie würde niemals einfach so verschwinden.

Außer, wenn sie jemand mitgenommen hatte.

Schwarze Punkte drängten in sein Sichtfeld, und er schwankte ein wenig, als er den Blick auf die junge Frau hinter Daisy richtete. »Du bist doch die Babysitterin, wo warst du denn?« Er war kurz davor, jemandem den Kopf von den Schultern zu reißen. Wo zur Hölle war der Rage Room, wenn er ihn mal wirklich brauchte?

Die junge Frau nickte. »Es tut mir so leid, Mr Strong. Sie war die ganze Zeit mit ein paar anderen Mädchen zusammen an einem Tisch und hat Ketten gebastelt. Ich habe mich nur einen Moment weggedreht, um Chelsea zu wickeln, und als ich wieder rübergesehen habe, war Josie verschwunden.«

»Hast du nach ihr *gesucht?*«, knurrte Emmett und ballte die Hände zu Fäusten.

Die Babysitterin nickte.

Daisy drückte Emmetts Arm. »Ich bin mir sicher, dass es eine ganz einfache Erklärung dafür gibt. Das hier ist ein großes Haus. Vielleicht versteckt sich Josie einfach irgendwo. Vielleicht haben sie und die anderen Kinder angefangen, Verstecken zu spielen. Wir wissen es nicht.«

»Habt ihr die anderen Kinder denn *gefragt*, ob sie gesehen haben, wo sie hingegangen ist? Diese beiden anderen Mädchen, mit denen sie gebastelt hat?«

Die Babysitterin nickte wieder. »Habe ich. Sie haben gesagt, dass sie nicht mitbekommen haben, wo sie hingegangen ist.«

Emmett spürte plötzlich eine warme Hand auf seiner Schulter. »Wir suchen zusammen nach ihr«, sagte Zara sanft. »Ich bin mir sicher, dass sie noch irgendwo im Haus ist.«

Emmett sah Daisy zornig an. »Wie gut kennst du die ganzen Leute hier? Könnte jemand sie entführt haben?«

Wut blitzte in Daisys tiefgrünen Augen auf, aber sie behielt die Fassung. »Ich verstehe, dass du dir Sorgen machst, Emmett. Aber lass uns erst mal nach ihr suchen, bevor wir solche Anschuldigungen in den Raum stellen, okay?« Sie sah ihn mit einem warnenden Blick an, den er schon oft an ihr gesehen hatte, wenn sie mit ihrem Sohn und manchmal sogar mit ihrem Mann sprach. Daisy McMillan führte ein strenges Regiment und hatte kein Problem damit, irgendjemandem die Stirn zu bieten, am allerwenigsten Emmett.

Er wusste, dass er sich beruhigen sollte, aber Angst trieb einen dazu, verrückte Dinge zu tun.

Er gab ein kehliges Geräusch von sich und nickte, brummte eine Entschuldigung, als er sich an Daisy vorbeischob. Zaras Hand schüttelte er ab. In null Komma nichts war er den Flur entlang zur Treppe gelaufen und eilte hinunter in den Keller, rief schon auf dem Weg dorthin laut nach seiner Tochter.

»Josephine Eliza Strong, wo bist du? Komm raus, Süße. Genug Verstecken gespielt.«

»Josie!«, rief Zara hinter ihm, dicht auf seinen Fersen. Sie legt ihm wieder eine Hand auf die Schulter. »Ich finde raus, ob Nolan sie gesehen hat.« Damit verschwand sie in den großen Hobbyraum, den Daisy für die Kinder hergerichtet hatte.

Emmett suchte weiter.

Er öffnete die inzwischen dritte Tür, hoffte, dahinter seine Tochter zu finden, die friedlich mit ihrer Giraffe Zelda spielte, nur um wieder enttäuscht zu werden. Keine Josie, nur ein … Verdammt, war das etwa eine Sexschaukel, die da im Fitnessraum von einem Metallgestell hing? Heilige …! Riley und Daisy mochten es echt versaut.

Und wieso zum Teufel war diese Tür nicht abgeschlossen?

Normalerweise würde er in einem Haus, das nicht sein eigenes war, keine Türen verschließen, aber Riley war sein bester Freund, und er war sich sicher, dass weder er noch Daisy wollten, dass diese Tür unverschlossen war und sich am Ende noch eines der Kinder ihrer Gäste hierher verirrte. Er drückte den Schließmechanismus und schloss dann die Tür hinter sich, während er ein Stoßgebet gen Himmel schickte, dass Jojo dieses Zimmer nicht schon gefunden hatte und verstört weggerannt war.

Emmett hatte absolut nichts gegen ein bisschen Würze im Schlafzimmer einzuwenden, und auch nicht gegen eine Sexschaukel, aber solche Sachen gehörten sicher weggesperrt. Und er hatte definitiv nicht damit gerechnet, heute Abend herauszufinden, dass seine Freunde auf so etwas standen.

Er schüttelte sich. Er musste sich konzentrieren und

seine Tochter finden. Oben war er von Zara abgelenkt gewesen. In der Zwischenzeit war seine heißgeliebte Jojo sonst wohin verschwunden.

Er erreichte das Ende des dunklen Flurs. Es gab keine weiteren Türen mehr.

Heftiges Atmen und hochhackige Schuhe näherten sich, die Schritte schnell und panisch. Er erkannte ihren Schatten, bevor sie in Sichtweite kam. Zara sah aus, als hätte sie ein Gespenst gesehen.

»Nolan ist auch verschwunden. Keines der anderen Kinder hat die beiden gesehen.«

Scheiße!

Er lief hinter Zara her zurück in den großen Hobbyraum, wo Daisy und die Babysitterin schon warteten.

»Nolan ist auch verschwunden«, wiederholte Zara. »Meint ihr, die beiden verstecken sich zusammen irgendwo?«

Daisy nickte abwesend. »Ja, vielleicht.« Sie warf einen Blick in die Richtung, aus der Emmett und Zara eben gekommen waren. »Meint ihr, sie könnten im Weinkeller sein?«

Weinkeller?

Emmett hatte nicht gewusst, dass seine Freunde einen Weinkeller besaßen.

»Ihr habt einen Weinkeller?«, fragte Zara.

Daisy nickte wieder und ging hinaus in den Flur. »Riley

hat ihn gerade erst einbauen lassen. Der Zugang ist in seinem Büro. Er ist sehr stolz darauf. Es sieht aus wie eine ganz normale Tür, aber wenn man sie aufmacht, führt eine Treppe nach unten in einen kleinen Bunker. Eigentlich sollte die Tür abgesperrt sein, aber sie klemmt. Nächste Woche kommt jemand, um sich das anzuschauen. Anscheinend dehnt sich das Holz aus, weil die Luft hier unten im Winter so feucht ist. Die Scharniere sind auch komisch.«

»Verdammt, vielleicht sind sie da unten eingesperrt«, sagte Emmett. Bei der Vorstellung, wie seine Tochter weinend auf dem kalten Betonboden lag und sich fragte, ob sie jemals jemand finden würde, zog sich Emmetts Brust schmerzhaft zusammen.

Tief durchatmen. Tief durchatmen.

Genau das tat er. Einatmen durch die Nase, ausatmen durch den Mund. Ein durch die Nase, aus durch den Mund.

Es würde sie kein Stück weiterbringen, wenn er jetzt in Panik geriet.

Jojo ging es gut. Es musst ihr einfach gut gehen.

Wieder legte Zara ihm von hinten eine Hand auf die Schulter, als sie Daisy den Flur entlang folgten. Die Babysitterin lief hinter ihnen, schniefend und leise weinend, während sie eine brabbelnde Chelsea wiegte.

»Wir werden sie finden«, sagte Zara und drückte seine

Schulter. »Sie sind nicht rausgegangen. Sie verstecken sich bloß.«

»Es tut mir so leid«, murmelte die Babysitterin immer wieder.

Daisy öffnete die Tür zu Rileys Büro und knipste die Deckenlampe an. Das Zimmer war sehr männlich eingerichtet, mit viel dunklem Holz und Leder. Über einem verzierten Kamin hing ein großer Fernseher, und unter einem Fenster stand ein gigantischer Schreibtisch. Zwischen zwei Bücherregalen war eine hölzerne Tür in die Wand eingelassen.

Emmett war schon oft in Rileys Büro gewesen, und früher hatte an Stelle der Tür ein weiteres Regal gestanden, in dem Rileys Diplome ausgestellt waren. Eben diese Diplome hingen jetzt in großen edlen Rahmen an der Wand, wohl um Emmetts besten Freund immer daran zu erinnern, wie toll er war.

Daisy klackerte auf ihren hohen Schuhen hinüber zu der Tür zwischen den Regalen und zog an der Klinke. Sie bewegte sich. Die Tür schwang auf.

»Die sollte abgeschlossen sein«, sagte sie düster.

Emmett drängte sich nach vorn, Zara dicht auf seinen Fersen.

»Josephine!«, rief er die Treppen hinunter. »Bist du da drin?«

»Nolan!«, rief Zara, ihre Stimme zitterte, war längst

nicht mehr so fest und sicher wie noch vor wenigen Augenblicken. Emmett konnte ihre Sorge spüren. Sie spiegelte seine eigene.

Sekunden später tauchten am Fuß der Treppe zwei kleine Gesichter auf.

Erleichterung durchflutete ihn, als wäre ein Damm in ihm gebrochen.

Oh, Gott sei Dank.

Er donnerte die Treppe hinunter auf seine Tochter zu, riss sie in seine Arme und küsste ihren Nacken. »Was um alles in der Welt tust du hier, Jojo-Maus? Wieso bist du hier runtergegangen?«

Sie vergrub das Gesicht an seiner Schulter und drückte ihn fester als jemals zuvor. Er spürte ihren kleinen Körper zittern und warme Tropfen in seinen Ausschnitt laufen. Er zog sie ein Stück von sich weg, um ihr Gesicht zu betrachten.

Sie weinte.

Er ging hinüber zu einem kleinen Eichenfass, testete kurz dessen Stabilität und setzte sich dann drauf, seine Tochter im Schoß. Er legte eine Hand an ihre Wange. »Was ist passiert, Süße?«

Ihre Brust bebte. »Diese Mädchen waren plötzlich gemein zu mir. Dann haben sie mir Zelda weggenommen und wollten sie nicht mehr hergeben. Dann haben sie Tauziehen mit ihr gespielt und ihre Beine abgerissen.«

Emmett klappte der Mund auf. Er musterte seine Tochter. Sie hatte Zelda nicht bei sich, drückte dafür aber ein anderes Kuscheltier – eine andere Giraffe – an ihre Brust.

»Ich habe das mitbekommen und versucht, die Mädchen dazu zu bringen, aufzuhören«, mischte sich Nolan ein, der jetzt in Zaras Armen war. »Tut mir leid, dass ich es nicht geschafft habe, Josie.«

»Und dann seid ihr weggelaufen?«, fragte Emmett und wandte sich wieder seiner Tochter zu.

Sie wischte sich über die Augen und nickte. »Ja. Nolan ist mir nachgekommen und hat mir Ziggy gegeben.« Sie hielt die Giraffe hoch, die genau wie Zelda schon ziemlich abgeliebt war. Sie drehte sich zu Nolan um und hielt ihm das Kuscheltier hin. »Danke. Er hat mir geholfen.«

Nolan grinste und befreite sich dann aus Zaras Armen, um wieder auf eigenen Füßen stehen zu können. »Du kannst ihn gern noch ein bisschen behalten, wenn du willst. Das ist okay.«

Jojos Lächeln brachte Emmetts Herz beinahe zum Explodieren. Sie drückte die Giraffe wieder an sich. »Danke.«

»Wart ihr beiden hier unten eingesperrt?«, fragte Zara.

Nolan nickte. »Ja, ich habe versucht, die Tür wieder aufzubekommen, aber sie hat sich nicht bewegt. Das war komisch. Wir haben um Hilfe gerufen.« Er zuckte mit den

Schultern. »Aber wir dachten, dass uns schon irgendjemand findet.« Er legte den Kopf schief, musterte seine Mutter mit zusammengekniffenen Augen und tat dann das Gleiche mit Emmett. »Habt ihr euch geküsst?«

Zara riss die Augen so weit auf, dass sie ihr beinahe aus dem Kopf fielen. Emmett ebenfalls.

Jojo hielt sein Gesicht mit beiden Händen fest und wischte dann mit ihrem Finger etwas von seiner Lippe. »Du trägst ja Lippenstift, Daddy.« Sie kicherte.

»Und genau der gleiche Lippenstift ist über dein ganzes Gesicht verteilt, Mom«, sagte Nolan und zog die Nase kraus.

Zara öffnete den Mund. »Ähm …«

»Ist schon Mitternacht?«, fragte Jojo. »Haben wir den Countdown verpasst? Waren wir lange hier unten?«

»Ist bei euch da unten alles in Ordnung?«, rief Daisy von oben.

»Wir lassen uns nur die ganze Geschichte erzählen«, rief Zara zurück. »Wir kommen gleich wieder hoch.«

»Würde ein Eis vielleicht helfen?«, fragte Daisy. »Wir haben ganz viel in der Kühltruhe.«

Nolans und Jojos Augen begannen zu leuchten, und sie nickten so heftig, dass ihnen fast die Köpfe von den Schultern rollten.

»Darf ich, Dad?«, fragte Jojo, die sich von dem Zwischenfall mit den anderen Mädchen offenbar erholt hatte.

»Ich spiele heute Abend einfach nur noch mit Nolan. Diese anderen Mädchen sind nicht meine Freundinnen. Freundinnen sind nicht so gemein zueinander.«

Nolan griff nach ihrer Hand. »Ich kann dein Freund sein. Ich passe auf dich auf«, sagte er und half ihr, von Emmetts Schoß zu rutschen. »Wir holen dir Zelda zurück, und dann kann meine Mom ihre Beine wieder annähen, wenn du willst. Sie hat schon mal Ziggys Ohren wieder angenäht, und bei Kuscheltieren sind Ohren und Beine ja quasi dasselbe.«

»Danke«, sagte Jojo, und die beiden gingen zusammen zur Treppe. »Magst du nach dem Eis ein Puzzle mit mir machen?«

Nolan grinste sie an, als sie Hand in Hand die Treppe hochgingen. »Klar. Aber ich muss dich warnen, ich bin echt gut im Puzzeln. Letzten Sommer habe ich zusammen mit meinem Dad ein Tausend-Teile-Puzzle gemacht, und wir haben nur zwanzig Tage dafür gebraucht.«

Jojo fiel die Kinnlade runter. »Das sind echt viele Teile und echt nicht viele Tage.«

Nolans Lächeln wurde ein wenig selbstgefällig, und er hob eine Schulter. »Ja, aber ich habe es hinbekommen. War gar nicht so schwer, und mein Dad hat geholfen … ein bisschen.«

Emmett musste ein Lachen unterdrücken.

Zara schnaubte neben ihm und verdrehte die Augen.

Die Kinder hatten inzwischen das obere Ende der Treppe erreicht.

»Alles wieder gut?«, rief Daisy nach unten.

»Alles wieder gut«, erwiderte Emmett. Sein Puls hatte sich endlich wieder beruhigt, seine Brust sich entspannt und sein Atem verlangsamt. »Danke, Daisy. Und Entschuldigung ... *Babysitterin.*« Mist, er hätte wirklich nach ihrem Namen fragen sollen.

»Sie heißt Trista«, sagte Zara lachend.

»Entschuldigung, Trista!«, rief Emmett nach oben und verdrehte die Augen.

Zara schnaubte wieder.

Als sie hörten, wie die anderen oben das Büro verließen und die Tür hinter ihnen ins Schloss fiel, fanden sich ihre Blicke. Noch immer auf dem Fass sitzend streckte Emmett den Arm nach ihr aus und zog sie zwischen seine Oberschenkel.

Daisy, die Kupplerin – sie wusste genau, was sie tat, als sie den Kindern Eis angeboten, Emmett und Zara aber nicht gebeten hatte, ebenfalls wieder hochzukommen.

Tja, wieso sollten sie diese Privatsphäre also nicht ausnutzen?

Er ließ ihre Hand los und schlang beide Arme um ihre Taille. Ihre Hände lagen auf seinen Schultern. Wie schon zuvor schob sie die Finger in sein Haar, doch die bandagierte Hand schien ihr ein wenig Probleme zu bereiten, so dass sie sie schließlich auf seiner Schulter ruhen ließ, während die andere weiter mit seinen Haaren spielte.

»Das war ein ganz schöner Schreck«, sagte sie.

Er brummte. »Nichts gibt dir so einen Adrenalinstoß wie die Angst, dein Kind zu verlieren.« Er stieß die Luft aus. »Da ziehe ich eine Achterbahnfahrt eindeutig vor. Jojo würde so etwas eigentlich nie tun. Diese Mädchen müssen sie echt verletzt haben. Sie hat ein sehr sensibles Herz.«

»Nolan weiß eigentlich auch, dass er nicht weglaufen darf«, sagte sie. »Ich bin nur froh, dass die beiden zusammen waren. Und immer noch im Haus.«

Er seufzte. »Nicht nur du.«

»Deine Tochter ist unglaublich süß.«

Ein kleines Lächeln huschte über seine Lippen. »Und dein Sohn ist ein großartiger junger Mann. Ein echter Held. Du und sein Vater macht da auf jeden Fall einiges richtig bei der Erziehung. Ich würde sogar so weit gehen zu sagen, dass ich Nolan nicht mit einer Shotgun bedrohen würde, wenn er mit Jojo ausgehen wollte … wenn sie ungefähr fünfunddreißig ist, versteht sich.«

Zara warf den Kopf in den Nacken und lachte herzhaft, wobei sie ihren langen, sexy Hals zur Schau stellte. Einen Hals, den er zu gern noch einmal kosten würde. An dem er mit seinen Zähnen entlangfahren wollte, so dass sie über ihm stöhnte und ihren Körper an seinen drängte.

Zara trat noch ein Stückchen näher an ihn heran, ihre Brüste nun direkt vor seinem Gesicht. Er widerstand dem Drang, sein Gesicht in ihrem Ausschnitt zu vergraben und für den Rest des Abends einfach dort zu lassen.

»Das ist eines der schönsten Komplimente, die ich jemals bekommen habe«, sagte sie leise und wickelte die Strähnen in seinem Nacken um ihre Finger. »Ich höre lieber, dass ich meinen Sohn gut erziehe, als dass ich einen hübschen Hintern habe. Unser Aussehen ist vergänglich, aber unsere Kinder sind unser Vermächtnis. Unsere Kinder sind ein Spiegel unserer selbst … unserer Erfolge und Misserfolge.«

»Darf ich beides sagen? Dass du eine tolle Mutter bist und einen hübschen Hintern hast?«, fragte er. Seine Stimme wurde tiefer, je erregter er war. Am liebsten hätte er einfach die Augen geschlossen und sich dem Genuss dieser unglaublichen Frau und ihrer Finger in seinem Haar hingegeben, doch er widerstand der Versuchung.

Sie lachte wieder, ihr warmer Atem streifte sein Gesicht. Sie roch nach Wein und Blumen – eine berauschende Kombination.

»Klar. Zwei Komplimente zum Preis von einem. Da sage ich nicht Nein.«

Er wollte diesen hübschen Hintern – ach was, diesen *fantastischen* Hintern – packen und sie noch näher an sich ziehen. Wollte ihr zeigen, wie sehr er sie begehrte.

»Man hofft ja immer, dass man das mit der Erziehung einigermaßen hinbekommt«, fuhr sie fort. »Und in der heutigen Gesellschaft betet man zu *Gott*, dass man es schafft, einen anständigen Mann großzuziehen. Ich bin froh, dass nicht nur ich mit meiner mütterlichen Vorbelastung denke, dass Nolan ein toller Junge ist. Danke, Emmett. Das von dir zu hören tut wirklich gut.« Sie zog sanft an seinem Haar, damit er zu ihr aufsah. »Meine Augen sind hier oben.« Doch ihr schiefes Grinsen verriet ihm, dass es ihr überhaupt nichts ausmachte, wie versunken er die Aussicht direkt vor seinen Augen genossen hatte.

»Ja, aber deine Brüste sind hier.«

Ihr Lachen ließ seinen Schwanz in der Hose zucken, dem es da drin inzwischen schon ziemlich unbequem geworden war.

»Ich liebe dein Lachen«, sagte er. Dann wagte er es einfach und drückte seine Nase und Wange auf ihre Brust, liebkoste sie.

Sie drängte sich noch näher an ihn, und ihr Schambein berührte seine Erektion. Wieder zuckte sein Schwanz, bevor er ihn davon abhalten konnte.

Er sah zu ihr auf, ohne die Nase von ihrer Brust zu nehmen.

Ihre Augen waren groß.

»Was tun wir hier, Emmett?«, fragte sie atemlos. Ihre

Brust hob und senkte sich heftig unter seinem Gesicht, und ihr femininer Duft trieb ihn in den Wahnsinn.

Er grub die Finger in ihr Kleid, zog es über ihre Beine nach oben, bis ihr Po entblößt war. Er legte die Hände um ihren beinahe nackten Hintern und genoss das Gefühl, wie sich ihre Pobacken in seinen Händen anspannten. Er konnte spüren, dass sie Sport machte oder zumindest viel lief. Ihre Oberschenkel waren weich, aber muskulös, dasselbe galt für ihren Po. Je eine Backe passt perfekt in seine Hand. Er konnte sich nur vorstellen, wie unglaublich dieser Hintern aussehen würde, wenn sie über das Weinfass gebeugt war und er von hinten immer wieder aus ihr heraus- und hineinglitt.

Sie hatte Kurven an all den richtigen Stellen. Etwas zum Reingreifen. Feminin und wunderschön.

»Emmett?« Ihre Worte waren nur noch ein gepresstes Murmeln, als er mit einer Hand ihr Höschen zur Seite schob und mit seinen Fingern ihre feuchte Spalte erkundete.

Sie war schon so feucht.

»Hmm?«, brummte er und fuhr mit der Zunge über ihre Brüste.

»Was tun wir hier?«

»Ich weiß es nicht«, flüsterte er, küsste die Wölbung der perfekten Rundungen und wünschte sich mehr Hände, so dass er gleichzeitig ihren Po umfassen, ihre Pussy erkunden und ihre Brüste aus dem Ausschnitt fischen konnte, um einen Nippel in seinen Mund zu saugen. »Ich weiß nur, dass du mich all meine Regeln vergessen lässt. Das hier ist so untypisch für mich.«

Sie sog scharf die Luft ein, und Gänsehaut zog sich über ihre Brust und Arme. Er sah zu ihr auf, ohne jedoch mit seiner Zunge von ihr abzulassen. Sie sah mit offenem Mund und großen Augen auf ihn herunter, mit rosa angelaufenen Wangen und unfassbar sexy.

Sie schloss den Mund und zog die Unterlippe zwischen ihre Zähne. »Na ja … sollten wir das nicht herausfinden, bevor wir weitergehen? Ich habe nichts zur … *Verhütung* dabei. Ich nehme auch nicht die Pille oder sonst irgendwas.«

»Ich habe ein Kondom in der Tasche«, murmelte er, wanderte dann mit der Zunge tiefer in ihren Ausschnitt. Er ließ ihren Hintern los und begann eine Brust zu kneten, zog sie aus dem Ausschnitt ihres Kleides und konnte endlich ihren erdbeerroten Nippel kosten.

»Du hast ein Kondom?« Sie wich ein wenig von ihm zurück. »Hast du etwa damit gerechnet, heute Sex zu haben?«

Sie hatte sich nicht ganz von ihm losgemacht, und seine Finger waren immer noch in ihrem Höschen. Er ließ seinen Daumen gegen ihre Klitoris schnalzen, und ein heftiges Beben durchfuhr sie. Er musste sich ein Lachen verkneifen, was gar nicht so einfach war.

»Wolltest du heute Abend einfach nur jemanden flachlegen, egal wen? Hätte dir irgendeine Frau da oben gereicht? Diese umwerfende Rothaarige, mit der ich dich gesehen habe, stand die auch zur Auswahl?«

Sein Blick wanderte von ihrer entblößten Brust und dem herrlich harten Nippel hoch zu ihren Augen. Feuer, blau und wild, sprang ihm daraus entgegen, herausfordernd – frech.

Das gefiel ihm.

Er rieb mit dem Daumen wieder über ihren Kitzler, und Zara erschauerte. Ihre Lider flatterten, und sie öffnete leicht die Lippen. Eine feuchte Welle flutete aus ihrem Innersten und benetzte seine Hand.

»Ich habe *immer* ein Kondom dabei, Zara. Immer. Für einen Freund, für mich selbst, für was auch immer. So mache ich es schon seit dem College. Das ist einfach nur verantwortungsbewusst. Genauso wie ich *immer* Pflaster in der Tasche habe.« Er rutschte auf dem Weinfass etwas zur Seite und griff in seine Hosentasche, die andere Hand noch immer unter ihrem Rock, den Daumen auf ihrer Klitoris. Er zog ein Kondom und ein kleines Päckchen Pflaster hervor.

Sie kniff die Augen zusammen, als sie ihm die Pflaster aus der Hand nahm. »Wieso?«

»Weil ich ein Vater bin, ein Arzt und ein verantwortungsbewusster vierzigjähriger Mann. Du würdest dich wundern, wie oft diese Packung Pflaster schon eine Situation gerettet hat. Entweder für Jojo oder ein anderes Kind auf dem Spielplatz oder was auch immer. Im Kofferraum meines SUVs habe ich auch noch einen Erste-Hilfe-Koffer.«

»Und das Kondom?« Sie legte die Pflaster zurück in seine Handfläche und nahm das Kondom. »Wieso hast du *immer* ein Kondom dabei?«

»Weil ich das eine Mal, als ich kein Kondom dabeihatte, die Gelegenheit verpasst habe, mit dem hübschesten Mädchen des ganzen Cheerleading-Teams zu schlafen. Sie war nicht leicht zu haben, nicht eine von denen, bei der jeder mal ran durfte, aber eine von denen, die alle Jungs *wollten*. Wir waren zusammen auf dieser Party. Sie hat mich mit nach oben genommen, sich ausgezogen und mir gesagt, dass sie mit mir ihr erstes Mal haben will. Ich bin allein davon schon fast gekommen.«

Zaras sengender Blick verlor etwas an Schärfe, und ihre Lippen zuckten, verzogen sich dann zu einem schiefen Grinsen.

Gut.

»Nur leider hatte ich kein Kondom dabei. Sie hat nur mit den Schultern gezuckt, sich wieder angezogen und ist gegangen. Später hat sie sich dann von einem Astrophysik-Studenten nach Hause bringen lassen. Sie sind zusammengekommen. Ich glaube, sie haben sogar geheiratet.

Aber nach diesem Abend habe ich mir geschworen, niemals wieder unvorbereitet zu sein. Du weißt nie, wann du ein Pflaster brauchen kannst …«

»Oder ein Kondom«, beendete sie seinen Satz und trat wieder dicht an ihn heran, ihre Stimme ein tiefes und aufreizendes Schnurren.

Er grinste zu ihr auf, zog sie eng an sich und ließ sie spüren, wie sehr er sie begehrte. »Ganz genau.«

Kapitel 7

Zum zweiten Mal an diesem Abend erkannte sich Zara kaum wieder.

Wer war diese wilde, verruchte Frau, die sich gerade von einem Mann in einem Weinkeller begrabschen ließ?

Dieselbe wilde, verruchte Frau, die einen attraktiven Arzt hatte stehenlassen, um mit einem anderen attraktiven Arzt in einem Gästezimmer ihrer Gastgeber wild rumzuknutschen.

Und eben *dieser* attraktive Arzt hatte jetzt seine Hand in ihrem Höschen und seinen Daumen auf ihrer Klitoris.

Zara schluckte, ihr Puls dröhnte laut in ihren Ohren, als sie die unbandagierte Hand von seinem Nacken nahm, zwischen ihren Körpern hinabgleiten ließ und auf seine harte Erektion legte.

Ich weiß nur, dass du mich all meine Regeln vergessen lässt. Das hier ist so untypisch für mich.

Der Mann wusste einfach immer genau, was er sagen musste.

Sie konnte sich nicht daran erinnern, wann sie das letzte Mal einen Mann dazu gebracht hatte, ihretwegen seine Regeln zu brechen – überhaupt schon jemals?

Sie wollte herausfinden, was er damit meinte. Was waren das für Regeln, die er ihretwegen vergaß?

Datete er normalerweise nur gebildete Frauen? Studierte Frauen? War eine Floristin unter seinem Niveau?

Du denkst schon wieder viel zu viel nach.

Tja, zu dumm. Sie musste es wissen.

Sie ließ seinen Schwanz los, legte ihre Hand wieder zurück auf seine Schulter. Sein eindringlicher Blick folgte ihrer Bewegung, und er zog neugierig die Brauen zusammen.

»Was meinst du damit, du vergisst all deine Regeln?«, fragte sie. »Bin ich jemand, mit dem du normalerweise nicht …«

Ausgehst? Schläfst? Rumknutschst? Sex auf einem Eichenfass hast? Wie konnte sie diese Frage beenden, ohne wie eine komplette Idiotin zu klingen?

War sie unattraktiv, und er tat das hier nur aus Mitleid?

Was davon war es?

»Normalerweise date ich … niemanden«, sagte er leise und ließ seinen Daumen wieder gegen ihre Klitoris schnalzen. »Zumindest nicht seit meiner Scheidung. Und wenn ich wieder anfange zu daten, würde ich ziemlich lange warten, bis ich diejenige meiner Tochter vorstelle. Meine Ex und ich haben die Abmachung – nicht, dass sie sich daran gehalten hätte –, dass wir sechs Monate warten, bis wir Jojo einen neuen Partner vorstellen.«

Oh!

Dating.

Ihr Körper verriet ihren Kopf, und sie spürte eine weitere Welle warmer Nässe aus sich heraus und über seine Hand fließen. Das Aufleuchten seiner Augen verriet ihr, dass auch er es spürte und weit mehr verstand, als er sich anmerken ließ. Die Hitze in seinem Blick war das Einzige, was sich änderte, und reichte doch aus, um ihre Nippel beinahe schmerzhaft anschwellen zu lassen.

»Und ich habe deine Tochter schon kennengelernt«, sagte sie atemlos.

»Hast du.«

»Was bedeutet das?«

»Ich weiß es nicht. Ich weiß nur, dass ich dich mag und dass ich dich begehre.« Er drang mit zwei Fingern in sie ein und begann zu pumpen, während seine Handfläche auf ihrem Venushügel lag und sein Daumen immer wieder über ihren geschwollenen und glitschigen Kitzler rieb. »Ich will *das.*«

Zara bebte in seinen Armen. Sie schloss die Augen und hatte Mühe, sich auf den Beinen zu halten, doch er schlang den freien Arm wieder um sie, griff unter ihrem Kleid nach ihrer Pobacke und drückte Zara fest an sich. Hielt sie fest.

»Ich will das hier auch«, flüsterte sie, ohne die Augen zu öffnen.

Er legte die Lippen wieder um einen ihrer Nippel, saugte ihn so heftig und tief in seinen Mund, dass ein scharfer Schmerz durch ihre Brust zuckte, der sich zu einer wohligen Hitze in ihrem Bauch sammelte.

Seine Finger stießen noch immer in sie, rieben über die Wände ihrer Pussy – vermutlich musste er dabei ein paar Spinnweben wegwischen.

»Das letzte Mal ist bei mir schon eine Weile her«, murmelte er gegen ihren Nippel. »Und du bist die perfekte Frau, um meine Durststrecke zu beenden.«

Sie lachte. »Ich wette, da kann ich dich überbieten.«

Sein Daumen rieb immer schneller über ihren Kitzler. »Also haben wir das hier beide dringend nötig?«

Zara fuhr mit der Zunge über ihre Unterlippe, schob die Hüfte vor und presste sich gegen seine Hand. »Ich habe das so was von nötig.«

Ein tiefes, maskulines Knurren vibrierte in seiner Brust und ließ ihre Pussy erzittern.

Bevor sie wusste, wie ihr geschah, hatte Emmett schon seine Finger aus ihr zurückgezogen, seine andere Hand von ihrem Po genommen, sie hochgehoben, herumgedreht und sie bäuchlings auf dem hölzernen Deckel des Weinfasses platziert.

Was zum …?

Sie wimmerte. Was hatte er vor?

Emmett ließ sich auf die Knie sinken, schob ihre Beine

auseinander, umfasste wieder ihre Pobacken und drängte sie, ihm entgegenzurutschen. Dann schob er mit seinen fähigen Händen ganz langsam ihr Kleid über die Schenkel nach oben. Seine Berührung hinterließ eine feurige Spur auf ihrer sensiblen Haut.

Sie umfasste den Rand des Fasses und lehnte sich zurück, ließ den Kopf in den Nacken fallen und schloss die Augen.

Jede seiner Bewegungen war perfekt, er fand all die richtigen Stellen an ihrem Körper, so dass sie sich ihm vollkommen hingab, alles nahm, was er zu bieten hatte, und ihren eigenen Eifer verdoppelte.

Mit den Fingern wanderte er die Innenseite ihres Oberschenkels hinauf, gefolgt von seiner heißen Zunge, die genau an der Stelle über ihrem Höschen kreiste, an der ihre Klitoris verborgen war. Sie erschauerte, ihre Beine begannen zu zittern, und ihre Arme drohten nachzugeben. Sie würde nicht lange durchhalten, wenn er so weitermachte.

»So erregbar«, brummte er und drückte einen Kuss auf ihre Klitoris, bevor er ihr Spitzenhöschen zur Seite zog und ihren Kitzler abrupt zwischen seine Lippen saugte. »Verdammt, du schmeckst so gut.«

O Gott.

Er sorgte dafür, dass ihr Höschen aus dem Weg war, spreizte ihre Schamlippen mit zwei Fingern und fuhr mit seiner breiten Zunge ihre Spalte hinauf, umkreiste ihren geschwollenen Kitzler und ließ seine Zunge wieder zurückgleiten. Dieselben zwei Finger wie schon zuvor kreisten um ihren Eingang, neckten sie, brachten sie zum Stöhnen.

»Emmett«, sagte sie atemlos. Sie brauchte mehr, brauchte alles von ihm. Sie wollte ihm sagen, dass er aufhören sollte, mit ihr zu spielen, aber gleichzeitig wollte sie, dass er niemals damit aufhörte. Dieses Spiel, das Vorspiel war einfach zu gut. Aber es verriet ihr auch, wie begabt er war und dass mehr von ihm, alles von ihm, noch viel besser sein würde.

Er antwortete nicht, drang stattdessen mit diesen zwei Fingern wieder in sie ein, streichelte sie von innen, rieb über den herrlichen Punkt, den dieser Tage nur ihr Vibrator ab und an besuchte.

Seine Zunge fuhr wieder durch ihre Spalte hinauf und widmete sich dann ganz ihrem Kitzler, wechselte zwischen hartem Saugen und dekadentem Kreisen, das sie fast in den Wahnsinn trieb.

»Kommst du für mich, Zara?«, murmelte er, ohne seine Bemühungen zu unterbrechen.

Seine Worte sandten eine himmlische Vibration durch ihren Körper, die sie noch ein paar Dutzend Schritte näher an den Abgrund brachte. Sie war so kurz davor. Mit zwei Zehen hing sie schon über der Schlucht, und es würde nicht mehr brauchen als eine leichte Brise oder einen kleinen Stupser, um sie endgültig abheben zu lassen.

»Zara?«, fragte er wieder. »Willst du kommen, Baby?«

O Gott, ja, sie würde kommen.

»Ja«, stieß sie hervor, die Augen noch immer geschlossen. Ihre bandagierte Hand begann zu pochen, als sie ihr ganzes Gewicht auf ihre Hände stützte, doch es war ihr egal. Die Lust überlagerte den Schmerz, verdrängte ihn einfach aus ihrem Bewusstsein.

»Braves Mädchen«, schnurrte er und saugte dann wieder heftig an ihrer Klitoris. »Du schmeckst so verdammt gut.«

Wieso machte sie das so heiß?

Weil noch nie ein Mann so schmutzige Worte zu dir gesagt hat, und du liebst es.

Er schob noch einen dritten Finger in sie, saugte ihren Kitzler tief in seinen Mund – und sie explodierte. Dieser Mann hatte sie nicht sanft über den Abgrund geschoben, sondern sie mit vollem Schwung geworfen, doch statt zu fallen, flog sie. Sie schwebte.

Hoch, hoch hinauf in die Stratosphäre flog Zara, jedes Neuron in ihrem Gehirn aktiviert, jede Zelle in ihrem Körper pulsierte im Takt ihres dröhnenden Herzschlags.

Ihr ganzer Körper spannte sich an, Sterne und bunte Lichter explodierten hinter ihren geschlossenen Lidern. Und Emmett ließ keinen Moment von ihr ab. Wenn überhaupt, legte er sich nur noch mehr ins Zeug, presste seine Finger hart gegen ihren G-Punkt.

Der Mann hatte wirklich Talent.

Als das Zucken in ihren Gliedern schließlich nachließ und sie wieder wusste, wo sie war, wer sie war und mit wem sie hier war, öffnete sie langsam die Augen und betrachtete den Mann, der vor ihr kniete. Ihre Brust hob und senkte sich hektisch, und ihre Pussy pulsierte noch immer.

Emmett zog seine Finger aus ihr heraus und setzte sich zurück auf seine Fersen. Er sah mit Befriedigung im Blick zu ihr auf, wie ein Mann, der gerade eine Portion seiner Lieblingsmahlzeit verspeist hatte und dringend Nachschlag wollte.

Sie ließ den Blick über sein Gesicht wandern, sah die Tropfen ihrer Erregung in seinem kurzen Bart, den Film ihrer Erlösung als Schimmern auf seinen Lippen. Er hob seine Finger an den Mund, und mit einem herausfordernden Funkeln in den bernsteinfarbenen Augen leckte er einen nach dem anderen sauber.

Zara öffnete fassungslos den Mund, als sie beobachtete, wie er ihren Geschmack genoss. Sie war sicher, dass er gleich die Augen schließen würde, doch das tat er nicht. Er ließ sie nicht aus den Augen, reizte sie, faszinierte sie. Erregte sie.

»Whoa«, hauchte sie, als er den letzten Finger aus seinem Mund zog.

Er erhob sich mit der Eleganz einer Raubkatze, sein Verlangen nach ihr war deutlich in seinem Schritt zu erkennen. Sie wettete, dass ihm seine Hose inzwischen ziemlich eng geworden war.

Tja, dagegen konnte sie doch etwas unternehmen.

Sie setzte sich auf dem Weinfass auf, um sich nicht mehr auf ihre Hände stützen zu müssen, und griff nach ihm, legte beide Hände auf seine Hüfte und zog ihn zu sich, zwischen ihre Beine.

Er legte seine Hände ebenfalls um ihre Taille, rieb mit dem Daumen über ihre Hüftknochen.

»Das war …« Sie sah zu ihm auf.

Er zog die eine Seite seiner glänzenden Lippen zu einem verschmitzten Grinsen nach oben. »Ja?«

Ihre Augen wurden groß, und sie nickte vehement. »Ja!«

Jetzt grinste er breit, beide Mundwinkel so weit nach oben gezogen, dass sie fast seine Ohren erreichten. Oh, er war nicht nur verschmitzt. Er bildete sich richtig was ein auf seinen Erfolg.

Tja, das würde sie wohl auch, wenn er so reagiert hätte, nachdem sie ihn das erste Mal in den Mund genommen hatte.

Ihr Blick wanderte zu seinem Gürtel und den Knöpfen seiner Hose. Sie leckte sich die Lippen und griff nach der Schnalle.

Er nahm eine Hand von ihrer Taille und legte sie auf die ihre. »Wir müssen nicht …«, sagte er. Seine Stimme war ein tiefes Brummen, das ihre privatesten Stellen wieder kribbeln und nach einer Zugabe seiner talentierten Zunge und Finger verlangen ließ.

Sie scheuchte seine Hand weg, nun selbst ein schiefes Grinsen im Gesicht. »Wir müssen nicht. Aber ich will es.« Innerhalb von Sekunden hatte sie Gürtel, Knöpfe und Reißverschluss geöffnet, ihn aus der schwarzen Unterhose gefischt und seinen seidig weichen, ansehnlichen Schwanz in ihre linke Hand genommen.

Mit einer Hand noch immer an ihrer Hüfte, legte er die andere an ihre Wange und hob ihr Gesicht an. Seine Augen wanderten suchend über ihr Gesicht. »Das brauche ich jetzt nicht, Baby«, flüsterte er, fuhr mit dem Daumen über ihr Kinn, ihre Unterlippe. »Was ich jetzt wirklich brauche, ist, tief in dir zu sein.«

Zara konnte sich nicht davon abhalten, die Augen zu schließen und ihr Gesicht in seine Hand zu schmiegen. »Das will ich auch«, erwiderte sie und begann, seinen Schaft zu streicheln. »So sehr.«

»Schau mich an.« Der Befehl in seiner Stimme brachte sie dazu, die Augen zu öffnen. »Sieh mir zu.«

Sie hatte gar nicht realisiert, dass sie noch immer das Kondom in ihrer bandagierten Hand hielt. Er ließ ihre Wange und Hüfte los und nahm es ihr ab. Ohne auch nur einen Moment den Blick von ihr abzuwenden, riss er die Packung auf und streifte das Kondom in einer gekonnten Bewegung über. »Sieh mir zu«, wiederholte er, als er nach ihren Knien griff. »Schieb dein Höschen zur Seite.

Sie hatte gewusst, dass dieser Mann ein Hitzkopf sein konnte, und hatte auch schon einen Blick auf sein nicht ganz kleines Ego erhascht. Sie hatte jedoch nicht geahnt, wie verdammt gebieterisch er wurde, wenn es ans Eingemachte ging. Kein *Bitte*, kein *Danke*. Er fragte nicht. Er nahm sich einfach, was er wollte. Er verlangte es.

Und wenn Zara ehrlich war, gefiel ihr das verdammt gut.

»Höschen«, presste er hervor, ließ eines ihrer Beine los und legte die Hand um seinen Schwanz, fuhr daran auf und ab, während er darauf wartete, dass sie ihren Part in diesem verruchten Tanz erfüllte.

»Ja. Sorry.« Ihr Kopf drehte sich noch immer von ihrem letzten Orgasmus. Das Blut war noch nicht wieder vollständig in ihr Gehirn zurückgekehrt. Und würde es wohl auch nicht so bald.

Sie tat, wie ihr geheißen, und zog ihr Höschen zur Seite, ihre Finger glitten über ihre feuchte Spalte, ihre noch immer geschwollene Klitoris. Sie erbebte leicht, als sie mit einem Knöchel dagegen stieß, dann heftiger, als sie mit einem Finger darum zu kreisen begann.

Er knurrte. »Ich werde langsam ungeduldig, Zara.« Er

fuhr noch ein paarmal an seiner Länge auf und ab. »Soll ich dich dir selbst überlassen?«

»Sorry«, sagte sie wieder atemlos, nahm den Finger von ihrem Kitzler und hielt brav ihr Höschen aus dem Weg.

Noch immer ließ er sie nicht aus den Augen, und auch wenn sein Mund zu einer beinahe strengen Linie verzogen war, blitzte es amüsiert in seinem Blick, der sie von innen heraus wärmte.

»Lass die Augen offen«, befahl er. »Ich will jede deiner Reaktionen sehen. Alles, was du empfindest.« Er fuhr mit der Spitze seines latexummantelten Schwanzes durch ihre nasse Spalte, drang ein paar Zentimeter tief in sie ein, nur um sich gleich wieder zurückzuziehen und seine Folter fortzusetzen.

»Bitte«, stieß sie hervor. Sie hatte die Finger ihrer unverletzten Hand in seine Schulter gegraben, musste sich festhalten, als Splitter der Lust durch ihren Körper jagten, jedes Mal, wenn er mit seinem Schwanz ihre Klitoris berührte. »Bitte.«

»Bitte was?«

»Fick mich«, flüsterte sie, drängte sich an ihn, grub ihm ihre Nägel in den Rücken.

Seine Lippen schwebten über ihren. Sie konnte ihre eigene Lust in seinem Atem schmecken. Er griff ihre Knie fester und stieß dann vor, drang bis zum Anschlag in sie ein.

Sie stieß ein zufriedenes Seufzen aus.

Emmett ebenfalls.

Nichts war so gut wie der erste Stoß.

Gott, wie sie diesen ersten Stoß vermisst hatte.

Es war fast vier Jahre her, dass sie das letzte Mal einen guten ersten Stoß erlebt hatte. Vier Jahre, seit sie das letzte Mal Sex gehabt hatte. Vier verdammte Jahre. Und das letzte Mal war nicht mal besonders gut gewesen.

Na ja, vielleicht war der Typ gar nicht schlecht gewesen, aber er hatte keinen bleibenden Eindruck hinterlassen. Sie war eine Zeit lang mit ihm ausgegangen, natürlich immer nur, wenn Nolan bei seinem Vater war.

Wie auch immer, ihr letzter Sex war kein Vergleich zu diesem hier. Man konnte es wirklich überhaupt nicht vergleichen. Wie ein knackiger Apfel, frisch vom Baum, und eine Orange, die schon halb vergammelt und voller Fliegen am Boden lag. Ja, Äpfel und Orangen.

Sie liebte Äpfel.

»Mach die Augen auf, Zara«, befahl Emmett mit tiefer Stimme.

Sie hatte gar nicht gemerkt, dass sie sie geschlossen hatte. Sie war zu tief in der Euphorie dieser Erfahrung versunken, um sich an die Regeln erinnern zu können, an seine Befehle.

Sie öffnete die Augen, und er begann sie zu vögeln. Rein und raus, rein und raus, er zog sich bis zur Spitze zurück und stieß dann wieder bis zum Anschlag in sie. Langsam. So. Verdammt. Langsam. Quälend langsam. Genüsslich langsam. Herrlich langsam.

Oh, so verdammt herrlich langsam.

Und er wusste ganz genau, was er tat. Sie war ein offenes Buch für ihn, und Emmett konnte jede ihrer Emotionen sehen, sah, wie frustriert sie von seiner Geschwindigkeit war – oder besser gesagt der Absenz davon. Und er gab sich keinerlei Mühe, seine Belustigung darüber zu verbergen.

»Schneller … *bitte*«, bettelte sie, versuchte ihn dazu zu bringen, schneller zu werden, indem sie ihr Becken nach vorne wölbte. Doch das brachte das Fass unter ihr nur zum Kippen.

Mist.

»Schneller?«, fragte er, als hätte er das Wort noch nie zuvor gehört. »Willst du mir etwa sagen, dir gefällt mein Tempo nicht?« Oh, er war ein Witzbold. Ein *echter* Witzbold.

»Hart und schnell«, flehte sie. Sie hatte das Gefühl, gleich ohnmächtig zu werden. Es war alles zu viel. Ihre Gefühle – allesamt unglaublich – wirbelten in komplettem Chaos durch ihren Körper. Es war nur eine Frage der Zeit, bis sie kollidierten und ihre gesamte Welt explodierte.

»Bist du dir sicher?«, fragte er, ohne sein Tempo auch

nur ansatzweis zu beschleunigen. »Hart und schnell, das willst du?«

Sie ließ ihre Hand von seiner Schulter zu seinem Po wandern und zog ihn so fest an sich, wie sie nur konnte. »Ja, bitte. Härter. Schneller.«

Seine Augen waren halb geschlossen, und sein Griff um ihre Knie verstärkte sich noch. »Na gut, wenn du meinst.« Dann legte er richtig los und hämmerte in sie hinein. Er beugte sich vor und bedeckte ihren Mund mit seinem, erstickte das scharfe Einatmen, dem ein Wimmern folgte, als der Orgasmus durch ihren Körper raste. Sie presste sich an ihn, wurde nicht langsamer. Der Orgasmus breitete sich von ihrer Mitte aus, bis hinunter in ihre Zehen und hinauf in ihre Kopfhaut.

Sie spornte ihn an, sie noch schneller zu nehmen, noch härter. Löste ihre Hand von seinem Po, doch nur gerade lange genug, um seine Hose runterzuschieben und seine Haut unter ihren Fingern zu spüren. Sie grub die Finger in das harte, angespannte Fleisch seines Hinterns und hielt sich fest.

Er benutzte ihren Mund, um sein eigenes Stöhnen zu dämpfen. Dann erstarrte er, und sein Schwanz begann in ihr zu zucken, als auch er den Höhenpunkt erreichte.

Einen Augenblick später löste er ihren Kuss und vergrub sein Gesicht in ihrem Nacken, knurrte, als er noch ein letztes Mal zustieß.

Sie spürte seinen schnellen Atem warm an ihrem Hals, dann hob er den Kopf.

»So viel zu *Schau mich an, sieh mir zu*«, sagte Zara mit einem breiten Grinsen. Sie wollte ihn noch nicht gehen lassen, wollte ihn weiter in sich spüren. Wieso musste es enden?

Sein glasiger Blick wurde weich. »Hab mich wohl etwas mitreißen lassen.« Er lächelte, wanderte dann mit dem Mund über ihre Wange, bis er ihre Lippen fand. Er küsste sie jedoch nicht.

»Ich auch.« Ihr Herz fühlte sich ganz leicht an, ihr Körper geschmeidig und zufrieden. Das Grinsen auf ihrem Gesicht wurde breiter, und sie spürte sein Lächeln auf ihren Lippen. Sie kniff in seine Pobacke. Er spannte sie an und brachte sie damit beide zum Lachen, ihre Lippen noch immer aufeinandergelegt.

»Frohes neues Jahr, Zara«, flüsterte er.

»Frohes neues Jahr, Emmett.« Und in der Sekunde, bevor er sie endlich küsste, fragte sie sich, wie es wohl wäre, jedes neue Jahr mit Dr. Emmett Strong zu beginnen, ihn jedes Jahr um Mitternacht küssen zu können. Das Jahr mit einem großen, wunderschönen Strauß Orgasmen zu beginnen – ja, sie fand, das klang nach einer ziemlich guten Art, das neue Jahr zu begrüßen, *jedes* neue Jahr.

Kapitel 8

Ihr Schlüsselbein warf einen kleinen gewölbten Schatten auf ihre Haut, auf den er seinen Mund legte. Mit der Zunge folgte er dem Verlauf des zierlichen Knochens und wanderte dann wieder ihren Hals hinauf.

Es bestand kein Zweifel daran, dass Zara Olsen eine umwerfende Frau war – eine unglaubliche Frau. Emmett war durcheinander und traurig, als sein Schwanz schließlich weich wurde und er gezwungen war, die warme und enge Geborgenheit ihres Körpers zu verlassen.

Sie wimmerte, als er aus ihr herausglitt. Er fühlte sich ganz genauso.

Aber er hatte auch nur dieses eine Kondom dabei – wenn sie das also wiederholen wollten, musste es ein anderes Mal sein, oder er musste Riley um mehr Kondome anhauen.

Wenn es dazu kommen sollte, hätte sein Freund für die nächsten Tage ein so fettes Grinsen im Gesicht, dass man es noch vom Weltall aus sehen konnte.

Er sah sich im Weinkeller um, auf der Suche nach einem Waschbecken oder etwas Ähnlichem, an dem sie sich säubern konnten. Und tatsächlich, in einer Ecke gab es nicht nur ein kleines Waschbecken, sondern auch eine Rolle Küchenpapier und einen Mülleimer. Riley hatte an alles gedacht.

Er versicherte sich, dass es ihr gut ging und sie nicht im nächsten Moment vom Weinfass fallen würde, bevor er das Kondom abzog, verknotete und zum Waschbecken hinüberging.

Er warf das Gummi in den Müll, wusch sich Hände und Gesicht, faltete dann ein Papiertuch und hielt es für Zara kurz unter warmes Wasser.

»Du hast echt interessante Freunde«, sagte sie, als er zu ihr zurückkam. »Eine riesige Villa mit einem Atombunker als Weinkeller.« Sie pfiff durch die Zähne. »Solche Freunde habe ich nicht.«

Sie wollte ihm das Papiertuch abnehmen, doch er schüttelte den Kopf und wischte sie stattdessen selbst sauber. Das war schließlich das Mindeste, was er tun konnte.

Ihr Lächeln war schüchtern und ein wenig zurückhaltend, aber die Hitze in ihrem Blick verriet ihm, wie sehr es ihr gefiel, dass er wieder die Kontrolle übernommen hatte. Dass er sie umsorgte.

Er fühlte sich besser, wenn er die Kontrolle hatte. Auch wenn er sie für einen Augenblick verloren hatte, als er gekommen war. Er hatte die Augen zugekniffen und sie geküsst, nachdem er von ihr verlangt hatte, ihn die ganze

Zeit anzusehen. Ja, in dem Moment hatte der Kontrollfreak nicht sehr viel Kontrolle gehabt.

Er verlor nicht gern die Kontrolle. Überhaupt nicht gern. Und so sehr er die post-orgasmische Euphorie auch festhalten wollte, begann doch irgendwas in seinem Nacken zu kribbeln. Er hatte bei dieser Frau die Kontrolle verloren. Sie hatte seine Tochter kennengelernt. So richtig sie sich auch in seinen Armen anfühlte … so sollte das eigentlich nicht ablaufen.

»Danke«, flüsterte sie, als er fertig war und wieder zum Mülleimer ging.

Er kehrte zu ihr zurück und half ihr vom Fass herunter. Er würde dieses Fass und diesen Weinkeller nie wieder mit denselben Augen sehen.

Sie hielt ihm die Hand hin. »Ich bin am Verhungern. Sollen wir uns was zu essen suchen?«

Emmett verdrängte die merkwürdigen Gefühle, die in ihm rumorten, und nahm ihre Hand. Gemeinsam stiegen sie die Treppe hoch.

»Ich würde gern kurz nach Jojo sehen, wenn dir das nichts ausmacht. Es schien ihr zwar gut zu gehen, als sie gegangen ist, und sie hasst es, wenn ich überfürsorglich bin, aber ich würde trotzdem gern nachsehen, ob alles okay ist.«

Sie drückte seine Hand. »Na klar. Ich bin mir sicher, Nolan passt gut auf sie auf.«

Sie erreichten das obere Ende der Treppe und wandten sich beide noch einmal um, um einen Blick hinunter in den Weinkeller zu werfen. Emmett sah Zara von der Seite an. Sie biss sich auf die Lippe, um ein Grinsen zurückzuhalten.

Sein eigenes Grinsen war gigantisch.

»Das hat Spaß gemacht«, sagte sie und wandte sich ihm zu.

»Das hat es. Mein bestes Silvester seit Langem.«

Ihre blauen Augen funkelten. »Meins auch.«

Er hörte ihren Magen knurren. »Dann gehen wir dich mal füttern.« Mit einem letzten Blick zurück in den Keller zog er sie von der letzten Stufe hinauf in Rileys Büro, schloss und *ver*schloss die Kellertür, bevor sie hinaus in den Flur traten.

Aus Richtung des Hobbyraums voller Kinder waren fröhliche Stimmen zu hören. Von oben drangen Gesprächsfetzen, Lachen und das Klimpern von Besteck zu ihnen.

»Können wir den restlichen Abend einfach hier unten bleiben?«, fragte Zara, als sie auf das große Spielzimmer zugingen.

Emmett ließ abrupt ihre Hand los und trat einen großen Schritt von ihr weg, woraufhin sie ihm einen fragenden Blick zuwarf. »Wäre das nicht schön?«, sagte er und hoffe, dass sein Lächeln sie beruhigte. Er hatte Jojo mit Nolan in einer Ecke des Raums entdeckt. Die zwei saßen zusammen auf dem Boden und arbeiteten an einem Puzzle. Sie bemerkte ihn nicht mal, als er auf sie zuging.

»Sieht so aus, als hättet ihr beide Spaß«, sagte Zara. Sie stellte sich extrem dicht neben Emmett, als beide Kinder nickten, sich jedoch nicht die Mühe machten, zu ihnen hochzusehen. Emmett brachte einen halben Schritt Abstand zwischen sich und Zara, was ihm einen weiteren fragenden Blick einbrachte. Er wollte einfach nicht, dass Jojo sich ein falsches Bild von ihm und Nolans Mutter machte. Der Junge hatte ihnen sowieso schon vorgeworfen, dass sie sich geküsst hatten. Er wollte seine Tochter nicht noch mehr verwirren. Nicht so, wie seine Ex-Frau Jojo verwirrt hatte, als sie ihr aus heiterem Himmel ihren neuen Freund vorgestellt hatte.

Anscheinend hatte seine Ex-Frau Huntley, ihren Neuen, gleich an dem Abend, als sie ihn Jojo vorgestellt hatte, bei sich übernachten lassen, und das hatte Jojo überhaupt nicht gefallen. Seine Ex und Huntley hatten die Schlafzimmertür abgesperrt und am nächsten Morgen ausgeschlafen, so dass Jojo sich selbst ums Frühstück hatte kümmern müssen.

Außerdem neigte seine Tochter seit der Scheidung zu Alpträumen, wachte häufig mitten in der Nacht auf und wollte dann geknuddelt werden. Jojo hatte ihm erzählt, dass sie auch in jener Nacht aufgewacht war, Tiff sie aber nicht weinen gehört hatte. Und als Jojo dann zu ihrer Mutter hatte gehen wollen, war die Tür verschlossen gewesen, und sie hatte nicht weitergewusst. Sie hatte nicht laut klopfen wollen, weil Huntley bei ihrer Mutter im Schlafzimmer war, deswegen war sie schließlich zurück in ihr Zimmer gegangen und hatte sich in den Schlaf geweint.

Seiner Tochter zufolge war Huntley dann irgendwann nur in seiner Unterwäsche bekleidet – die kurze, eng anliegende weiße Sorte – aus dem Schlafzimmer gekommen und hatte in diesem Aufzug auch gefrühstückt. Jojo wäre vor Scham am liebsten im Boden versunken.

Emmett und Tiff waren in einen riesigen Streit geraten, als Jojo am nächsten Tag zu ihm gekommen war und ihm alles erzählt hatte. Sie wollte nicht mehr zurück zu ihrer Mutter gehen, solange Huntley dort war. Es gefiel ihr nicht, dass er sich in ihrem Zuhause so breitmachte und sie nicht zu ihrer Mutter konnte, wenn sie sie in der Nacht brauchte.

Emmett verstand seine Tochter, aber Tiff fand, dass sie beide überreagierten.

Die ganze Sache hatte sich damals ziemlich hochgeschaukelt.

Und auch wenn Jojo kein Problem mit Zara zu haben schien, störte es ihn trotzdem irgendwie, dass er keinen Einfluss darauf gehabt hatte, wie seine Tochter die Frau kennenlernte, an der er interessiert war. Das alles machte ihn sehr nervös.

»Josie hilft mir mit diesem Puzzle«, sagte Nolan, noch immer ohne zu Zara oder Emmett aufzusehen.

»Wir helfen uns gegenseitig«, korrigierte Jojo und schob sich eine lange blonde Strähne hinter das Ohr.

Nolan nickte abwesend, seine Wangen liefen leicht rot an. »Stimmt. Stimmt. ’tschuldigung.«

»Es ist jedenfalls schön, euch beide zusammen spielen zu sehen«, sagte Zara. »Und Josie, ich kann gerne deine Giraffe reparieren, wenn du möchtest. Ich denke, das kriege ich sogar bis morgen schon hin.«

Nun sah Jojo doch endlich zu ihnen auf. Sie musterte Emmett mit zusammengekniffenen Augen, dann wanderte ihr Blick zu Zara. Das ungute Gefühl in Emmett wuchs, und er machte noch einen halben Schritt von Zara weg. Die runzelte die Stirn und blähte die Nasenflügel, als sie ihm einem Seitenblick zuwarf. Sie spannte den Kiefer an.

»Danke«, sagte Jojo schließlich, bevor sie den Kopf wieder senkte und weiter nach Puzzleteilen suchte.

»Wir könnten morgen doch alle zusammen frühstücken gehen«, sagte Zara mit so viel Hoffnung in der Stimme, dass sich sofort Emmetts Nackenhaare aufstellten. Er brach schon jetzt all seine Regeln, indem er zuließ, dass Jojo diese neue Frau kennenlernte – auch wenn er wenig dagegen tun konnte –, aber irgendwo musste er eine Grenze ziehen, wenn es darum ging, wie viel Zeit Jojo mit ihr verbrachte. Liebevolle Mutter hin oder her.

Zara versuchte die Situation zu kontrollieren, und das gefiel ihm nicht.

Er hatte Regeln. Er und Tiff hatten eine Abmachung.

Ja, aber es ist ja nicht so, als hätte sie sich daran gehalten.

Das stimmte zwar, aber man konnte einen Heuchler nicht mit einem anderen ausgleichen, und er wollte seine Tochter nicht verwirren oder ihr falsche Hoffnungen machen. Er wollte auch nicht, dass sie sich zu sehr an Nolan gewöhnte – oder an Zara –, falls es zwischen ihnen nicht funktionieren sollte.

Es gab einfach so viel zu bedenken, bevor er seine Tochter mehr Zeit mit Zara verbringen lassen konnte – oder mit irgendeiner anderen Frau, die er datete. Er konnte diese Entscheidung nicht einfach so spontan treffen, ohne vorher die Vor- und Nachteile abzuwägen und Zara selbst besser kennenzulernen. Was, wenn die Chemie zwischen ihnen nur dem Rausch der Silvesternacht geschuldet war und sie in Wirklichkeit überhaupt nichts gemeinsam hatten? Was, wenn sie morgen früh herausfanden, dass sie eigentlich gegensätzliche Magnete waren, statt sich magnetisch anzuziehen? Was dann? Wie sollte er seiner Tochter das erklären?

Ja, er mochte die Frau, die neben ihm stand, fand sie absolut umwerfend – zumindest die Aspekte, die er in den letzten zwölf Stunden kennengelernt hatte –, aber ihre Beziehung, oder was auch immer es sein mochte, war noch extrem frisch.

Wären Jojo und Nolan nicht auf dieser Party gewesen, hätte er seiner Tochter Zara niemals so früh vorgestellt und seinerseits Sorge und Zurückhaltung geäußert, wenn Zara darauf bestanden hätte, ihm Nolan so früh vorzustellen.

Ganz egal, wie sehr er Zara mochte, seine Tochter war sein Leben, und er würde ihr Glück für nichts in der Welt gefährden. Er würde sie nicht verwirren oder unnötig stressen, wenn er es verhindern konnte. Sie hatte im Lauf der Scheidung schon so viel mitgemacht, das würde er ihr nicht noch mal antun. Für niemanden.

Er hatte seine Regeln aus gutem Grund aufgestellt. Er hatte sich aus gutem Grund so lange von der Dating-Welt ferngehalten.

»Können wir, Dad?«, fragte Jojo und unterbrach damit seine Gedanken. Er sah hinunter auf seine Tochter. Sie und Nolan sahen nun beide verwirrt und ungeduldig zu ihm auf.

»Können wir was?«, fragte er.

»Morgen zusammen frühstücken gehen. Wir alle. Nolan und ich sind jetzt Freunde.«

Emmett schluckte. »Mal schauen, Süße. Kann gut sein, dass du morgen ziemlich müde bist.«

Seine Tochter zog die Nase kraus und hob eine Schulter. »Dann gehen wir eben Mittagessen. Oder Abendessen.«

»Ich mag das Bistro *Lavendel und Flieder*«, sagte Nolan. »Warst du da schon mal?«

Jojos Augen wurden groß, und sie nickte enthusiastisch. »Das ist mein *Liiiieblings*restaurant. Wir kennen die Besitzerin, und sie tut immer einen extra Keks für mich in die Tüte.«

»Ich will die Besitzerin auch kennen«, sagte Nolan, dessen Augen groß und rund wurden. »Ich liebe die Cupcakes mit weißer Schokolade. Meinst du, wenn ich die Besitzerin kennenlerne, würde sie mir *zwei* davon geben?«

Jojo zuckte mit den Schultern. »Vielleicht. Ich weiß nicht.« Sie blickte wieder zu Emmett auf. »Also Mittagessen, Dad? Können wir?«

Sowohl Jojo als auch Nolan sahen ihn hoffnungsvoll an. Er ließ seinen Blick zu Zara wandern. Sie war die ganze Zeit auffallend still geblieben. Aber es war ihr Frühstücksvorschlag gewesen, der diese ganze Sache erst ins Rollen gebracht hatte. Und sobald irgendetwas mit Kindern erst mal ins Rollen geriet, nahm es meist ziemlich schnell an Fahrt auf, krachte nicht selten gegen einen Baum und ging in Flammen auf.

Emmett räusperte sich. »Mal schauen, Jojo. Ich muss erst deine Mutter fragen, was sie für morgen geplant hat.

Eigentlich wärst du heute Abend ja bei ihr gewesen, weißt du noch? Kann sein, dass sie dich gleich morgen früh zurückhaben will.«

Seine Tochter machte ein abschätziges Geräusch und verdrehte die Augen. »Sie und Huntley schlafen bestimmt lange.« Sie verschränkte die Arme vor der Brust und setzte sich mit einem trotzigen Aufseufzen zurück. »Du lässt mich nie irgendwas machen, was Spaß macht.«

Emmett zog die Augenbrauen hoch. »Wenn du so weitermachst, junge Dame, wird sich mein *Vielleicht* ziemlich schnell in ein knallhartes *Nein* verwandeln.« Sein Ton war freundlich, aber fest. Er wusste, dass seine Tochter müde war. Vermutlich alle Kinder hier. Normalerweise war Jojo um halb acht im Bett, allerspätestens um acht. Vielleicht sollte er Daisy suchen und sie fragen, ob er Jojo in einem der Gästezimmer schlafen legen konnte. Oder vielleicht sollte er seine Tochter einfach nach Hause bringen. Er hatte nicht viel getrunken, er konnte noch fahren.

Seine Tochter runzelte die Stirn, verzog die Lippen zu einer enormen Schmollschnute und sah über ihre Nasenspitze hinweg auf Emmetts Schuhe hinunter. »Ich bin morgen bestimmt nicht müde. Kannst du Mommy schreiben, dass ich morgen mit meinem Freund Nolan und seiner Mom frühstücken gehe?« O ja, sie war definitiv müde. Der jammernde Tonfall, der ihre Bitte begleitete, war ein sicheres Zeichen. Jojo war normalerweise ein sehr verträgliches Kind, aber Schlafentzug machte sie weinerlich und beinahe streitsüchtig.

Er ging in die Hocke und breitete die Arme aus. »Ich glaube, hier ist jemand ziemlich müde und braucht dringend eine Daddy-Umarmung, bevor sie etwas sagt, was ihr Ärger einbringt. Mir gefällt nicht, wie sich das hier entwickelt, Josephine.«

Langsam hob Jojo den Blick. Ihre Augen waren so rot. Ihre Mundwinkel waren nach unten gezogen und zitterten, während sie mit den Tränen kämpfte.

Sein Herz zog sich zusammen.

Seine arme kleine Jojo. So stark. So müde.

Sie ließ sich auf ihre Hände und Knie fallen und krabbelte auf ihn zu, warf sich dann in seine Arme. Er hörte gedämpftes Weinen an seiner Schulter, an der sie ihren Kopf vergraben hatte. »Tut mir leid, Daddy«, flüsterte sie.

Er drücke sie fest an sich und strich ihr sanft über den Rücken. »Es ist alles gut, Süße. Sollen wir nach Hause gehen?«

Über sich hörte er ein scharfes Einatmen und sah zu Zara auf. Sie ließ ihren Blick durch den Raum wandern, aber die Röte in ihren Wangen war nicht zu übersehen.

»Nein, Daddy«, jammerte Jojo. »Ich will noch bleiben.«

»Okay, aber wie wäre es mit einer kleinen Pause? Wir könnten Tante Daisy suchen und sie fragen, ob du dich ein bisschen in einem ihrer Gästezimmer ausruhen darfst.«

Er drehte sein Handgelenk und sah auf die Uhr. Es war halb elf. Seine Tochter würde niemals bis Mitternacht durchhalten.

Jojo nickte an seiner Schulter, bevor sie den Kopf hob. Ihre Augen waren feucht. »Okay, aber weckst du mich vor dem Countdown wieder auf?«

»Mache ich.« Er strich ihr das Haar aus der Stirn und den Augen. Sie hatte sich erst vor einem Monat Ohrlöcher stechen lassen dürfen und trug immer noch die kleinen medizinischen Stecker, goldene Herzen mit einem glitzernden Stein in der Mitte. Sie war so stolz auf sich, dass sie das geschafft hatte, und erzählte jedem, der es hören wollte, dass sie *kein bisschen* geweint hatte.

Sie schniefte, wischte sich mit dem Handrücken über die Nase, bevor sie ihm die Hand mit ausgestrecktem kleinem Finger entgegenhielt. »Versprochen?«

Er verschränkte seinen kleinen Finger mit ihrem. »Versprochen.«

Stöhnend erhob er sich mit seiner Tochter im Arm. Zara war ein paar Schritte zurückgetreten, um Emmett und Jojo etwas Privatsphäre zu geben, und sprach leise mit Nolan. Beide hoben den Kopf, als Emmett nun auf sie zuging. »Ich gehe mit Jojo nach oben und schaue mal, ob wir ein ruhiges Zimmer finden, in dem sie sich ein bisschen ausruhen kann.«

Zara legt eine Hand auf Jojos Schulter, ihr Blick liebevoll

und mütterlich. »Das klingt nach einer guten Idee. Ich weiß, dass Nono auch ziemlich müde ist.« Sie legte den anderen Arm um Nolans Schulter und zog ihn an sich.

Nolan warf ihr einen bösen Blick zu. »Mom«, zischte er. »Ich mag diesen Namen nicht mehr. Ich bin schon groß. So habe ich mich genannt, als ich ein Baby war. Ich bin kein Baby mehr.«

Zaras Lippen zuckten. »Stimmt. Das habe ich vergessen. Entschuldige bitte, Liebling.«

Nolans genervter Gesichtsausdruck entspannte sich, und er atmete aus, seine Schultern sanken erschöpft nach vorn. »Schon okay.«

Zara sah Emmett mit einem Augenrollen an und lächelte.

Eine Art Unruhe prickelte seinen Rücken hinauf, als er Zaras Hand auf der Schulter einer Tochter liegen sah. Sein Blick huschte zwischen Jojos Schulter und Zaras Gesicht hin und her, bis sie ihre Hand schließlich zurückzog. In ihren blauen Augen konnte er sehen, dass er sie verletzt und verunsichert hatte. Ihre Mundwinkel sanken nach unten.

»Ich bin nicht müde«, sagte Nolan, genauso weinerlich wie Jojo.

»Dieser Tonfall behauptet aber das Gegenteil«, sagte Zara. »Ich glaube, es ist besser, wenn wir nach Hause gehen.«

Verdammt, Emmett war so verwirrt. Er wollte nicht, dass sie ging.

Das war das absolut Letzte, das er wollte.

»Ich will nicht nach Hause gehen«, jammerte Nolan. »Ich will bei Josie bleiben. Ich will den Countdown sehen. Ich will sehen, wie der Ball auf dem Times Square runterfällt.«

»Wir könnten uns beide ins Stockbett legen«, schlug Jojo vor und riss den Mund zu einem gigantischen Gähnen auf. Sie rieb sich mit einer Hand die Augen, mit der anderen hielt sie sich an Emmetts Nacken fest.

Nolan nickte. »Ein kleines Nickerchen vielleicht.«

»Zuerst müssen wir aber das Puzzle wegräumen«, sagte Zara und ging um Jojo und Emmett herum, wobei sie gezielt seinem Blick auswich.

Sie hatten kein Wort zueinander gesagt, seit sie den Raum betreten hatten. Hatte sie einfach nur seine Hinweise verstanden, dass er ihr Techtelmechtel erst mal geheim halten wollte, oder war sie wütend auf ihn?

»Ich helfe auch mit«, sagte Jojo, sprang aus Emmetts Armen und hüpfte die wenigen Schritte hinüber zu Nolan und Zara, die bereits angefangen hatten, die Puzzleteile einzusammeln.

Emmett gesellte sich zu ihnen, achtete aber darauf, sich neben seine Tochter und nicht neben Zara zu knien. Diese bewusste Entscheidung blieb Zara nicht verborgen.

Sie sammelten alle schweigend und mit gesenkten Köpfen die Teile ein. Er griff im selben Moment nach einem der letzten Teile wie Zara, wodurch seine Hand auf ihrer landete. Er hob den Kopf, sie ebenfalls, und ihre Blicke trafen sich. Der Blick, der ihn aus ihren blauen Augen traf, war so verletzt, dass sich sein Magen zusammenzog. Verdammt, er machte alles falsch. So falsch. Das Letzte, was er wollte, war, ihr wehzutun.

Sie zog ihre Hand so schnell zurück, als hätte er ihr plötzlich gesagt, er hätte die Pest, und wandte den Blick ab. Sie räusperte sich und griff nach der Puzzleschachtel, wartete, bis Nolan und Jojo die letzten Teile hineingelegt hatten, und schloss sie dann.

Er musste mit ihr reden. Er musste sein Verhalten und seine plötzliche Hundertachtzig-Grad-Wende erklären. Es war nicht so, dass er kein Interesse an ihr hatte. Es passierte nur alles so schnell – zu schnell. Ihre Beziehung – oder was auch immer es war – lief in der völlig falschen Reihenfolge ab. Er hatte überhaupt keine Kontrolle darüber, und das warf ihn allmählich richtig aus der Bahn.

Nolan und Jojo standen auf. Zara erhob sich ebenfalls und stellte das Puzzle zurück ins Regal.

Jojo streckte Emmett die Hand entgegen. »Ich helfe dir hoch, Daddy«, sagte sie und grunzte, als sie an seinem Arm zog. Nolan griff sich seinen anderen Arm, und die beiden Kinder kicherten, als sie mit ganzer Kraft versuchten, ihn vom Boden hochzubekommen. Mit einem Grinsen und einem Stöhnen – weil er eben kein junger Hüpfer mehr war – half er den Kindern in ihren Bemühungen und erhob sich.

»Du bist schwer«, sagte Nolan etwas außer Atem.

»Mein Dad wiegt fast zweihundertfünfzig Kilo«, sagte Jojo mit ernster Miene. »Und er ist echt alt.«

»Meine Mom ist auch schon alt«, erwiderte Nolan mit ebenso ernstem Gesicht. »Aber sie wiegt keine zweihundertfünfzig Kilo. Eher nur hundert oder so.«

Emmett verdrehte die Augen und schnaubte. Aus dem Augenwinkel konnte er sehen, dass auch Zara Mühe hatte, ernst zu bleiben.

»Lass uns hochgehen«, sagte Jojo gähnend.

Nolan nickte, und die beiden gingen an Zara und Emmett vorbei Richtung Treppe.

Emmetts Blick wanderte zu Zara, er wollte gerade den Mund öffnen, um etwas zu sagen, als sie von der Treppe her erst einen dumpfen Aufschlag und dann noch einen hörten. Ein Aufheulen – nicht Jojos – durchschnitt die Luft.

Zara sog scharf die Luft ein. »Nolan!« Sie eilte Richtung Treppe, Emmett dicht auf ihren Fersen.

Sie erreichten die Stufen und sahen hinauf. Jojo hatte sich über den weinenden Nolan gebeugt. »Er ist ausgerutscht und hat sich beim Hinfallen den Kopf am Geländer angehauen«, sagte Jojo. Sie legte Nolan eine Hand auf die Schulter. »Geht's dir gut?«, fragte sie.

Nolan ging es offensichtlich nicht gut. Der kleine Junge wimmerte und weinte, eine Hand an seinen Kopf gepresst, während er vor und zurück wippte.

Zara nahm zwei Stufen auf einmal, bis sie ihren Sohn erreichte, kniete sich dann neben ihn und zog sanft seine Hand vom Kopf.

Ihr heftiges Einatmen verriet Emmett, dass es nicht gut aussah.

»Er blutet ... richtig stark«, sagte sie, und sah zu Emmett hinunter. »Ich muss ihn in die Notaufnahme bringen.«

Emmett stieg die Stufen hinauf, bis er direkt unter Zara und den Kindern stand. »Die Notaufnahme ist heute Nacht total überlastet. Wir sind in einem Haus voller Ärzte. Lass ihn uns ins Bad bringen, und ich sehe ihn mir mal an.«

In Zaras Augen standen Tränen, doch sie nickte und schluckte hart. Emmett beugte sich vor und bat seine Tochter, ihm Platz zu machen. Dann hob er Nolan hoch und trug ihn die restlichen Stufen hinauf ins Wohnzimmer. Oben wartete schon eine Menschentraube darauf, zu sehen, woher der Aufruhr auf der Treppe kam. Sowohl Riley als auch Daisy sahen ihnen besorgt entgegen.

»Ist er okay?«, fragte Riley und betrachtete die blutende Wunde an Nolans Kopf. »Brauchst du Hilfe?«

Emmett nickte. »Hol deinen Erste-Hilfe-Koffer und komm dann ins große Bad.«

Riley nickte knapp und eilte davon.

»Diese Stufen können wirklich rutschig sein«, sagte Daisy und streichelte Nolan über den Rücken. Der kleine Junge wimmerte und schniefte in Emmetts Armen. Er war zu nah an ihn gedrängt, um einen guten Blick auf die Wunde werfen zu können, aber aus dem Augenwinkel sah Emmett viel Rot – Kopfwunden bluteten immer heftig.

Emmett deutete mit dem Kinn auf Daisys und Rileys Schlafzimmer. Er würde ihr riesiges Bad benutzen, um Nolan zumindest ein wenig Privatsphäre zu verschaffen. Außerdem hatte es die beste Beleuchtung, für den Fall, dass er Nolans Kopfwunde nähen musste. Zara eilte voran, öffnete die Tür und knipste das Licht an.

»Bekomme ich jetzt einen Gips?«, fragte Nolan, dessen Schniefen sich etwas beruhigt hatte.

»Normalerweise bekommt man keinen Gips um den Kopf, Kumpel«, sagte Emmett. Er ging hinüber zu dem langen Waschtisch und setzte Nolan auf die Kante. Dann beugte er sich vor, um die hellen Schminklichter rund um den großen Spiegel anzuschalten.

Nolans Augen wurden groß wie Untertassen. »Muss ich dann genäht werden?«

Emmett achtete drauf, seine Miene so neutral wie möglich zu halten. Er presste die Lippen zu einer schmalen Linie zusammen und hob mit einer Hand leicht Nolans Kinn an. »Jetzt lass uns mal nicht gleich den Teufel an die Wand malen. Wir machen dich jetzt erst mal ein bisschen sauber und sehen uns an, wie groß die Wunde überhaupt ist. Gut möglich, dass es nur ein Kratzer ist und du nicht mehr brauchst als ein Pflaster.«

Nolans Unterlippe begann zu zittern.

Plötzlich wurde Emmett zur Seite gedrängt, und als er nach unten sah, entdeckte er Jojo.

»Hier«, sagte sie und drückte Ziggy in Nolans Arme, dann nahm sie seine Hand. »Jetzt bist *du* traurig, und *ich* bin für dich da.«

Verdammt, seine Tochter war einfach zu süß.

Nolan wimmerte ein wenig, drückte seine Giraffe mit der einen Hand aber fest an die Brust, während er mit der anderen Jojos Hand festhielt. Emmett konnte Zara dicht hinter sich spüren, ihre Sorge und ihr Bedürfnis, ihrem Sohn irgendwie zu helfen. Er war ganz genauso, wenn Jojo sich verletzte. Auch wenn viele Eltern die Einstellung hatten *Lass sie bluten, es wird schon von selbst besser*, Emmett brachte das einfach nicht übers Herz. Wenn seine Tochter verletzt war, musste er ihr helfen.

Vielleicht war es der Arzt in ihm oder der verdammte Eid des Hippokrates, den er abgelegt hatte, aber wenn jemand Schmerzen hatte – ob es nun sein eigenes Kind war oder jemand anderes –, konnte er nicht einfach abwarten, dass es von selbst besser wurde.

»Hier ist der Erste-Hilfe-Kasten«, sagte Riley, der in diesem Moment ins Badezimmer geeilt kam, und stellte eine rote Tasche neben Emmett auf den Waschtisch. Er zog den Reißverschluss auf. »Soll ich mich steril machen?«

Emmett verdrehte die Augen. »Ich denke, ich habe es im Griff. Sollte er eine Appendektomie brauchen, sage ich dir Bescheid.«

»Was ist eine *App-en-dektomie*?«, fragte Nolan, dessen Augen noch größer wurden. »Das klingt ernst.«

Emmett nahm ein Paar Latexhandschuhe aus der Tasche, zog sie an und fischte dann ein Stück Verband aus der sterilen Verpackung. Er hielt den Verband kurz unter laufendes Wasser und hielt ihn Nolan dann vors Gesicht. »Damit mache ich jetzt die Wunde sauber, okay?«

Nolan nickte. »Okay.«

Emmett machte sich an die Arbeit, gab sich Mühe, so sanft und langsam wie möglich vorzugehen, und erklärte jeden Schritt im Vorherein.

Tatsächlich bevorzugte er Kinder als Patienten in der Notaufnahme im Vergleich zu Erwachsenen. Kinder hatten zwar mehr Angst, ließen sich aber auch leichter ablenken und fanden nicht, dass seine Erklärungen herablassend waren, wie so manch erwachsene Patienten.

Außerdem machte die Arbeit mit Kindern im Allgemeinen mehr Spaß – solange sie nicht weinerlich waren.

»Muss ich genäht werden?«, fragte Nolan wieder. Mit dem Blick verfolgte er jede von Emmetts Bewegungen.

Emmett kräuselte nachdenklich die Lippen. Er hatte die Blutung ganz gut unter Kontrolle bekommen, aber die Wunde kurz hinter Nolans Haaransatz war ziemlich tief.

»Vielleicht zwei Stiche«, sagte er schließlich. »Sonst hast du am Ende eine kleine weiße Narbe.«

Nolan zuckte mit den Schultern, aber die Angst in seinem Blick verriet, wie es ihm wirklich ging. »Narben sind cool.«

»Nolan«, sagte Zara leise hinter Emmett, »vielleicht solltest du einfach auf Emmett hören. Er ist Arzt. Er weiß, was am besten für dich ist.«

Vielleicht las er da zu viel hinein, vielleicht lag es auch nur daran, dass er ihr Gesicht nicht sehen konnte, aber der Tonfall, in dem Zara seinen Namen und Beruf ausgesprochen hatte, ließ seinen ganzen Körper plötzlich eiskalt werden. Sie hatte es ohne jeden Funken Wärme gesagt, und wenn er sich nicht getäuscht hatte, sogar mit einer gewissen Schärfe.

»Aber Narben sind wirklich cool, Mom«, beharrte Nolan.

Emmett drehte den Kopf, um Zara ansehen zu können. Er fand jedoch nur einen verschlossenen Blick und eine leere Miene vor. Er schluckte. »In der Erste-Hilfe-Tasche ist auch Betäubungsgel. Ich kann die Wunde gleich hier vernähen, und er spürt überhaupt nichts.«

Sie hob minimal die Augenbrauen, sonst blieb ihr Gesicht völlig regungslos. »Seine Entscheidung.«

»Nicht nähen«, begann Nolan zu singen. »Nicht nähen. Narben sind cool. Nicht nähen. Narben sind cool.«

Jojo stimmte mit ein, beide grinsten und kicherten, während sie ihre Fäuste im Takt auf ihre Oberschenkel schlugen.

Emmett grinste schief und schüttelte den Kopf. »Na gut, na gut. Dann eben nur ein Schmetterlingspflaster.« Er griff in die Erste-Hilfe-Tasche und suchte die kleinesten Schmetterlingspflaster heraus, die er finden konnte.

»Gibt es auch Drachenpflaster?«, fragte Nolan. »Schmetterlinge sind *okay*, aber Drachen sind viel cooler, oder wenigstens Libellen.«

Emmett hielt inne, tippte sich mit einem Finger ans Kinn und sah dann wieder in die Erste-Hilfe-Tasche. »Weißt du was? Ich glaube, Riley hat noch ein oder zwei Libellenpflaster übrig. Die sind immer als Erstes weg, deswegen sind dann nur noch Schmetterlingspflaster übrig. Aber lass mich mal nachsehen.« Er *hmmte* leise vor sich hin, als er im Verbandskasten kramte, auf der Suche nach etwas, was natürlich nicht da war – weil es nicht existierte. Nach ungefähr zwölf Sekunden ließ er seine Augenbrauen hochschnellen und zog ein stinknormales Schmetterlingspflaster hervor. »Heureka! Ich habe das allerletzte Libellenpflaster gefunden.«

Nolans Strahlen war ansteckend. »Cool. Was ist der Unterschied zwischen einem Schmetterlings- und einem Libellenpflaster?«

Oh, Mist. Mit so einer Frage hätte Emmett rechnen müssen. Wenn Nolan sie nicht gestellt hätte, dann bestimmt Jojo. Er zog das Papier vom Pflaster und legte seine linke Hand an Nolans Stirn, um die Haare aus dem Weg zu schieben. »Na ja, ein Schmetterlingspflaster ist ein bisschen größer und breiter, weil ein Schmetterling ja größere Flügel hat als eine Libelle. Und die Libellenpflaster sind einfach cooler.« Er platzierte das Pflaster über Nolans Schnittwunde. Zum Glück war sie so klein, dass das *Libellenpflaster* ausreichen würde.

Nolan nickte. »Libellen sind viel cooler.«

Emmett klebte noch ein normales Pflaster über das Schmetterlingspflaster, um sicher zu gehen, dass eventuelle Blutstropfen aufgefangen wurden, dann zog er die Handschuhe aus und warf sie in den Mülleimer neben der Toilette. Er half Nolan, vom Waschtisch zu springen. »Also, du musst jetzt ein bisschen vorsichtig sein. Ich glaube nicht, dass du eine Gehirnerschütterung hast. Ich habe mir deine Pupillen angesehen, während ich die Wunde gesäubert habe. Aber wenn du springst, rennst oder zu heftig rumtobst, könnte die Wunde wieder anfangen zu bluten, weil ich sie ja nicht vernähen durfte.«

Nolan hob seine Schulter in einer Geste, die viel zu alt und viel zu cool für einen Siebenjährigen war. »Narben sind cool. Ich passe auf. Versprochen.«

»Ja, Dad«, warf Jojo ein. »Er passt auf.«

»Ja, das wird er«, sagte Zara, trat vor und legte Nolan eine Hand auf die Schulter. »Und deswegen gehen wir jetzt auch.«

Jojo klappte der Mund auf, Nolan ebenfalls und schließlich sogar Emmett.

»Was?«, rief Nolan. »Das geht nicht. Was ist mit dem Countdown?«

»Wir können uns den Countdown zu Hause anschauen. Du bist gerade ziemlich böse hingefallen. Du bist müde. *Ich* bin müde.«

Wieso betonte sie den letzten Satz so merkwürdig?

Außerdem hatte sie Emmett noch nicht einmal angesehen.

»Aber ich habe hier Spaß.« Nolan verschränkte die Arme vor der Brust und stampfte mit einem Fuß auf. »Wir wollten uns doch ins Stockbett legen, damit wir für den Countdown wieder wach sind.«

Zara strich mit der Hand über Nolans Kopf und weigerte sich noch immer, Emmett anzusehen. »Ich weiß, Liebling. Aber es ist besser, wenn wir gehen.« Endlich sah sie zu Emmett auf. »Danke, dass du ihn versorgt hast. Wir gehen jetzt nach Hause. Ich kann die *Gäste* hier nicht mehr einschätzen. Ich habe genug von diesem Heiß-und-Kalt-Spiel.« Dann wandte sie den Blick wieder ab und sah auf Nolan und Jojo hinab. »Ich glaube, du musst deine eigene Mommy fragen, ob sie deine Giraffe wieder zusammennähen kann, Süße«, sagte sie hölzern. »Das ist besser.«

Jojos Mundwinkel sackten noch weiter nach unten. »Meine Mommy kann nicht nähen.«

»Ich nähe Zeldas Beine wieder an, Jojo-Maus«, sagte Emmett leise. Ihm war klar, dass er es sich mit Zara verdorben hatte, doch er wusste nicht, wie er die Situation in Gegenwart der Kinder wieder geradebiegen konnte.

Seine Tochter sah mit müden Augen zu ihm auf, in ihrem Blick lag unverkennbar Skepsis. »Kannst du überhaupt nähen?«

Er wuschelte ihr durch die Haare und verdrehte die Augen. »Mein Beruf ist es, Leute wieder zusammenzunähen. Ich glaube, ich kriege das hin.«

»Menschen und Stofftiere sind doch was *ganz* anderes.«

Das stimmte. Stofftiere waren keine lebendigen Wesen, die er töten oder verstümmeln konnte. So viel anspruchsvoller.

Er wuschelte wieder durch Jojos Haare. »Ich werde vorsichtig sein.«

Zara gab ein unbestimmtes Geräusch von sich. »Wir müssen los, Liebling.«

Nolan grummelte und wandte sich Jojo zu. »Vielleicht können wir uns bald mal zum Spielen treffen?«

Jojo nickte und sagte Ja, als Zara gleichzeitig sagte: »Ich glaube, das ist keine so gute Idee.«

Beide Kinder sahen Zara fassungslos an.

»Was? Warum?«, fragte Nolan jetzt wieder mit jammernder Stimme.

Zara atmete aus, ihre Schultern sackten nach vorn, ihre Augen waren müde und traurig. »Wir sprechen im Auto darüber, Liebling. Lass uns gehen.«

Nolan schob die Unterlippe vor, drückte seine Giraffe fester an sich, nickte dann aber.

Zara wandte sich zum Gehen. Ihr Sohn schlurfte hinter ihr her.

»Darf ich sie noch zur Tür bringen?«, fragte Jojo und zog an Emmetts Hand.

Er nickte, ohne zu ihr hinunterzusehen. Sein Blick klebte an Zaras Hinterkopf, er versuchte sie mit seinem bloßen Willen dazu zu bringen, sich umzudrehen, wünschte sich einen leeren Raum oder eine abgelegene Ecke, in der sie miteinander reden konnten. Wo er sich erklären konnte.

In der Badezimmertür hielt sie noch einmal inne.

Würde sie sich umdrehen? Hatte sie realisiert, dass es

ein großer Fehler war zu gehen, bevor sie sich ausgesprochen hatten?

Sie sah über die Schulter zurück, ihren Blick absichtlich nicht auf sein Gesicht gerichtet. »Es war schön, dich kennenzulernen, Emmett.« Dann ging sie hinaus.

Kapitel 9

Emmett deckte Jojo in der unteren Koje des Stockbetts in Daisys und Rileys Gästezimmer zu. Daisys Bruder Sam und seine Frau Harper kamen oft mit Daisys Nichten und ihrem Neffen aus Kanada zu Besuch, weswegen sie extra das Stockbett ins Gästezimmer gestellt hatte.

»Wieso musste Nolan schon nach Hause gehen?«, fragte Jojo und gähnte zum hundertsten Mal, seit Emmett sie den Flur entlang zum Gästezimmer geführt hatte. Davor hatte er im Badezimmer gewartet, bis er sicher sein konnte, dass Nolan und Zara gegangen waren.

Er war so ein verdammter Feigling.

Emmett strich Jojo ein paar Haarsträhnen aus dem Gesicht und beugte sich vor, um sie auf die Nasenspitze zu küssen. »Seine Mommy hat sich Sorgen gemacht wegen seines Sturzes und dachte, dass er sich zu Hause in seinem eigenen Bett wohler fühlt.«

Seine Tochter zog die Mundwinkel nach unten. »Hast du dich mit seiner Mommy gestritten?«

Emmett richtete sich auf und sah über seine Nase auf seine scharfsinnige und viel zu erwachsene Tochter hinab. »Wie kommst du darauf?«

Sie gähnte wieder, ihre Augen waren schon halb geschlossen. »Ihr habt euch gar nicht mehr angelächelt. Genauso wie du und Mommy, bevor sie ausgezogen ist.«

Oh, verdammt.

Er legte seiner Tochter eine Hand an die Wange, beugte sich wieder vor und drückte ihr diesmal einen Kuss auf die Stirn. »Wir haben uns nicht gestritten, Süße. Ich glaube, wir sind alle einfach sehr müde.«

Als er sich wieder aufrichtete, sah er, dass seine Tochter ihn wütend anfunkelte. Sie glaubte ihm kein Wort.

»Ich mag Nolan. Ich mag seine Mommy. Ich will mit ihm spielen. Er war mein Freund, als diese Mädchen gemein zu mir waren.« Sie drückte die frisch zusammengeflickte Zelda an ihre Brust. Emmett hatte sich Daisys Nähkästchen geliehen und eine schnelle doppelte Replantations-OP an dem amputierten Vierfüßer durchgeführt. »Er hat mir seine …« Plötzlich setzte sie sich auf, ihre Augen wurden groß. »Er hat Ziggy vergessen!« Sie warf die Decke zurück und schob Emmett aus dem Weg. Im nächsten Moment war sie auch schon aus der Tür und rannte den Flur hinunter. Emmett folgte ihr, war aber gerade erst am Ende des Flurs angelangt, als seine schnaufende Tochter schon wieder auf ihn zugerannt kam. Sie musste kurz unten gewesen sein.

Sie hielt nun nicht nur Zelda, ihre eigene Giraffe, sondern auch Nolans Giraffe Ziggy im Arm.

»Er hat Ziggy vergessen«, wiederholte sie und zeigte ihm die abgeknuddelte Giraffe.

Emmett hob eine Braue. »Ah, das ist wohl so. Wir werden es Tanta Daisy sagen, damit sie Nolan sein Kuscheltier zurückgeben kann.«

Jojo schüttelte den Kopf und unterdrückte ein weiteres Gähnen. »Nein. Er hat mir gesagt, dass er ohne Ziggy nicht schlafen kann. Du musst ihm sein Kuscheltier bringen, Daddy. Bitte!«

Sie war so müde. Ihre roten Augen, ihre kraftlosen Schultern. Sein kleines Mädchen konnte sich kaum noch auf den Beinen halten.

Emmett legte einen Arm um ihre Schultern und führte sie zurück Richtung Gästezimmers. »Ich überlege mir was, Jojo-Maus. Du machst jetzt einfach die Augen zu.« Er half ihr dabei, ins Bett zu klettern, und ihre Augen fielen zu, kaum dass ihr Kopf das Kopfkissen berührt hatte.

»Du darfst nicht böse auf Nolan sein oder auf seine Mommy«, sagte Jojo schlaftrunken, ohne die Augen zu öffnen. Sie gähnte wieder. »Frohes neues Jahr, Daddy.«

Er beugte sich vor, drückte ihr einen Kuss auf die Schläfe und strich ihr das lange blonde Haar hinters Ohr. »Frohes neues Jahr, Josephine.«

Zaras Kehle schmerzte von der Anstrengung, die Tränen zurückzuhalten. Sie zog Nolans Decke zurück und wartete darauf, dass er sich auf sein Kissen mit Weltraum-Motiv legte.

»Du siehst traurig aus, Mommy«, sagte Nolan, setzte sich auf und legte Zara eine Hand an die Wange.

Sie konnte sich nicht länger beherrschen, erst fand eine, dann die zweite heiße Träne ihren Weg nach draußen und lief ihre Wangen hinunter. Sie gab ein hicksendes Schluchzen von sich und schmiegte sich an die kleine warme Hand ihres Sohnes, bedeckte sie mit ihrer eigenen. »Es geht mir gut, Liebling. Ich bin nur müde.«

Ich bin es leid, wie eine unfähige Mutter behandelt zu werden. Erst Marcello – der wollte nicht mal Kinder mit mir haben – *und jetzt Emmett. Er wollte, dass ich mich so weit wie möglich von seiner Tochter fernhalte.*

Nolan sah sie aus seinen blauen Augen verständnisvoll an. Stellte etwa auch ihr eigener Sohn ihre Fähigkeiten als Mutter infrage? Die Männer, mit denen sie schlief, schienen sich da zumindest zunehmend einig zu sein. Vielleicht sahen sie ja etwas, was ihr selbst entging.

Aber Michael hat ein Kind mit dir bekommen, und er ist sehr gut darin, Menschen zu beurteilen. Er hat Marcello vom ersten Moment an gehasst.

Und sie hatte ihn trotzdem geheiratet. Sie hätte auf ihren besten Freund hören sollen. Michael lag so gut wie nie falsch – eine Tatsache, an die er sie nur allzu gern erinnerte.

»Mom?«, flüsterte Nolan, griff hinüber zu seinem Nachtkästchen und zog ein Kleenex aus der Box. »Wieso bist du traurig?« Er reichte ihr das Taschentuch.

Sie bedankte sich und tupfte sich die Augen trocken. »Ich bin nur müde, Liebling. Das war ein langer, anstrengender Tag. Ich muss nur die Augen zumachen. Morgen ist ein neuer Tag, ein neues Jahr, und dann ist alles besser.«

Er sah sie aus zusammengekniffenen Augen an, noch immer nicht gänzlich überzeugt. Doch ihr warnender Blick reichte wohl aus, denn sie konnte sehen, wie er den Plan aufgab, sie weiter auszufragen. Stattdessen presste er die Lippen zu einer schmalen Linie zusammen, bevor er sagte: »Ich habe Ziggy vergessen.« Er klang ruhig, ohne eine Spur von Panik in der Stimme. Sie hatte ihn noch nie so unberührt gesehen, wenn er ohne seinen besten Freund ins Bett gehen musste.

Sie musterte ihn misstrauisch und fragte: »Im Auto?« Sie kannte die Antwort schon, bevor er sie aussprach.

Er schüttelte ruhig den Kopf. »Nein, auf der Party. Kannst du da anrufen und Josies Vater bitten, Ziggy herzubringen? Dann könnt ihr auch gleich ausmachen, wann ich mich mit Josie treffen kann.«

Nolan hatte doch nicht etwa …

Oder doch?

Hatte er einen Plan ausgeheckt, um Zara und Emmett wieder zusammenzubringen? Hatte er sein liebstes Spielzeug, seinen allerbesten Freund absichtlich auf der Party zurückgelassen, damit er Josie wiedersehen konnte und seine Mutter Emmett wiedersehen musste?

Nolan gähnte, ließ Zaras Wange los und sich zurück in sein Kissen plumpsen. »Eine Nacht kann ich auch ohne Ziggy schlafen. Aber nur eine. Morgen brauche ich ihn wieder. Wir müssen also mit Josie und ihrem Dad frühstücken oder Mittagessen gehen, damit ich Ziggy wiederbekomme.«

Er hatte das alles geplant, verdammt nochmal!

War Josie auch eingeweiht?

Zaras Kopf tat weh. Ihr Herz tat weh.

»Legst du dich zu mir, bis ich eingeschlafen bin, Mama?«, fragte Nolan, als seine Lider bereits schwer wurden.

Sie nickte, und er rutschte ein Stück zur Wand. Er hatte nur ein schmales Einzelbett, und lange würden sie da zu zweit nicht mehr reinpassen.

Sie wandte sich ihm zu. Er blinzelte schlaftrunken und lächelte.

Vorsichtig strich sie über sein Schmetterlings … äh, natürlich *Libellen*pflaster. Zum Glück hatte die Wunde nicht wieder angefangen zu bluten.

»Es geht mir gut, Mama«, sagte er gähnend. »Tut gar nicht mehr weh. Josies Dad hat das super gemacht.«

Zaras Herz zog sich zusammen. Sie lächelte dünn. »Das hat er.«

Nolan blinzelte noch ein paarmal, dann blieben seine Augen geschlossen. Sekunden später wurde sein Atem tief und gleichmäßig, und seine Lippen öffneten sich einen kleinen Spaltbreit – er war eingeschlafen.

Zara drehte sich in dem schmalen Bett, bis sie auf dem Rücken lag, und starrte zur Decke hinauf, die mit über einhundert selbstleuchtenden Sternen und Planeten beklebt war. Der gesamte Abend lief vor ihrem geistigen Auge zum zweiten Mal ab.

Sie hatte sich noch nie so sehr in einem Menschen getäuscht. Niemals.

Sie hatte gedacht, Emmett sei einer der Guten.

Tja, aber du hast ihm nie deine drei Fragen gestellt. Blumenstrauß hin oder her, die Antworten auf diese Fragen verraten dir alles über einen Menschen, was du wissen musst.

Sie musste seine Antworten auf ihre drei Fragen allerdings nicht kennen, um zu wissen, dass Emmett eine Therapie brauchte. Ha! Das konnte man vermutlich sogar vom All aus sehen.

Der Mann war wie ein gottverdammter Lichtschalter. Im einen Moment liebevoll und sinnlich, wie er sie da im Weinkeller genommen hatte, ihr das Gefühl gegeben hatte, die schönste, begehrenswerteste, unglaublichste Frau der Welt zu sein, und im nächsten Moment konnte er ihr nicht mal mehr ins Gesicht sehen.

Sie war gut genug für einen Fick im Keller, aber nicht gut genug, um an ihrer Seite zu stehen. Nicht gut genug, um mit seiner Tochter zu sprechen, sie zu trösten. Es war offensichtlich, dass sie in Emmett Strongs Augen einfach nicht gut genug war. Eine untaugliche Mutter und Partnerin.

Was zum Henker?

Und was machte ihn so verdammt perfekt? So verdammt besonders?

Der Mann war so abartig wischi-waschi. So heiß und kalt, in seiner Nähe schwitzte und fror sie gleichermaßen.

Sie verstand seinen Wunsch, Josie zu beschützen, ihr möglichen Herzschmerz und Verwirrung zu ersparen, aber der Mann trieb es zu weit. Erlaubte er etwa keiner Frau auf dem Spielplatz, beim Kinderturnen, im Schwimmbad oder wo auch immer, mit seiner Tochter zu sprechen, aus lauter Angst, dass er irgendwann mit dieser Frau zusammenkommen könnte? Gott bewahre, seine Tochter lernte so eine Frau vor der Sechs-Monats-Grenze oder was auch immer kennen.

War er wirklich so unflexibel?

War er wirklich so ein Kontrollfreak?

Lebte er sein Leben so streng? So durchgeplant?

Mit so einem Mann konnte sie nicht zusammen sein.

Vielleicht war es gut, dass er ihr die kalte Schulter gezeigt hatte. Er hatte sie davor bewahrt, möglicherweise monatelang im Unklaren zu bleiben, wie er zu ihr stand, während sie ständig versuchte, seine unrealistischen Erwartungen zu erfüllen, und natürlich immer daran scheiterte.

Und wenn sie ihn unter anderen Umständen kennengelernt hätte, ohne Josie? Wie lange hätte er dann gewartet, bis er ihr seine Tochter vorgestellt hätte? Wenn sie die sechs Monate überschritten und er immer noch keine Anstalten gemacht hätte, sie in die Nähe seiner Tochter zu lassen, hätte das dann bedeutet, dass er sie als unwürdig einstufte? Dass er sie für eine untaugliche Mutter hielt und ihre Zukunft düster aussah, weil sie niemals seine Tochter kennenlernen durfte? Hätte sie Monate, vielleicht sogar Jahre mit dem Versuch verbracht, seine Anforderungen zu erfüllen, um endlich den nächsten Schritt in ihrer Beziehung tun zu können?

Ihre Gedanken gingen schon wieder mit ihr durch.

Oder?

Dieser Mann hatte zwei völlig gegensätzliche Seiten. Fast wie Dr. Jekyll und Mr Hyde, nur dass es in seinem Fall Mr *Jackass* und Dr. Strong war, der attraktive, witzige Mann, den sie heute Morgen im Coffeeshop kennengelernt hatte.

War das wirklich erst heute Morgen gewesen?

Es fühlte sich viel länger an.

Sie hatten schon so viel zusammen erlebt.

Vielleicht sollte sie herausfinden, wer seine Ex war – er hatte erwähnt, dass sie Dermatologin war –, und sich die Frau mal ansehen. Ein Muttermal untersuchen lassen. Herausfinden, ob Emmett die verrückte Partie in dieser Scheidung war oder nicht. Vielleicht hatte sie ihn aus gutem Grund verlassen?

Sie nahm ihr Handy von Nolans Nachttisch und sah auf die Uhr. Es war 23:45 Uhr.

Millionen Leute an der Westküste machten sich in diesem Moment bereit, das neue Jahr einzuläuten. Machten sich bereit, ihre Liebsten zu umarmen, ihre Geliebten oder den Fremden neben sich zu küssen, zu jubeln und zu feiern, bis der Arzt kam.

Nur Zara nicht.

Würde sie das Jubeln von Daisys und Rileys Haus bis hierher hören können? Es waren auf jeden Fall genug Leute dort, und sie wohnte nur ein paar Straßen entfernt.

Emmett hatte sie wahrscheinlich schon längst vergessen und sich diese umwerfende Rothaarige geschnappt, seinen Arm um sie geschlungen und flüsterte ihr gerade all die richtigen Dinge ins Ohr, während Josie in einem der Gästezimmer schlief und von der neuen Mitternachts-Kuss-Partnerin ihres Vaters nichts mitbekam.

Sie schloss fest die Augen, nur um sie gleich wieder aufzureißen, denn alles, was sie auf der Rückseite ihrer Lider sah, war Emmett, wie er diese Rothaarige küsste.

Der Mann war ihr so sehr unter die Haut gegangen, als wäre er ein Parasit.

Sie kratzte sich am Arm.

Toll, jetzt juckte es überall.

Sie verdrehte die Augen, erhob sich murrend von Nolans Bett und ging in die Küche, um sich ein Glas Wein einzuschenken.

Als sie das Glas fast bis zum Rand gefüllt hatte, ging sie damit ins Wohnzimmer hinüber. Sie ließ das Licht aus, setzte sich in den gebrauchten Sessel ihrer Mutter und schaltete den Fernseher ein. Sie wollte im Dunklen sitzen, das nur vom grellen Schein des Fernsehers erleuchtet wurde. Das passte perfekt zu ihrer Stimmung.

Sie fand den Sender, der den Countdown vom Times Square zeigte, und drehte die Lautstärke hoch. Dann lehnte sie sich zurück und nahm einen *großen* Schluck Wein.

Noch sieben Minuten bis zum neuen Jahr.

Und wieder einmal würde sie es allein beginnen.

Kapitel 10

Mit Ziggy in der Hand wanderte Emmett durchs Haus. Alle schienen sich inzwischen im abgesenkten Wohnzimmer und Esszimmer versammelt zu haben.

Es sah so aus, als wäre Daisys Plan aufgegangen, zumindest für diesen Abend. Niemand außer Emmett war noch allein.

Er entdeckte Mason, der etwas abseits stand. Zumindest nahm er an, dass es Mason war, viel konnte er angesichts der fünf Frauen, die sich um ihn versammelt hatten, nämlich nicht von ihm sehen.

Er drängte sich durch die Menschenmenge auf ihn zu. Alle starrten gebannt auf den Fernseher, der den Times Square zeigte. Alle bis auf diese fünf Frauen natürlich.

Über die Köpfe seiner Bewunderinnen hinweg, die nicht nur Mason und seine Tattoos, sondern auch das schlafende Baby anhimmelten, das er um die Brust geschnallt trug, fing Emmett Masons Blick auf.

Der Mann trug sein Kleines immer in der Babytrage mit sich rum und erregte damit jedes Mal die Aufmerksamkeit sämtlicher Frauen.

Emmett fragte sich häufig, ob Mason das absichtlich tat,

ob er seine süße kleine Tochter als Frauenmagneten benutzte.

»Hey«, begrüßte Mason ihn und bedeutete den Frauen, Emmett Platz zu machen. Ein paar von ihnen ließen ihren Blick nun auch an Emmetts Körper auf und ab wandern.

Emmett gesellte sich zu seinem Freund. »Hey.« Er beugte sich vor, um einen Blick auf Willow zu werfen, die tief und fest schief. »Wie geht es ihr? Du hast gesagt, sie hatte über Weihnachten einen Schnupfen?«

Er nickte. »Ich glaube, sie zahnt. Hat sich nur in einer laufenden Nase und jeder Menge Quengelei geäußert. Aber ich sehe immer wieder in ihrem Mund nach, und bisher ist noch nichts zu entdecken.«

Emmett nickte. »Das kann eine ganze Weile dauern. Jojo hat ihren ersten Zahn erst mit acht Monaten bekommen, aber ich schwöre, sie hat schon mit acht Wochen angefangen zu zahnen.«

Mason grummelte. »Na super. Ich habe also mindestens noch vier Monate ruhelose Nächte vor mir, bevor sich überhaupt mal was tut?« Mit einem Finger streichelte er das kleine gerötete Pausbäckchen seiner Tochter, woraufhin die Frauen um sie herum ihn nur noch mehr anschmachteten.

Emmett zuckte mit den Schultern. »Kann sein, dass sie schon früher Zähne bekommt. Jedes Baby ist anders.«

»Liam und Scott haben erzählt, dass du mit Zara Olsen angebandelt hast.« Mason drehte den muskulösen Hals und nutzte seine Größe, um über die Menge hinwegzusehen. »Wo ist sie denn?«

Ein ungutes Gefühl kroch Emmetts Rücken hinauf. Woher kannte der muskulöse, dunkelhaarige, tätowierte Barbesitzer Zara? Waren sie mal miteinander ausgegangen?

Mason verzog die Lippen zu einem durchtriebenen Grinsen und drückte Emmett mit einer Hand die Schulter. »Entspann dich, Alter. Zara ist meine Floristin. Ich würde nirgendwo anders hingehen, um meiner Mama einen Strauß zum Muttertag oder Geburtstag oder auch einfach mal so zu besorgen.«

Noch mehr weibliches Aufseufzen und Schmachten.

»Ich liebe Männer, die ihre Mutter gut behandeln«, sagte eine Frau. »Das sagt so viel darüber aus, was für eine Art Ehemann ein Typ mal wird.«

Emmett sah Mason mit hochgezogenen Augenbrauen an, darauf bedacht, dass nur er seinen Gesichtsausdruck sehen konnte.

Mason grinste einfach nur breit, was sicher wieder ein paar weibliche Herzen höherschlagen ließ. »Zara ist eine tolle Frau. Sie würde dir guttun. Wo ist sie denn nun?«

Emmett schluckte. »Sie ist nach Hause gegangen.«

»Wieso?«

»Weil ich es einfach nicht hinkriege und alles vermasselt habe.«

Mason runzelte die Stirn und wollte gerade dazu ansetzen, etwas zu sagen, als Daisy und Riley wieder vor den Kamin traten und Daisy mit einem Löffel gegen ihr Champagnerglas schlug.

»Alles klar, Leute. Nur noch eine Minute bis Mitternacht!«

Allgemeines Murmeln erfüllte den Raum, als die Leute sich in Position brachten.

In einer Ecke entdeckte Emmett Scott zusammen mit der Brünetten von vorhin. Scott hob sein Champagnerglas in Emmetts Richtung und setzte sein berüchtigtes Dixon-Lächeln auf, während er die Brünette näher an sich zog. Die biss sich auf die Unterlippe und sah mit einem Blick zu ihm auf, als hätte sie im Lotto gewonnen.

Emmett hob eine Braue, nickte und suchte dann das Zimmer nach Liam ab.

Er entdeckte ihn schließlich im Flur, mit dem Handy am Ohr und ohne eine Frau am Arm. Interessant.

»Sind alle bereit?«, zwitscherte Daisy und schlang einen Arm um Riley.

Riley zog seine Frau an sich und sah liebevoll auf sie hinunter. Den Champagner hielten sie in ihrer jeweils freien Hand und begannen gemeinsam mit der Menge den Countdown.

»Zehn … Neun … Acht … Sieben …«

Ein paar der Frauen um Emmett und Mason kamen langsam näher. Emmett unterdrückte den Drang, die Augen zu verdrehen. Mason grinste nur noch breiter und drückte Willow einen liebevollen Kuss auf den Kopf.

»Vier … Drei … Zwei … Eins! Frohes neues Jahr!« Das gesamte Haus brach in Jubel und Beifall aus.

Musik begann zu spielen, Leute klatschten, und plötzlich schienen sich alle Anwesenden zu küssen.

»Ach, komm her, du Idiot«, sagte Mason, legte Emmett eine Hand an den Hinterkopf, und bevor Emmett ausweichen konnte, hatte er ihm schon einen großen Schmatzer auf die Lippen gedrückt.

Emmett war baff. Ebenso wie die Frauen neben ihm. Ihr scharfes Luftholen, Stöhnen und das gemurmelte »War ja klar, alle Guten, die noch übrig sind, sind schwul« drang durch den Lärm der Party.

Mason ließ Emmett endlich los und trat zurück.

Emmett starrte ihn an, doch Mason grinste nur.

»Alter«, sagte Emmett und wischte sich über den Mund. »Nicht cool. Freie Liebe und leben und leben lassen und so, ist ja alles wunderbar – aber: nicht cool!«

Mason verdrehte die Augen und beugte sich vor. »Hättest du lieber eines dieser brünstigen Rehe geküsst?«

Emmett verzog das Gesicht. »Nein.«

Sein Freund hob die Schultern. »Ich auch nicht. Ich

habe da ein süßes Mädel im Blick, das regelmäßig in die Bar kommt. Ist zwar echt seltsam, aber während des Countdowns ist mir aufgegangen, dass sie die einzige Frau ist, die ich auch nur ansatzweise küssen will. Da wusste ich eben, dass ich keine andere küssen kann.« Er wackelte mit den Augenbrauen, legte Emmett eine Hand an die Wange und sah ihn übertrieben verliebt an. »Außer dir natürlich, Schatzi.«

Emmett schlug die Hand seines Freundes weg. »Du bist so ein Schwachkopf.«

»Ein Schwachkopf, dem du nicht widerstehen kannst.« Er streckte wieder die Hand nach Emmett aus, doch der duckte sich weg.

Mason hatte diese neue Frau noch nie erwähnt. Der Typ steckte so tief in den Pflichten eines frischgebackenen Vaters und seiner Arbeit, dass Emmett sich nicht vorstellen konnte, dass er überhaupt Zeit hatte, um zu daten.

Der Aufruhr im Wohnzimmer legte sich allmählich. Liam stand inzwischen an der Bar, das Handy wieder weggesteckt, und bestellte sich einen Drink. Mason und Emmett stiegen die wenigen Stufen aus dem abgesenkten Wohnzimmer zu ihm hinauf.

»Mit wem hast du telefoniert?«, fragte Mason und bestellte sich ein Bier.

Liam schüttelte den Kopf. »Nur … mit niemandem.« Er nippte an seinem Scotch.

Emmett und Mason wechselten einen wissenden Blick. Liam hatte mit Richelle telefoniert. Außer ihr gab es niemanden, den er verschwiegen hätte. Die Frage war: Hatte Liam sie angerufen oder sie ihn?

»Wo ist Zara?«, fragte Liam und ließ seinen Blick durch das Wohnzimmer wandern. »Habe euch eben gar nicht rumknutschen sehen.« Er deutete auf Mason und Emmett. »Dafür habe ich *euch beide* rumknutschen sehen, dachte mir aber, dass es nur eine Ausweichtaktik war.«

Mason tippte sich auf die Nase, um Liam wissen zu lassen, dass er mit seiner Vermutung richtig lag.

»Zara ist vor etwa einer Stunde mit ihrem Sohn nach Hause gegangen«, sagte Emmett, bedankte sich beim Barkeeper für seinen Rye and Tonic und nahm sofort einen großen Schluck.

Liam runzelte die Stirn. »Hast du sie vertrieben?« Dann fiel sein Gesicht in sich zusammen, das berüchtigte Dixon-Grinsen verblasste. »Scheiße, hab *ich* sie vertrieben?« Er sah ehrlich bestürzt aus.

Emmett schüttelte den Kopf. »Nein, das war ich. Wir haben uns nach deinem Patzer ausgesprochen, und sie hat mir noch eine Chance gegeben. Wir haben sogar …« Er räusperte sich. »Aber dann bin ich nervös geworden, als sie sich mit Jojo anfreunden wollte. Ich will meine Tochter einfach nicht verwirren.«

Jetzt waren es Liam und Mason, die einen vielsagenden Blick wechselten.

»Ja, du neigst dazu, nervös zu werden«, stimmte Liam zu. »Du musst dich mal locker machen. Zara scheint eine wirklich tolle Frau zu sein – eine Frau, für die ich dich als Klient abschießen würde, bei eurer unausweichlichen Scheidung, um lieber sie zu vertreten.« Er grinste durchtrieben, als Emmetts Miene sich verdüsterte. Wie immer war es Liam vollkommen egal, dass er seinen Freund beleidigt hatte, und er redete einfach weiter. »Sie hat deine Tochter also schon kennengelernt. Na und? Sie hat doch selbst ein Kind, oder? Und das hast du auch schon kennengelernt, und sie ist deswegen auch nicht ausgeflippt, richtig?«

Emmet nickte. »Ja, Nolan. Ich habe seine Kopfwunde versorgt, als er auf der Treppe hingefallen ist. Und er hat Jojo getröstet, als ein paar Mädchen gemein zu ihr waren. Er ist ein toller Junge.«

»Weil er eine tolle Mutter hat«, fügte Mason hinzu. »Ehrlich mal, Alter, wenn es mir diese mysteriöse Frau aus der Bar nicht so angetan hätte, würde ich selbst was mit Zara anfangen. Obwohl … ich bin mir nicht sicher, ob ich die Beziehung zu meiner Floristin riskieren würde. Wo sollte ich denn hingehen, wenn die Sache schiefgeht? Zu Pike Place Posies? *Tsss*, nein. Zara weiß ganz genau, was meiner Mom gefällt. Die Beziehung zwischen einem

Mann und seiner Floristin ist heilig. Ich weiß nicht, ob ich das riskieren würde, um mit ihr zu schlafen.«

Liam und Emmett prusteten.

Die Beziehung zwischen einem Mann und seiner Floristin ist heilig.

Was zur Hölle?

Sie traten ein Stück zur Seite, damit auch andere Gäste zur Bar gelangen konnten.

Willow begann sich in ihrem Tragegurt zu regen, und Liam richtete sofort seine Aufmerksamkeit auf sie. Er leerte seinen Scotch und streckte dann die Hände nach ihr aus. »Gib mir mal diesen kleinen Frauenmagneten«, sagte er und wartete, bis Mason ihren kleinen, schlaftrunkenen Körper aus der Trage zog. Sobald sie frei war, streckte sie sich, verzog das Gesicht, gähnte und blinzelte ein paarmal.

Es bestand kein Zweifel daran, dass Willow ein hinreißendes Baby war. Masons Eizellenspenderin musste umwerfend gewesen sein.

Liam nahm Willow und legte sie gegen seine Brust. »Hey, Baby. Ich bin's, Onkel Liam. Der klügste und bestaussehende Onkel, den du hast.« Er küsste sie auf den Scheitel und legte seine Nase auf ihr Haar, schloss genießerisch die Augen.

Anti Liebe? Sicher.

Anti Bindung? Sicher.

Anti Emotionen?

Anti Mitgefühl?

Anti Loyalität?

Anti Sensibilität?

Anti Baby?

Auf keinen Fall.

Liam war vieles. Hin und wieder ein echtes Arschloch, ein verbitterter Idiot, eine Nervensäge mit großer Klappe. Aber im Herzen war er ein unglaublich toller Mensch und einer der Wenigen auf diesem Planeten, dem Emmett nicht nur sein Leben anvertrauen würde, sondern auch das Leben seiner Tochter.

Liam drückte Willow noch einen Kuss auf das Haar. »Da, das ist mein Neujahrskuss. Ich bin der größte Glückspilz dieser Party.« Dann schlenderte er mit Willow im Arm davon, erwiderte die zahlreichen bewundernden Blick der umstehenden Frauen, ging auf ihre Avancen jedoch nicht wirklich ein.

Er konnte so oft sagen, wie er wollte, dass er nichts für Richelle empfand, aber Liam Dixon war ein loyaler Typ, und selbst wenn das zwischen ihnen nicht ernst oder exklusiv war, würde er sie niemals betrügen.

Der Mann strahlte mit jeder Pore seines Körpers Integrität aus. Das war auch der Hauptgrund, wieso Emmett seine Macken und nervigen Angewohnheiten immer noch ertrug. Liam Dixon hatte – trotz all seiner Fehler – mehr

Integrität in seinem kleinen Finger als die meisten anderen Menschen in ihrem ganzen Körper. Und für Emmett war Integrität das Allerwichtigste.

»Also, willst du mir mehr darüber erzählen, wie du es mit Zara vermasselt hast?«, fragte Mason, nahm einen Schluck von seinem Bier und sah Emmett fragend an.

Emmett stieß die Luft aus und hob die Giraffe in seiner Hand. »Ihr Sohn hat sein Lieblingskuscheltier hier vergessen. Meinst du, ich soll bei ihr vorbeifahren, es zurückbringen …«

»Und dich dafür entschuldigen, dass du so ein unentspannter Idiot bist?«, warf Mason ein. »Ja, ja, das meine ich. Denn das bist du, und so wie es klingt, warst du es auch ihr gegenüber.«

Emmett nickte. »War ich. Das war mir schon in dem Moment klar, als es passiert ist, aber irgendwie konnte ich es trotzdem nicht aufhalten. Das ist mir einfach schon so in Fleisch und Blut übergegangen. Ich halte mich immer an meine Regeln. Regeln sind dazu da, befolgt zu werden. Regeln beschützen uns.«

»Regeln sind dazu da, von Zeit zu Zeit überdacht, überarbeitet und manchmal sogar gebrochen zu werden«, sagte Mason. »Ich weiß, dass du Josie beschützen willst, und ehrlich, Alter, du machst das großartig, aber du musst ihr auch etwas Freiraum geben, sich mal die Knie aufschlagen lassen. Lass sie die Welt selbst erkunden, zumindest bis zu einem gewissen Punkt. Sei kein Helikopter-Vater.«

Seine Freunde hatten ihm schon öfter vorgeworfen, ein Helikopter-Vater zu sein. Wenn sie zusammen auf den Spielplatz gingen, war er meistens die ganze Zeit direkt neben Jojo, sorgte dafür, dass sie nicht abstürzte, hielt ihre Hand, wenn sie die Rutsche runterrutschte, und stand mit ausgebreiteten Armen unter ihr, wenn sie sich am Klettergerüst entlanghangelte.

»Sie ist schon fünf und kommt auf dem Klettergerüst besser zurecht als du, Kumpel«, sagte Mitch oft. »Lass sie einfach.« Währenddessen baumelte Jayda, seine eigene Tochter, die bereits sechs war, an den Knien von der höchsten Sprosse des Klettergerüsts, und Mitch feuerte sie noch an.

Allein die Vorstellung, dass Josie so etwas tun könnte, drehte Emmett den Magen um.

Er könnte es einfach nicht ertragen, wenn sich sein kleines Mädchen verletzte. Egal, ob es um ihren Körper oder ihr Herz ging.

Und er war nicht sicher, ob er sich jemals verzeihen könnte, wenn ihr etwas zustieß, was er verhindern hätte können.

»Hör zu«, fuhr Mason fort. »Ich weiß, meine Tochter ist erst vier Monate alt, und ich bin nicht geschieden, aber ich habe euch Dads jetzt schon ein paar Monate lang beobachtet und von euch gelernt. Marks Sohn, Adams Tochter, Mitchs Tochter, denen geht es allen richtig gut. Das sind glückliche Kinder. Ihre Väter sind glücklich, und die Frauen, mit denen ihre Väter zusammen sind, kommen wunderbar mit ihnen klar. Es funktioniert alles …« Er kratzte sich im Nacken. »Bisher zumindest. Aber ehrlich gesagt kann ich mir nicht vorstellen, dass eine dieser Beziehungen in die Brüche geht. Was ist also so schlimm daran, die Regeln zu brechen, wenn es alle Beteiligten glücklich macht?«

Das Problem war, dass er aus eigener Erfahrung wusste, dass dieses Glück flüchtig sein konnte. Man kann denken, dass alles wunderbar ist, alle lachen zusammen und genießen einen Familienurlaub in San Diego, und dann bekommt man zwei Wochen später plötzlich die Scheidungspapiere vorgelegt.

»Zara ist nicht Tiff«, sagte Mason und sah Emmett aus seinen blauen Augen ernst an. »Und wenn es mit euch beiden nicht funktioniert, ja, dann wird das schwer für Jojo, aber sie ist ein starkes Mädchen, und sie wird darüber hinwegkommen. Aber ich an deiner Stelle würde nicht so etwas Gutes wegstoßen, dir selbst dein Glück verwehren, nur weil du dir Sorgen machst, dass irgendwann in der Zukunft etwas Negatives passieren könnte.«

Emmett nahm einen tiefen Schluck von seinem Drink und ließ den Blick durch den Raum wandern. Die Party war noch in vollem Schwung, aber ohne Zara fühlte sie sich weniger farbenfroh, weniger lebendig an. Sie hatte diesen Funken in sich, der jeden Raum, den sie betrat, zu erhellen schien. Er kannte sie kaum, und trotzdem wusste er schon jetzt, dass sie etwas Besonderes an sich hatte. Eine Ruhe, die er so dringend in seinem Leben brauchte. Sie war strahlend und witzig und wunderschön – auf die klassische Weise. Sie musste sich nicht verstellen oder unter Schichten von Make-up verstecken, um umwerfend auszusehen. Ihr Make-up und ihre Frisur heute Abend waren sehr geschmackvoll gewesen, ihr Kleid wunderschön und elegant. Sie war eine Frau mit Klasse und er nur ein Idiot der ersten Klasse.

»Ich meine, wenn wir alle so denken würden«, fuhr Mason fort, »würden wir nie heiraten, niemals Kinder haben. Ach was, wir würden nicht mal den Führerschein machen oder ein Flugzeug betreten. Wir würden alle in einer Blase aus Luftpolsterfolie rumlaufen, mit einem Werkzeuggürtel voller Sekundenkleber und Duct Tape an der Hüfte.« Er lachte über seinen eigenen Witz und schüttelte den Kopf. »Auch wenn ich zugeben muss, dass man mit Duct Tape absolut alles reparieren kann.«

Emmett hörte ihm nicht mehr wirklich zu. Er knabberte noch immer an dem, was Mason vorher gesagt hatte. Die Wahrheit hinter seinen Worten traf Emmett völlig unvorbereitet.

Ich an deiner Stelle würde nicht so etwas Gutes wegstoßen, dir selbst dein Glück verwehren, nur weil du dir Sorgen machst, dass irgendwann in der Zukunft etwas Negatives passieren könnte.

Mason hatte recht. Emmett hatte so viel Angst davor, dass eine weitere Beziehung abrupt enden und Jojo das Herz brechen könnte – und wenn er ehrlich war, auch sein eigenes Herz –, dass er ihnen beiden die Chance auf eine feste, bedeutungsvolle Beziehung verbaut hatte. Die Chance auf einen Neuanfang, ein Happy End.

Weil er sich so viele Gedanken um die negativen *Was wenn's* gemacht hatte, hatte er all die positiven Möglichkeiten ignoriert. Er hatte zugelassen, dass seine schmerzhafte Vergangenheit seine Zukunft beeinträchtigte, seinen Heilungsprozess.

Er sah Mason an. »Jojo schläft im Gästezimmer, da den Flur runter. Könntest du …«

Mason hob eine Hand und nickte. »Kein Problem, Kumpel. Das krieg ich hin. Und Liam und Scott sind ja auch hier. Außerdem kennt Jojo Daisy und Riley gut genug, um nicht auszuflippen, wenn sie aufwacht und du nicht da bist.«

Emmett liebte seinen Club der Single Dads aus ganzem Herzen. Sie waren wirklich immer füreinander da.

Er leerte sein Glas, schlug Mason auf die Schulter und bedankte sich. Dann wandte er sich ab, Giraffe Ziggi fest in der Hand, um Daisy zu suchen und sie nach Zaras Adresse zu fragen.

Er würde Zara nicht entkommen lassen. Er würde ganz sicher nicht noch mehr Zeit verschwenden und das neue Jahr beginnen, ohne sich zumindest zu entschuldigen, sich zu erklären. Er musste dieser unglaublichen Frau, die einen guten Bagel mit Frischkäse, Lachs und Gurke genauso zu schätzen wusste wie er, zeigen, dass er sich ändern konnte. Er brauchte nur eine gute Frau an seine Seite, die ihm dabei half – eine Frau, die es wert war, sich für sie zu ändern. Und er wusste jetzt schon, dass Zara diese Art Frau war.

Er hatte es von Anfang an gewusst. Sein verzweifelter Drang, Jojo zu beschützen, hatte ihn nur zu sehr geblendet, um es wirklich zu sehen.

Du wolltest nicht nur Jojo beschützen, sondern auch dich selbst. Seien wir ehrlich, Kinder sind wunderbare Sündenböcke, aber lass uns das neue Jahr doch mit Ehrlichkeit beginnen.

Na gut. Ja, er wollte auch sich selbst und sein Herz beschützen. Seine Scheidung hatte ihn fertiggemacht, und er war noch immer dabei, sich von dieser Erfahrung zu erholen. Sein Selbsterhaltungstrieb hatte die Kontrolle übernommen, er war das alles ganz falsch angegangen. Jetzt musste er seine Fehler wiedergutmachen, die Zeit zurückdrehen und herausfinden, ob Zara willens war, noch einmal von vorn zu beginnen.

Kapitel 11

Zara gähnte, hob ihr Weinglas an die Lippen und trank den letzten Schluck. Die Uhr an ihrer Wohnzimmerwand sagte ihr, dass es bereits halb zwei war.

Mit gespitzten Ohren und offenem Fenster hatte sie um Mitternacht ganz leise die Geräusche einer Party gehört, aber die hätten von überall aus der Nachbarschaft kommen können, nicht unbedingt aus Daisys Haus.

War Emmett noch dort?

Hatte er jemanden zum Küssen gefunden?

Vermutlich.

Sie wusste, dass es keinen Sinn hatte, schlafen zu gehen, und zappte deswegen von einem Sender zum nächsten, sah sich eine bescheuerte Teenie-Komödie an und schaltete in den Werbepausen immer wieder zurück zum Times Square.

Vielleicht würde ihr Sohn dieses Jahr anfangen, länger zu schlafen. Sie konnte es nur hoffen. Schon seit er ein Baby war, wachte Nolan morgens mit der Sonne auf, kam dann mit einem breiten Grinsen und leuchtenden Augen in ihr Zimmer gehüpft und wollte wissen, wann sie den Tag beginnen konnten.

Selbst wenn er spät schlafen ging, war ihr Sohn ein Frühaufsteher.

Sie wünschte sich eigentlich nicht, dass seine Kindheit schnell vorüber ging, aber in mancherlei Hinsicht konnte sie es kaum erwarten, dass er ein Teenager war, der den ganzen Tag schlief.

Und aß.

O Gott, ihr Einkaufsbudget würde durch die Decke gehen. Vielleicht sollte sie darüber nachdenken, eine zweite Filiale zu eröffnen?

Sie gähnte wieder und versuchte den Gedanken zu verdrängen, dass sie in spätestens sechs Stunden wieder wach sein und Pancakes machen würde. Schließlich erhob sie sich aus ihrem Sessel.

»*Alexa*, mach den Fernseher aus.«

Sie hielt inne, wartete kurz und schnaubte dann.

Sie hatte keine Alexa.

Sie *war* Alexa.

»*Fernseher ausschalten*«, sagte sie in ihrer besten Roboterstimme, drückte den Aus-Knopf auf der Fernbedienung und trug ihr Weinglas in die Küche.

Vielleicht sollte sie sich eine Alexa besorgen. Das wäre fast, als hätte sie einen Partner, der im Haushalt half, ihr aber nicht das Gefühl gab, unzureichend oder unwillkommen zu sein. Sie könnte Alexa so programmieren, dass sie sie begrüßte, wenn sie nach Hause kam, sie nach ihrem

Tag fragte, ihr Essen bestellte, wenn Zara keine Lust hatte zu kochen.

Abgesehen von Liebe und Intimität und einer anständigen Fußmassage während der Hochzeitssaison schien Alexa eigentlich alles zu bieten.

Gab es auch eine männliche Variante von Alexa? Alex? Könnte sie ihn so programmieren, dass er ihr schmutzige Dinge sagte, während sie sich mit ihrem Vibrator vergnügte? Wäre das seltsam?

Während sie die Idee eines Roboter-Partners weiterspann, spülte sie ihr Weinglas ab – darauf bedacht, die verletzte Hand trocken zu halten – und stellte es aufs Abtropfgitter.

Sie nahm die Ohrringe und den Ring ihrer Großmutter und die Kette ihrer Mutter ab, und vergewisserte sich, dass sie die Tür abgesperrt hatte. Normalerweise tat sie das nie, aber irgendetwas brachte sie heute dazu, durch den Türspion zu sehen.

Ihr blieb vor Schreck beinahe das Herz stehen, als sie einen Mann auf ihrem Fußabstreifer stehen sah.

Sie fuhr zurück, wirbelte herum und lehnte sich mit dem Rücken gegen die Tür. Ihr Herz hämmerte wild in ihrer Brust, und sie drückte sich einen Finger an den Hals, um ihren Puls zu spüren.

»Tief durchatmen. Ganz tief durchatmen«, flüsterte sie.

Wo war ihr Handy? Sollte sie die Polizei rufen?

Wo war ihr Baseballschläger? Vermutlich in der Garage. Sie hatte keine Zeit, dorthin zu rennen und ihn zu holen. Was konnte sie sonst noch als Waffe zur Einschüchterung benutzen?

Mit ihrem Blick suchte sie den schmalen Flur ab und blieb schließlich an Nolans Kinderregenschirm mit Froschmuster hängen, der neben dem Schuhregal stand. Der musste reichen. Sie griff hastig danach und drückte ihn an ihre Brust, als es kaum hörbar hinter ihr an der Tür klopfte.

»Zara?«, fragte eine leise männliche Stimme. »Bist du noch wach? Ich bin's, Emmett.«

Emmett!

Sie drehte sich wieder um und sah durch den Türspion. Er war ein paar Schritte zurückgegangen, so dass sie ihn jetzt ganz sehen konnte. Seine Wangen waren gerötet, seine Augen schimmerten feucht, und vereinzelte Schneeflocken lagen auf den Schultern seines Mantels und auf seinen Haaren.

War er etwa hierher gelaufen?

Sollte sie so tun, als sei sie schon im Bett? Einfach nicht reagieren, bis er wieder verschwand?

Sie warf einen weiteren Blick durch den Spion.

»Ich habe Nolans Giraffe dabei«, sagte er und hielt das Stofftier hoch. »Jojo war ganz bestürzt, als sie bemerkt hat, dass er Ziggy vergessen hat.«

Absichtlich vergessen hat.

»Wieso bist du *wirklich* hier, Emmett?«, fragte sie durch die geschlossene Tür, beobachtete ihn weiterhin.

Er hob den Kopf und blickte sie so direkt an, als könne er sie durch den Türspion sehen. Seine Lippen zuckten, als versuche er zu lächeln. »Um Nolan seine Giraffe zu bringen. Ich dachte, wenn er auch nur ansatzweise so ist wie Jojo, kann er sonst vielleicht nicht einschlafen.«

Oh.

Ihr Lächeln verblasste. Sie trat von der Tür zurück und stellte den Regenschirm wieder neben das Schuhregal.

»Aber ich bin auch hier, um dich zu sehen. Um mit dir zu reden.«

Oh!

Sie drängte sich wieder mit der Brust gegen die Tür und kniff ein Auge zu, um ihn durch den Spion besser sehen zu können.

Er schluckte sichtbar, schob die Hände in seine Manteltaschen und fröstelte.

Hinter ihm ließ der Wind Schneeflocken wirbeln. Es hatte wieder angefangen zu schneien, als Zara und Nolan nach Hause gekommen waren. Sie war sich eigentlich sicher gewesen, dass kein Schnee vorhergesagt war, aber andererseits lagen diese Meteorologen auch nur in fünfzig Prozent der Fälle richtig. Manche sogar noch seltener.

Ihr Ex-Mann war Meteorologe.

Sie hatte keine sehr hohe Meinung von Meteorologen.

Sie vertraute ihnen nicht.

Und zwar aus gutem Grund.

»Zara?«

Sie blinzelte, legte die Hände an die Tür und sah durch den Spion wieder zu Emmett hinaus.

»Bist du noch da?«

Mit einem tiefen Ausatmen trat sie von der Tür zurück und griff nach der Klinke. Nach kurzem Zögern entriegelte sie die Tür und zog sie auf.

»Ich bin noch hier«, flüsterte sie, als sie dem Mann gegenüberstand, den sie nicht mal einen Tag kannte und dem sie schon erlaubt hatte, ein kleines Stück ihres Herzens zu stehlen und es zu zertrümmern.

Sie musste wirklich aufhören, ihr Herz so auf der Zunge zu tragen. Sie war vierundvierzig Jahre alt. Sie hatte genug von bescheuerten Männern und deren Bullshit.

Sie trat zurück und ließ ihn in den Flur, fröstelte, als ein eisiger Windstoß ihm hereinfolgte.

Sie ging um ihn herum, darauf bedacht, ihm nicht zu nahe zu kommen, und schloss die Tür hinter ihm. Dann – bevor er irgendetwas versuchen konnte – drehte sie sich um und ging in die Küche, griff sich ihren breiten handgemachten Schal von einem der Stühle und schlang ihn sich um die Schultern.

Sie hatte nicht erwartet, dass er ihr folgte, aber als sie

den Kopf hob, war er da, stand direkt vor ihr, so nah, dass sie einen halben Schritt zurücktreten musste.

Er roch unglaublich, nach Rye Whiskey und Schnee. Diese Kombination war so berauschend, dass sie leicht schwankte – oder lag es vielleicht an der fast vollen Flasche Wein, die sie eben geleert hatte? Woran auch immer es lag, sie musste jedenfalls nach der Stuhllehne greifen, um ihr Gleichgewicht zu halten.

Sein Adamsapfel bewegte sich, als er hart schluckte, dann hob er den Arm und hielt ihr Ziggy entgegen. Sein Blick folgte seiner Hand, bis ihre Blicke sich schließlich trafen. Unbehagen schimmerte in seinen Augen, und seine ohnehin schon leuchtend rosa Wangen färbten sich noch eine Spur dunkler. »Ich bin gekommen, um mich für mein Verhalten vorhin zu entschuldigen«, sagte er und räusperte sich. »Ich habe mich wie ein Arschloch benommen, und das tut mir wirklich leid.«

Sie nahm Ziggy entgegen und wickelte ihren Schal anschließend noch fester um sich. »Ja, das hast du«, sagte sie so neutral wie möglich. »Erst machst du mir Komplimente für meinen Sohn, und im nächsten Moment gibst du mir den Todesblick, nur weil ich mit deiner Tochter rede. Für mich sieht das so aus, als hättest du Ersteres nur getan, um mich ins Bett zu kriegen. *Lob einfach ihre Fähigkeiten als Mutter, dann lässt sie dich dein treues Hosentaschenkondom benutzen.*«

Jetzt konnte sie die Wut in ihrer Stimme nicht mehr verbergen. Sie musste sich wieder beruhigen, ihre Stimme um ein paar Oktaven und Dezibel senken. Das Letzte, was sie wollte, war, Nolan aufzuwecken. Der arme Junge würde wahrscheinlich denken, dass sein Plan, Ziggy absichtlich zu vergessen, funktioniert hatte, und dass Emmett gekommen war, um sie zum Frühstück abzuholen.

Ha!

Keine Chance.

Emmett öffnete den Mund, um etwas zu sagen, doch sie ließ ihn nicht zu Wort kommen. Sie war noch längst nicht fertig. Wenn er hierhergekommen war, um zu *reden*, dann musste er erst mal zuhören. Sie würde ihm jetzt all das sagen, was sie ihm vorhin nicht sagen konnte, weil ihre Kinder dabei gewesen waren. »Was dachtest du denn, was ich tun würde, Emmett? Was für eine Gefahr stelle ich denn für Josie dar? Dachtest du, ich würde deiner Tochter erzählen, dass wir gerade Sex im Weinkeller hatten, und sie dann fragen, ob ich ihre neue Mommy sein darf?«

Seine Augen wurden groß, und ihm fiel wortwörtlich die Kinnlade herunter.

Zara trat ein paar Schritte zurück und lehnte sich gegen den Ofen, verschränkte die Arme vor der Brust und überkreuzte die Knöchel. Sie musste ihn glauben lassen, dass sie schon über ihn hinweg war, dass er sie nicht verletzt hatte. Dass sein Verhalten sie unberührt ließ, sie vielleicht nur etwas verärgert hatte.

»Ich habe keine Zeit für diesen Mist«, sagte sie schließlich, nachdem sie gerade lang genug geschwiegen hatte, um ihn unruhig werden zu lassen. Sie genoss es, ihn so zu sehen. Genau so hatte sie sich gefühlt, als er sie behandelt hatte wie ein altes Kaugummi an seiner Schuhsohle.

Er nickte. »Ich weiß. Und es tut mir leid. Ich habe dir das alles nicht gesagt, damit du mit mir schläfst. So etwas würde ich nie tun. Ich habe jedes Wort ernst gemeint, das schwöre ich.«

Sie schnaubte und schüttelte den Kopf, die Arme noch immer verschränkt. »Du musst dich schon etwas mehr anstrengen, ein Sorry reicht da nicht. Du hast all diese Regeln, wie jemand deine Tochter kennenlernen darf, aber das Leben hält sich selten an Regeln. Manchmal läuft es eben nicht so wie geplant.« Sie warf die Hände in die Luft. »Ich meine, glaubst du etwa, als ich zwanzig war, habe ich geplant, einen Mann zu heiraten, der keine Kinder mit mir haben will, mich scheiden zu lassen und dann ein Kind mit meinem schwulen besten Freund zu bekommen? Nein. Aber so ist es jetzt eben. Wir nehmen das, was wir bekommen haben, und machen das Beste daraus.«

»Ich bin gerade dabei zu lernen, dass ich flexibler sein muss. Dass ich dem Schicksal vertrauen muss und nicht alles kontrollieren kann. Manchmal muss man seine Regeln überdenken, überarbeiten oder sogar brechen.«

Na also, das klang doch schon besser.

Er schob die Hände wieder in seine Manteltaschen und wippte auf den Fersen zurück. »Ich habe Jojo als Ausrede benutzt. Ich habe behauptet, dass ich sie vor Verwirrung und Herzschmerz beschützen will, aber die Wahrheit ist, dass ich auch mich selbst beschütze.«

Tja, das hätte sie ihm auch sagen können. Doch anstatt die Besserwisser-Karte zu spielen, lächelte sie nur grimmig und nickte. »Ja, du hast gesagt, dass du ein gebranntes Kind bist. Ich verstehe, dass du misstrauisch und vorsichtig bist.«

Er schnaubte. »Das ist die Untertreibung des Jahrhunderts. Meine Ex hat mich völlig unvorbereitet erwischt. Ich hatte keine Ahnung, dass irgendwas in unserer Beziehung nicht stimmte. Wir hatten gerade erst einen tollen Familienurlaub in San Diego verbracht. Ich dachte, alles sei perfekt. Und dann knallt sie mir die Scheidungspapiere auf den Tisch. Hat gesagt, sie könne es nicht mehr ertragen, mit mir zusammenzuleben, dass ich ein Kontrollfreak bin, immer nur arbeite und dass sie mich nicht mehr liebt.«

O Gott.

Selbst wenn diese Vorwürfe begründet sein sollten – jemandem so etwas zu sagen war wirklich hart. Auch wenn

Emmett sie verletzt hatte, so etwas würde Zara niemals zu ihm sagen, oder zu irgendwem.

»Das hat mich total fertiggemacht. Ich habe Tiff geliebt. Habe unser Leben geliebt. Unsere Familie. Ich habe es nicht kommen sehen.« Er fuhr sich mit der Hand durch die Haare und wandte den Blick ab. »Ich meine, wieso ist sie nicht früher zu mir gekommen, hat mir gesagt, was sie stört? Wieso hat sie keine Paartherapie vorgeschlagen? Ich kann mich ändern. Ich kann lernen und mich weiterentwickeln. Wenn ich jemanden liebe, werde ich für diejenige gern zu einem besseren Menschen.« Tränen traten in seine Augen. »Sie hatte eine ›emotionale Affäre‹ – wie mein Therapeut es genannt hat – mit einem Mann aus der Klinik, in der sie damals gearbeitet hat. Tiff hat gesagt, dass nie etwas zwischen ihnen passiert ist, dass sie aber beide ihre Ehepartner verlassen wollten. Er hat seine Frau zur gleichen Zeit verlassen wie Tiff mich. Sie waren eine Weile zusammen, dann ist er zu seiner Frau zurückgegangen.«

Sie trat auf ihn zu und zog sanft an seinem Arm, um ihn dazu zu bringen, die Hände aus den Taschen zu nehmen. Sie ahnte, dass er jetzt eine körperliche Verbindung brauchte, um nicht den Boden unter den Füßen zu verlieren. Und sie brauchte das auch. Also hielt sie seine Hand in ihrer. »Das ist schrecklich, und es tut mir wirklich leid. Hat sie jemals versucht, dich zurückzugewinnen?«

Er schüttelte den Kopf. »Nein. Ein Teil von mir hat damit gerechnet, dass sie zurückkommt, und derselbe Teil hat auch in Erwägung gezogen, sie zurückzunehmen … ein *kleiner* Teil. Ich weiß, ich war nicht der *beste* Ehemann der Welt. Bevor ich Belegarzt geworden bin, habe ich extrem viel gearbeitet. Aber ich war mir auch sicher, dass ich nicht der schlechteste Ehemann war. Ich war superromantisch, aufmerksam, habe ihr Komplimente gemacht und war bereit, mich zu ändern, zu lernen und mich zu bessern. Aber als sie nicht wieder angekrochen kam, bin ich für eine Weile in einem ziemlich dunklen Loch versunken.«

»Verständlich. Als ich herausgefunden habe, dass mein Ex-Mann ein Kind mit dieser Kellnerin bekommt, war ich am Boden zerstört. Mit mir wollte er keine Kinder, aber mit ihr schon? Ich dachte, dass es an mir lag. Dass er etwas in mir gesehen hat, was ich selbst nicht sehen konnte, dass er erkannt hat, dass ich keine gute Mutter bin.« Sie biss sich auf die Unterlippe und sah zur Seite, kämpfte gegen die aufsteigenden Tränen an. Sie war auch in einem tiefen Loch versunken, nachdem sie herausgefunden hatte, dass Marcello und Tobi ein Kind erwarteten. Sie hatte ihr gesamtes Leben infrage gestellt, jede Entscheidung, die sie jemals getroffen hatte, und ob sie wirklich Mutter werden sollte. Sie schluckte schwer, noch immer unfähig, ihn anzusehen. »Dein Verhalten vorhin hat diese Gefühle wieder zurückgebracht. Diese Gedanken.« Ihr Atem bebte, und sie zwang ein Lachen hervor, blinzelte gegen ihre Tränen an. »Ich meine, die Meinung eines Mannes, den ich seit nicht mal einem Tag kenne, sollte mir wirklich nicht so nahe gehen, aber …« Sie sah zu ihm auf und zuckte mit den Schultern. »Ich dachte, wir hätten eine Verbindung. Ich habe dir mehr Vertrauen geschenkt, dir mehr Macht über mich gegeben, als gut ist, und das ist *meine* Schuld.« Sie wandte wieder den Blick ab und schniefte, fuhr sich mit dem Handrücken unter der Nase entlang.

Er zog an ihrer Hand, bis sie ihn wieder ansah. »Verdammt, Zara. Nein! Himmel, nein. Du bist so unglaublich mütterlich.« Mit der freien Hand fuhr er sich wieder durchs Haar. »Es tut mir so leid. Nolan ist so glücklich, so gesund, so ausgeglichen und lieb. Wie er sich um Jojo gekümmert hat … Ich habe es ernst gemeint, als ich gesagt habe, ich hoffe, dass Jojo mal jemanden wie ihn als ihren Freund mit nach Hause bringt. Und das verdankt er dir und deinen großartigen Fähigkeiten als Mutter. Dein Ex war und *ist* ein Idiot, dass er keine Kinder mit dir haben wollte.«

Sie presste die Zähne so fest sie konnte aufeinander, um nicht heulend zu Boden zu sinken. Sie war stärker als dieses schwache Häufchen Elend, als das sie sich gerade fühlte. Sie war eine starke alleinerziehende Mutter und Unternehmerin, verdammt nochmal. Sie hatte Emmett zur Rede gestellt und ihm gesagt, dass sein Verhalten ihr gegenüber völlig inakzeptabel war, sie hatte ihm die Stirn geboten, genau wie Daisy gesagt hatte. Und trotzdem konnte sie dieses Gefühl der Unzulänglichkeit einfach nicht abschütteln, selbst nach all den Jahren nicht. All diese Selbstzweifel. Dass sie keine gute Mutter war, dass etwas mit ihr nicht stimmte. Und diese Gedanken brachten immer Tränen mit sich. Ganz egal, wie weit sie gekommen war, ganz egal, wie stark sie sich fühlte … wenn diese Gedanken und Gefühle sie überkamen, dann war sie machtlos.

Emmett drückte ihre Hand. »Dein Ex weiß gar nicht, was er verloren hat. Es tut mir sehr leid, wenn mein Verhalten dich dazu gebracht hat, an deinen Fähigkeiten als Mutter zu zweifeln. Das war ganz sicher nicht meine Absicht. Und du solltest niemals daran zweifeln, was für eine unglaubliche und fähige Mutter du bist. Du machst das phänomenal gut mit deinem Jungen.«

Eine Träne lief über ihre Wange, und sie schniefte. »Danke. Es tut gut, das zu hören.« Sie stieß zitternd den Atem aus, und ihre Schultern entspannten sich endlich.

»Du bist eine außergewöhnliche Frau, Zara. Wirklich.«

Da war er wieder, der Mann, den sie am Morgen getroffen hatte, der Mann, der ihre Hand versorgt, sie zum Lachen gebracht und geküsst hatte, als wäre sie die Lösung für all seine Probleme.

Er atmete aus. Sie konnte ihm ansehen, dass er noch mehr zu sagen hatte, noch mehr loswerden wollte. Es fiel ihr nicht leicht, aber sie verzog ihre Mundwinkel mehr schlecht als recht zu einem ermunternden Lächeln, um ihn wissen zu lassen, dass er weitersprechen konnte und sie ihm zuhören würde.

Sein eigenes Lächeln war grimmig, aber dankbar. »Ich glaube, dass Jojo mitbekommen hat, was die Scheidung mir angetan hat«, begann er. »Und dadurch ist es ihr selbst schwerer gefallen, damit umzugehen. Sie war eine ganze Weile wütend auf ihre Mom. Wollte nicht bei ihr sein. Und das ging nicht von mir aus. Ich habe niemals in Gegenwart meiner Tochter schlecht über meine Ex-Frau gesprochen und werde es auch nie tun. Das ist mir sehr, sehr wichtig.«

»Kinder haben ein unglaublich feines Gespür für so was«, flüsterte sie. »Nolan bemerkt meine Launen manchmal, bevor sie mir selbst bewusst werden.«

Er nickte und sah auf ihre verschränkten Hände hinab. »Jojo auch. Sie hasst Tiffs neuen Freund, und ich weiß nicht, ob es daran liegt, dass sie noch immer mit der Scheidung zu kämpfen hat, oder ob der Typ einfach ein Idiot ist. Ich kenne ihn nicht gut genug, um das wirklich beurteilen zu können.« Er sah ihr wieder in die Augen. »Ich weiß, ich kann ein Kontrollfreak sein. Und ich arbeite daran. Ich weiß auch, dass ich nicht alles in meinem Leben kontrollieren kann. Dass manchmal selbst der beste Plan nicht funktioniert und ich lernen muss, das zu akzeptieren.« Er schluckte schwer, und seine Augen wurden wieder feucht. »Ich habe noch eine Menge Arbeit vor mir …« Er hob die Schultern, und ein kleines Lächeln zupfte an seinem Mundwinkel. »Aber haben wir das nicht alle?«

Sie hob ebenfalls eine Schulter und nickte.

In mancherlei Hinsicht stimmte sie ihm durchaus zu. Ja, jeder musste sein Leben lang an sich arbeiten. Zumindest all diejenigen, die sich weiterentwickeln wollten. Aber andererseits hoffte man doch auch, dass man sich nicht mehr mit den ganz schlimmen Fällen rumschlagen musste, wenn man erst mal vierzig war. Man hoffte, dass ein Mann in diesem Alter sein Leben und seine Emotionen im Griff hatte.

Sie war nicht auf der Suche nach einem Projekt.

Konnte er all das in ihrer Miene lesen?

Musste er wohl, denn seine nächsten Worte waren nicht nur voller Hoffnung, sondern auch voller Angst.

»Ich verstehe, wenn du so ein Risiko wie mich nicht eingehen willst. Daraus kann ich dir keinen Vorwurf machen. Ich bin immer noch dabei, mich mit der ganzen Alleinerziehender-Vater-Sache zu arrangieren und herauszufinden, was ich in meiner Ehe falsch gemacht habe.« Er schüttelte den Kopf. »Ich dachte wirklich, dass ich mit Tiff alles richtig gemacht habe.«

Sie hatte kein Interesse daran, mehr über seine Ex oder seine Scheidung zu hören. Außerdem war sie todmüde.

»Aber ich musste einfach herkommen und mich dafür entschuldigen, wie ich dich behandelt habe, dir sagen, dass es nichts mit dir zu tun hatte.« Er schnaubte. »In diesem Fall kann ich ganz ehrlich sagen: *Es liegt nicht an dir, es liegt an mir.*«

Zara lachte leise und senkte kurz den Kopf, bevor sie wieder zu ihm aufsah. »Ja, es lag wirklich ganz allein an dir.«

Sein rechter Mundwinkel zuckte.

Sie konnte sehen, dass er sich wirklich Mühe gab. Und hatte Daisy nicht auch gesagt, dass er bereit war, sich zu ändern, sich weiterzuentwickeln? Dass er ein Mann war, der immer danach strebte, ein besserer Mensch zu werden?

Vielleicht brauchte er einfach etwas – oder jemanden –, das ihn motivierte?

»Komm mit.« Sie führte ihn ins Wohnzimmer, ließ das Licht aus, doch die Lampe über dem Herd spendete genügend Licht, so dass sie seine attraktiven Gesichtszüge noch erkennen konnte.

»Es war nicht meine Absicht, ein Kennenlernen mit Josie zu erzwingen«, sagte sie, verschränkte ihre Finger mit seinen und zog ihn mit sich auf die Couch. »Wenn du Regeln hast, wie und wann jemand deine Tochter kennenlernt, dann respektiere ich das. Aber unter den gegebenen Umständen war das, was ich getan habe, glaube ich, nicht wirklich schlimm.«

»War es nicht«, sagte er schlicht. »Ich habe total überreagiert, wie ein überängstlicher, durchgedrehter Helikopter-Vater.«

Sie nickte. »Stimmt.«

»Die Jungs nennen mich immer *Helikopter*, wenn wir zusammen auf dem Spielplatz sind. Machen Hubschraubergeräusche und wedeln mit den Armen.«

Sie lachte prustend. »Vielleicht haben sie nicht ganz unrecht? Ein bisschen Freiheit ist wichtig, solange diese Freiheit Grenzen hat.«

Er nickte. »Das verstehe ich jetzt auch … wenn auch nur langsam.«

»Du musst wissen, dass ich dich niemals zwingen würde, mich in Josies Leben zu integrieren … falls das mit uns eine Zukunft hat. Genauso hoffe ich, dass du mich nicht drängen würdest, dich zu einem wichtigen Bestandteil in Nolans Leben zu machen. Unsere Kinder kommen immer an erster Stelle.«

»Immer. Ich würde mich ganz nach dir richten.«

»Und ich mich nach dir. Aber da wir uns mit unseren Kindern auf einer Party getroffen und die beiden sich sofort angefreundet haben, dachte ich, dass man ein paar dieser Regeln modifizieren kann, zumindest vorübergehend.«

Er zog kaum merklich die Mundwinkel nach unten. »Du hast recht. Ich hätte da flexibler sein müssen. Ich war nur …«

»Du warst geblendet von deinem Schmerz. Deinem und Josies.«

Er nickte, ließ eine ihrer Hände los und rieb sich über das Gesicht, zog an seinem stoppeligen Kinn. »Vielleicht ist es zu spät für mich. Vielleicht bin ich ein zu großes Risiko. Es ist schließlich erst achtzehn Monate her.«

Sie zuckte mir den Schultern. »Es gibt keine Regel, die sagt, wie lange man warten muss. Dasselbe gilt für Trauer, und auch wenn deine Ex-Frau nicht gestorben ist, trauerst du in gewisser Weise um sie. Du trauerst um deine Ehe, deine perfekte kleine Familie. Verlust ist Verlust, und wir trauern alle auf unsere eigene Weise.« Sie strich mit dem Daumen über seinen Handrücken, und er hob den Blick wieder zu ihr. »Es hängt alles davon ab, was du willst. Was *willst* du, Emmett?«

Er ließ sein Kinn los und griff wieder nach ihrer Hand. »Ich will dich besser kennenlernen. Ich will dich wiedersehen, mit dir ausgehen, dich anrufen und herausfinden, wo diese Verbindung uns hinführt.«

»Das wollte ich auch«, sagte sie leise.

Sein Blick wurde so traurig, dass sie ihn am liebsten in ihre Arme gezogen und ihn in seiner Verwirrung und Frustration getröstet hätte. Aber das konnte sie nicht. Es gab immer noch ein paar Dinge, die sie klarstellen musste, bevor sie über eine Zukunft sprechen konnten.

»Du *wolltest* es?«, fragte er. »Aber jetzt willst du es nicht mehr?«

Ja, er schien wie ein anstrengendes Projekt, das sie sich eigentlich nicht antun wollte, trotzdem ließ sie ihre Hände in seinen und musste immer wieder dem Drang widerstehen, sich einfach in seine Arme zu werfen und ihn zu küssen. Sie fühlte sich instinktiv zu Emmett hingezogen, mit einer Intensität, die sie seit Jahren nicht empfunden hatte. Er hatte einen guten Kern, ein gutes Herz. Er hatte sich vorhin so liebevoll um Nolan gekümmert. Ihr Herz war geschmolzen, als sie ihn dabei beobachtet hatte. Ihm lagen die Menschen in seinem Umfeld wirklich am Herzen. Er litt nur einfach immer noch unter seiner Scheidung. Und sie wusste aus eigener Erfahrung, wie sich das anfühlte. Marcello hatte ihr ebenfalls das Herz herausgerissen, und sie hatte einige Jahre gebraucht, bis sie wieder bereit gewesen war, zu daten und einen Neuanfang zu wagen. Ja, Emmett stellte ein Risiko dar, für ihr Herz, für Nolans Herz – aber war er ein Risiko, das sie bereit war einzugehen?

Konnte sie ihm noch eine Chance geben?

Wollte sie das?

Ja.

Sie war bereit, es zu riskieren. Sie musste nur sichergehen, dass sie das Herz ihres Sohnes so gut wie möglich schützte, falls es nicht funktionierte. Sie würde ihren Sohn vor jeglichem Herzschmerz bewahren, auch wenn das bedeutete, dass ihr eigenes Herz dabei zerbrach.

Das Schicksal hatte Zara und Emmett viermal an einem Tag zusammengeführt. Sie musste das einfach als Zeichen dafür sehen, dass sie herausfinden sollte, wohin sie der Weg mit Dr. Emmett Strong führte, dass er es wert war, ihn kennenzulernen, und eine zweite Chance verdient hatte.

Sie hielt für einen Moment die Luft an, stieß sie dann langsam durch die Nase aus und drückte Emmetts Hände. »Ich mag dich, Emmett. Und eine Weile lang hatte ich heute Abend sehr viel Spaß mit dir. Aber mit diesem Heiß-und-Kalt-Spiel kann ich nicht umgehen. Ich bin zu alt für dieses Drama. Wenn zwischen dir und deiner Ex noch nicht alles geklärt ist, kann ich mich da nicht einmischen. Ich habe ein Geschäft zu führen, einen Sohn großzuziehen und eine Hypothek abzubezahlen. Mit dir und dem Weg, den du noch vor dir hast, komme ich klar, aber nicht mit der Unsicherheit oder externen Variablen wie einer verrückten Ex-Frau.«

Er verzog die Lippen zu einem kleinen Lächeln. »Ich auch nicht. Und ich kann dir versprechen, dass Tiff kein Problem darstellt. Wir kommen immer besser miteinander aus. Es ist eine langsame Entwicklung, aber es wird besser. Und ich werde mir die größte Mühe geben, meine Temperaturen unter Kontrolle zu halten und nicht mehr …«

»Zwischen heiß wie die Sonne und kalt wie die Arktis hin- und herspringen?«, warf sie ein.

Sein Lächeln wurde breiter. »Genau. Du hast Jojo kennengelernt, und sie mag dich. Sie mag Nolan. Ich fände es schön, wenn wir morgen zu viert frühstücken …«

Sie konnte ein weiteres Gähnen nicht zurückhalten.

Er lachte leise. »Oder Mittag essen gehen könnten, wenn du ausschlafen möchtest. So oder so fände ich es schön, wenn wir später etwas zu viert unternehmen. Die Kinder scheinen sich echt gut zu verstehen, und bis Jojos Vater sich wie der letzte Idiot aufgeführt hat, schien das bei den Eltern genauso zu sein.«

»Wir gehen es langsam an«, sagte sie und rutschte auf dem Sofa näher zu ihm heran, bis ihre Knie sich berührten. »Wir überstürzen nichts mit den Kindern, machen sie nicht gleich zu einem fixen Bestandteil unserer …« – sie deutete zwischen Emmett und sich hin und her – »… was auch immer das ist. Aber Brunch morgen klingt wunderbar.«

»Es tut mir wirklich leid, Zara. Ich werde mich bessern, versprochen.« Er zog eine Grimasse. »Das heißt, wenn du mir die Chance gibst, mich zu bessern. Wenn du mir die Chance gibst, dir zu zeigen, dass ich nicht dieser wild gewordene Irre bin, der im ersten Moment charmant und im nächsten ein Arsch ist. Ich bin eigentlich ein ganz netter Typ, ich bin nur …«

Sie hob sich etwas von der Couch und krabbelte in seinen Schoß, schlang die Arme um seinen Hals. »Daisy hat gesagt, du gehst ab und zu in den Rage Room, um deine Aggression im Griff zu behalten? Würdest du mich mal dahin mitnehmen? Ich würde zu gern ein paar Vasen zertrümmern.«

Seine Augenbrauen schossen in die Höhe, doch er entspannte sich merklich, kaum dass sie auf seinem Schoß saß. »Ist das nicht eine Art Sakrileg für eine Floristin?« Mit seinen Fingern fuhr er ihre Wirbelsäule auf und ab, hinterließ eine herrlich prickelnde Spur.

Sie neigte den Kopf, bis ihre Nasenspitzen sich berührten, ihr Atem sich mischte, und legte ihre bandagierte Hand auf seine Brust. Konnte sie ihm helfen, sein Herz zu heilen, so wie er ihrer Hand geholfen hatte? »Das stimmt. Aber ich glaube, die Blumengötter werden mir verzeihen.«

»Und verzeihst du mir?« Seine Hand auf ihrem Rücken hielt inne, und er lehnte sich ein Stück zurück, um ihr tief in die Augen sehen zu können.

Sie grinste. »Das kommt drauf an …«

Er kniff die Augen zusammen. »Worauf?«

»Darauf, wie du die folgenden drei Fragen beantwortest.«

Er holte tief Luft und nickte dann. »Ich werde mein Bestes geben.«

»Alles klar. Frage eins: Was ist dein Traumurlaubsziel? Frage zwei: Was ist die wichtigste Eigenschaft, die ein guter Freund oder Partner haben sollte? Und Frage drei: Wenn du einer Person aus deiner Vergangenheit noch eine Frage stellen könnten, welche Person und Frage wären das?«

Emmett atmete langsam durch den Mund aus. »Das sind alles gute Fragen. Meine Antworten sind: Hawaii, Integrität und mein Großvater Emmett, nach dem ich benannt bin. Und ich würde ihn nach seinem Geheimrezept für eine glückliche Ehe fragen. Er und meine Großmutter kannten sich seit der Grundschule und waren vierzig Jahre verheiratet, als er gestorben ist. Ich habe ihn leider nie kennengelernt, aber alle sagen, dass er ein echt cooler Typ war.«

Zaras Augen leuchteten auf, und sie lächelte.

»Habe ich bestanden?«, fragte er mit einem schiefen, etwas zögerlichen Grinsen und runzelte leicht die Stirn.

»Mit Bravour.« Sie warf einen Blick auf die Wanduhr. Es war dreißig Sekunden vor zwei. »In ungefähr fünfundzwanzig Sekunden beginnt in Hawaii das neue Jahr«, murmelte sie. »Willst du mein Hawaii-Neujahrskuss sein?«

Sein Grinsen brachte ihr Herz ins Stottern. »Kommt drauf an. Ist es okay für dich, das neue Jahr nur mit mir einzuläuten? Nur mit dem guten alten Dr. Emmett Strong? Officer Astronaut Dr. Emmett Strong ist nämlich ein ziemlicher Idiot.«

»Ich bevorzuge sowieso den guten alten Dr. Emmett Strong. Um ehrlich zu sein, mag ich ihn sogar sehr.« Ihr Herz setzte noch einen Schlag aus. Sie sah wieder hinauf zur Uhr und begann zu zählen: »Fünfzehn … vierzehn … dreizehn … zwölf …«

Er legte seine freie Hand an ihre Wange, und sie schmiegte sich an ihn. Sie war so dankbar dafür, wieder bei Emmett zu sein, dafür, dass er der Mann war, für den sie ihn bei ihrer ersten Begegnung gehalten hatte, und nicht der Mann, den sie auf der Party zurückgelassen hatte, entsetzt darüber, wie sie sich so in ihm hatte täuschen können.

»Es gibt niemandem, mit dem ich lieber das hawaiianische neue Jahr beginnen würde«, flüsterte er.

»Für mich auch nicht. Acht … sieben.« Sie griff nach dem Kragen seines Mantels und zog ihn näher, so dass sie wieder den Atem des anderen spüren konnten.

»Fünf … vier … ach, verdammt.« Dann eroberte er stürmisch ihren Mund, vollkommen und gänzlich, und zusammen feierten sie das neue Jahr – zwei Stunden zu spät, aber für sie genau richtig.

Kapitel 12

»Es ist so laut hier«, sagte Jojo mit einem Gähnen, spießte ein Stück Rührei auf ihre Gabel und hob sie zum Mund. »Wieso sind wir nicht in Tante Paiges Restaurant gegangen?« Sie zog die Nase kraus und warf einen bösen Blick zu einem Tisch voller lauter Collegekids, die vermutlich immer noch von gestern Nacht betrunken waren.

»Weil Tante Paiges Bistro heute geschlossen hat, Süße«, sagte Emmett und nahm einen tiefen, dringend nötigen Schluck von seinem Kaffee. Nachdem er und Zara sich geküsst hatten, um das hawaiianische Neujahr einzuläuten, hatten sie sich ins Schlafzimmer zurückgezogen, und er hatte sich noch eine gute Stunde lang ausführlich bei ihr *entschuldigt*. Dann war er zurück zu Riley und Daisy gegangen, wo die Party langsam zu Ende ging, und war in die obere Koje des Stockbetts geklettert, um noch ein paar Stunden Schlaf zu bekommen.

Was jedoch nicht ansatzweise genug war.

Jojo war nur ein paar Stunden später durch den Lärm im Haus wieder aufgewacht.

Daisy und Riley, die Armen, waren dank ihrer Kinder schon früh wach. Baby Chelsea war besonders quengelig nach der langen Nacht, und Nick hatte eine übrig gebliebene Partytröte gefunden, in die er beinahe unablässig blies.

Emmett und seine Tochter waren also mit müden Augen und zerknitterten Klamotten zu Zaras Haus hinübergefahren, um sie und Nolan abzuholen. Dann waren sie zu viert – alle mit schweren Lidern und zahlreichen Gähnern – zu *Denny's* gefahren, um zu frühstücken.

»Ich hab nichts gegen *Denny's*«, sagte Nolan, der sich eine Riesenportion Pancakes bestellt hatte und schon erstaunlich viel davon verputzt hatte. »Ich liebe die Pancakes hier.« Er hob einen ganzen Teigfladen mit der Gabel hoch und machte Anstalten, ihn komplett in seinen Mund zu schieben.

»Ah, ah, ah«, machte Zara und legte ihm eine Hand auf den Arm. »Erst schneiden, bitte. Du weißt, wie man ein Messer benutzt, Mister, also tu es.«

Nolan verdrehte die Augen, legte die Gabel wieder ab und griff nach seinem Messer. »Naaa gut.«

Emmett verbarg sein Grinsen hinter seiner Serviette. Sie waren in einem gut besuchten Diner in der Innenstadt, mit großen Portionen, genießbarem Kaffee und einer Einrichtung wie in einem alten Soda-Shop: schwarzweiße Fliesen, mit türkisem Plastik bezogene Bänke und eine große polierte Juke Box in der Ecke. Sie hatten nur fünfundvierzig Minuten auf einen Tisch warten müssen, was für dieses Diner echt nicht schlecht war, erst recht am Neujahrsmorgen.

Das neue Jahr fing auf jeden Fall schon mal gut an.

Es schien endlich bergauf zu gehen.

»Was ist denn dein guter Vorsatz fürs neue Jahr, Nolan?«, fragte Emmett, der sein Frühstück schon aufgegessen hatte. Er legte eine Hand auf das Plastik der Sitzbank und schob sie unauffällig vor, bis er unter dem Tisch Zaras Oberschenkel fand.

Nolan hob den Kopf, den Mund noch voller Pancake. »Was ist denn ein guter Vorsatz?« Er zog verwirrt die Nase kraus.

»Kauen, runterschlucken, dann erst sprechen, bitte«, sagte Zara und legte ihre bandagierte Hand wieder auf Nolans Arm. »Wir sprechen nicht mit vollem Mund.«

Nolan grummelte, kaute, schluckte dann übertrieben dramatisch und nahm einen tiefen Schluck von seinem Kakao. Er wischte sich mit dem Handrücken über den Mund und stieß ein zufriedenes *Ah* aus, bevor er sich wieder Emmett zuwandte. »Was ist ein guter Vorsatz?«

Emmett grinste. »Ein guter Vorsatz ist etwas, was du dieses Jahr gern tun würdest und was du letztes Jahr nicht getan hast. Etwas, was du erreichen oder in dem du besser werden möchtest. Zum Beispiel, wenn du letztes Jahr nur zwanzig Bücher gelesen hast, könnte dein guter Vorsatz sein, dieses Jahr dreißig zu lesen. Oder vielleicht willst du dieses Jahr öfter die Treppe nehmen statt immer den Aufzug.«

»Wie wäre es damit: Letztes Jahr habe ich die ganze Fußballsaison nur drei Tore geschossen, dieses Jahr will ich fünfzig schaffen?«, fragte Nolan und schob sich mit dem Finger einen kleinen Berg Sahne in den Mund.

»Fünfzig sind *echt* viele«, sagte Jojo, die sich Rührei, Speck und einen Erdbeer-Milchshake bestellt hatte. Emmett war viel zu müde, um irgendwelche Frühstücksregeln durchzusetzen. Solange seine Tochter einen vollen Magen hatte, glücklich war und nicht vor Müdigkeit ausrastete, war er zufrieden. Außerdem, Erdbeeren waren doch Obst, oder? Wen kümmerte es, ob sie in einem Milchshake waren?

Nolan wandte sich Jojo zu. »Stimmt, aber das ist mein guter Vorsatz. Was ist deiner, Josie?

Emmetts Tochter nahm ein Stück extrakrossen Speck von ihrem Teller und runzelte nachdenklich die Stirn. Emmett konnte die Rädchen in ihrem Kopf regelrecht rattern sehen. Sie aß den Speck auf, schleckte dann ihren Zeigefinger ab und hielt ihn in die Luft. »Mein guter Vorsatz ist, dass ich jeden Tag etwas Nettes für jemanden tue.«

Emmetts Herz explodierte beinahe in seiner Brust.

Er drückte Zaras Oberschenkel. Sie legte ihre Hand auf seine und drückte zurück. Ihr Blick wanderte langsam von den Kindern zu Emmett, bis ihre Blicke sich fanden.

Ihre Lippen zuckten, dann auch seine.

»Ohh«, sagte Nolan. »Das ist ein toller Vorsatz. Kann ich den auch nehmen?« Er drehte sich zu Zara und Emmett, die sich nun tief in die Augen sahen, ohne ein Wort zu sagen. »Kann ich zwei gute Vorsätze haben?«

»Klar«, erwiderte Jojo. »Du kannst bestimmt fünfzig haben oder so.«

»Ist Jojos Dad jetzt dein neuer Freund, Mom?«, fragte Nolan und wechselte damit mal wieder schneller die Spur als ein Formel-Eins-Fahrer.

Zaras Körper begann zu beben, was den Bann zwischen ihr und Emmett durchbrach. Er hob den Blick von der Frau, der er so sehr verfallen war, obwohl sie sich wortwörtlich erst seit vierundzwanzig Stunden kannten, und sah, dass ihr Sohn sie an der Schulter schüttelte.

»Mom, ist er dein neuer Freund?«

Emmett konnte Zara schlucken hören. Ihre Hand auf seiner spannte sich an.

»Nein, ist er nicht. Neue Freunde von Mommys sind nämlich *beknackt*«, sagte Jojo. »Der neue Freund von meiner Mom ist sooo beknackt.«

Wo zur Hölle hatte sie dieses Wort gelernt?

»Josephine«, rügte Emmett. »Solche Wörter benutzen wir nicht. Wir sagen nicht, dass jemand beknackt ist.«

Seine Tochter senkte den Blick auf ihren Teller. »Tut mir leid, Daddy. Aber ich mag Huntley nicht. Und du bist viel besser als Huntley.«

»Der Typ heißt Huntley?«, fragte Zara leise. »Heißt so nicht auch der Hund aus *Coco der neugierige Affe*?«

»Der Hund heißt *Hundley*«, erwiderte er ebenso leise. »Den Fehler habe ich das erste Mal auch gemacht.«

Zara nickte knapp. »Oh.«

»Aber Shane, der neue Freund von meinem Dad, war gar nicht beknackt. Und jetzt ist er mein Papa«, warf Nolan ein. »Ich glaube nicht, dass *alle* neuen Freunde beknackt sind. Nur der von deiner Mom.« Er sah Jojo an, beide Kinder trugen viel zu ernste Mienen für ihr Alter. »Ich bin mir sicher, dass dein Dad nicht so sein wird wie Huntley.« Er runzelte verwirrt die Stirn. »Ist das nicht der Dackel aus *Coco der neugierige Affe*?«

»Du meinst *Hundley*, Liebling«, korrigierte Zara.

Doch Nolan schien mit den Gedanken schon wieder woanders zu sein, er nahm einen Schluck von seinem Schokomilchshake und beobachtete den Schneepflug draußen vor dem Fenster.

Jojo hingegen machte immer noch einen verwirrten Eindruck, sie spielte geistesabwesend mit ihrer Gabel herum.

»Was ist los, Jojo-Maus?«

Sie hob den Kopf und blinzelte Emmett aus müden blauen Augen an. »Ich will nicht, dass du so wirst wie Huntley.«

Er legte ihr einen Arm um die Schultern und lachte

leise. »Oh, Süße. Darüber brauchst du dir überhaupt keine Sorgen zu machen. Ich werde *niemals* so sein wie Huntley.«

»Versprochen?« Sie streckte ihm ihren kleinen Finger hin.

Er verschränkte seinen Finger mit ihrem. »Versprochen.«

Sie verzog die Lippen zu einer schmalen Schmollschnute. »Hoffentlich denkst du diesmal an dein Versprechen. Du hast mir nämlich auch versprochen, mich für den Countdown zu wecken, und das hast du einfach vergessen.« Sie hielt seinen kleinen Finger noch fester und sah ihn böse an. »Du hast versprochen, mich aufzuwecken, und hast es nicht getan.«

Ja, mit dem Thema schlug er sich schon den ganzen Morgen herum. Jojo ließ ihn nicht so leicht damit davonkommen.

Er hielt den kleinen Finger seiner anderen Hand hoch und Jojo hakte auch den sofort unter. »Das tut mir wirklich leid, Jojo-Maus. Du hast einfach so friedlich geschlafen.«

»Ich wette, ein Stück Schokotorte würde mir dabei helfen, dir schneller zu verzeihen«, sagte sie, wobei sich ihre Schnute in ein breites Grinsen verwandelte.

»Oh, der Plan gefällt mir«, mischte sich Nolan ein. »Mom, ich bin auch immer noch enttäuscht, dass ich nicht bis zum Countdown wach bleiben durfte. Krieg ich auch ein Stück Torte?«

Emmett und Zara schnaubten beide und lächelten ihre frechen Kinder an.

»Schokotorte, hm?«, fragte Emmett, die kleinen Finger noch immer mit Jojos verschränkt.

Sie nickte eifrig mit großen Augen. »Ja!«

Passenderweise kam genau in diesem Moment der Kellner an ihrem Tisch vorbei, und Emmett winkte ihn zu sich. »Können wir bitte zwei« – er warf Zara kurz einen fragenden Blick zu, woraufhin sie nickte – »ja, können wir bitte zwei Stücke von der Schokotorte bekommen?«

Die Kinder schnappten begeistert nach Luft und brachten Zara damit zum Lachen.

»Mit einer Extraportion Sahne, bitte.«

Der Kellner nickte und verschwand dann Richtung Küche.

Nolan reckte die Faust in die Luft, und Jojo ließ Emmetts kleinen Finger los, hüpfte in ihrem Sitz auf und ab, ein gigantisches Strahlen im Gesicht. »Okay, ich verzeihe dir. Und du darfst auch der neue Freund von Nolans Mommy sein.«

Emmett hob den Kopf und sah über den Tisch hinweg zu Zara. Er wusste schon jetzt, dass er nie genug von ihren lebhaft funkelnden Augen bekommen würde. »Danke, Süße.« Dann wandte er den Kopf, um Nolan anzusehen.

»Was meinst du, Nolan? Darf ich der neue Freund deiner Mom sein? Wäre das okay für dich?«

Nolan runzelte kurz die Stirn und nickte dann mit einer Coolness, die Emmett einem Kind in dem Alter nie zugetraut hätte. »Klar, das ist cool.«

Zara kicherte, und Emmett musste sich beherrschen, nicht in ihr Lachen einzufallen. Stattdessen lächelte er den Jungen an und wandte seinen Blick dann der schönsten Frau im ganzen Restaurant zu. »Ich fände das auch ziemlich cool.«

Epilog

Zwei Jahre später …

Emmett schaltete den Ofen in seiner Küche ein und öffnete dann den Kühlschrank, um Mozzarella und Paprika herauszuholen. Das Geräusch von Schritten auf der Treppe verriet ihm, dass sein Souschef bereit war, Pizza zu backen.

»Hände sind gewaschen«, sagte Nolan, als er in die Küche gehüpft kam. Er klatschte zweimal in die Hände und nahm sich dann eine Schürze vom Haken neben dem Vorratsschrank. »Darf ich das große Messer benutzen, um die Paprika und die Pilze zu schneiden?«

Emmett nickte. »Klar, Kumpel. Ich reibe den Käse und verteile schon mal die Soße auf dem Teig. Du übernimmst das Schneiden.«

»Mom und Josie bringen den Schinken mit, richtig?«

Emmett nickte wieder. »Genau.«

Nolan stellte sich neben Emmett an den Küchentresen, holte das Schneidebrett aus einem Hängeschrank über ihnen und zog dann das superscharfe Messer aus einer der Schubladen. »Ich mag es, dass wir manchmal auch allein was machen, nur du und ich«, sagte er, öffnete die braune

Papiertüte voller Champignons, die Emmett bereits auf den Tresen gelegt hatte, und begann, die Pilze vorsichtig in Scheiben zu schneiden.

Emmett lächelte und sah zu dem Jungen hinüber, den er im Laufe der letzten zwei Jahre ziemlich gut kennengelernt hatte. Es hatte nicht lange gedauert, bis er Nolan liebgewonnen hatte. Der Junge war ein ehrliches, anständiges und aufrechtes Kind. Zara und Michael waren ihm großartige Eltern. »Mir gefällt das auch«, sagte er schließlich. »Vor allem heute, ich will dich nämlich etwas fragen.«

Nolan zog die Augenbrauen hoch, wandte den Blick jedoch nicht von seiner Arbeit ab. »Ja? Was denn?« Er war in den letzten zwei Jahren nicht nur gute zwölf Zentimeter gewachsen, sondern war auch richtig *cool* geworden, was zu einigen witzigen Angewohnheiten geführt hatte.

Emmett begann, den Mozzarella zu reiben, darum bemüht, sein breites Grinsen unter Kontrolle zu halten. »Also, deine Mom und ich sind ja jetzt schon seit ein paar Jahren zusammen.«

»Mhmm.«

»Und ich liebe sie sehr.«

»Ich weiß.«

»Und ich glaube, sie liebt mich auch sehr.«

»Tut sie.«

Emmett verdrehte die Augen und grinste wieder, hielt seinen Blick aber auf die Käsereibe gesenkt. »Und ich habe dich sehr lieb. Jojo hat dich lieb. Wir vier sind ein super Team.«

»Jap.«

Oje, war das schon ein Vorgeschmack auf seine Teenagerzeit? Diese ein- oder zweisilbigen Antworten? War er als Teenager auch so gewesen? Kein Wunder, dass seine Mutter ihm regelmäßig damit gedroht hatte, ihn auf ein Militärinternat zu schicken, wenn er nicht endlich in vollständigen Sätzen sprach.

Er musste dieses Kind zum Reden bringen. »Was würdest du denn davon halten, wenn deine Mom und ich heiraten?«

Nolan hielt inne.

Mist, vielleicht hätte Emmett ihn das nicht fragen sollen, während er eine potenzielle Waffe in der Hand hielt.

Nolans Blick wanderte langsam zur Seite, dann drehte er auch seinen Körper, um sich Emmett ganz zuzuwenden. »Hast du sie schon gefragt?«, fragte er schließlich. Seine Miene war undurchdringlich. Emmett konnte nichts darin lesen.

Emmett schluckte und schüttelte den Kopf. »Nein, habe ich nicht. Noch nicht.« Er entspannte seine Schultern, griff dann in seine Hosentasche und zog die Ringschachtel hervor. Er gab sie Nolan. »Ich wollte dich erst um deine

Erlaubnis bitten. Sichergehen, dass es okay für dich ist, bevor ich deine Mom frage. Deine Meinung ist auch wichtig. Genauso wie deine Gefühle. Das ist eine Entscheidung, die uns alle betrifft.«

»Weiß Josie schon, dass du meine Mom heiraten willst?« Er nahm die Ringschachtel entgegen, öffnete sie jedoch nicht.

Wieder schüttelte Emmett den Kopf. »Nein. Für Jojo ist es noch nicht so leicht, Geheimnisse für sich zu behalten. Ich habe sie mal nebenbei gefragt, wie sie es fände, wenn Zara und ich heiraten, und sie fand die Idee toll, dann einen großen Bruder zu haben.«

Endlich lächelte Nolan. Es war ein breites Lächeln, ein echtes Lächeln, ein Lächeln, das sich normalerweise nur zeigte, wenn Jojo ihn zum Lachen brachte – was häufig vorkam.

Die beiden waren allerbeste Freunde. Bruder und Schwester, als wäre es schon immer so gewesen.

»Ich hab Josie sehr lieb«, sagte Nolan. Er öffnete die Ringschachtel und zog die Augenbrauen minimal hoch. »Und dich habe ich auch lieb.« Er hob den Blick vom Ring zu Emmetts Gesicht. »Der Ring wird Mom gefallen.«

Puh.

Emmett wollte sich gerade bei Nolan bedanken und ihn daran erinnern, dass es noch ein Geheimnis war, als er die Haustür hörte. Dann, bevor Emmett seinen zukünftigen

Stiefsohn packen und ihm sagen konnte, dass er Zara heute Abend die große Frage stellen wollte – um Mitternacht, wenn das neue Jahr begann –, ließ Nolan auch schon das Messer auf sein Schneidebrett fallen und rannte Richtung Tür. »Mom!«

Mist!

Emmett lief ihm nach.

Doch es war schon zu spät.

»Mom, du kannst Emmett heiraten. Ich habe ihm gerade gesagt, dass das für mich okay ist. Ihr könnt also heiraten, und dann sind Josie und ich Bruder und Schwester.«

Jojo riss den Mund auf, und ihre blauen Augen wurden rund. »Echt?«

Zara ließ die beiden Einkaufstaschen fallen, die sie getragen hatte.

Zum Glück hatten keine Eier auf der Einkaufsliste gestanden.

Ihre Augen – Augen, die Emmett liebte, Augen, in denen er jeden Morgen nach dem Aufwachen und jeden Tag versinken konnte – wurden ebenfalls groß, und ihre vollen Lippen standen leicht offen. »Nolan, wovon redest du da?« Ihr Blick wanderte zu Emmett.

»Emmett hat mich gerade gefragt, ob er dich heiraten darf, und ich habe Ja gesagt. Du kannst also auch Ja sagen, wenn er dich fragt. Weil ich schon Ja gesagt habe.« Er griff in eine der Einkaufstaschen und zog ein Büschel Bananen heraus. »Ich hoffe, ihr habt auch an die Schoko- und Erdbeersoße gedacht. Ohne die wäre ein Banana Split nämlich nur Banane mit Eis.« Er verschwand in Richtung Küche, völlig ahnungslos, was er gerade für eine Bombe hatte platzenlassen.

Jojo griff in dieselbe Tüte, zog zwei Sirupflaschen heraus und lief dann hinter Nolan her. »Klar haben wir an die Soßen gedacht. Haben Dad und du schon mit den Pizzas angefangen? Wir haben den Schinken mitgebracht.«

Ihre Stimmen verklangen langsam und ließen Emmett und Zara allein im Foyer zurück. Emmett hielt noch immer die Ringschachtel in der Hand.

Auch wenn er enttäuscht war, dass sein Antrag nicht so ablief wie geplant, musste er zugeben, dass ihn Zaras völlig verdutzter Gesichtsausdruck sehr glücklich machte. Er lachte leise. Die Kinder hatten eben ein Talent dafür, selbst die besten Pläne zu durchkreuzen.

Also tat er, was er eigentlich erst in ungefähr sechs Stunden hatte tun wollen: Er ließ sich auf ein Knie sinken und hielt Zara die Ringschachtel entgegen. »Zara *Brilliant* Olsen, du lässt mir nichts durchgehen, du forderst mich dazu heraus, ein besserer Mensch zu werden, für dich *will* ich ein besserer Mann sein, und dank dir bin ich das, glaube ich, auch geworden. Du bist das Großartigste, was mir seit der Geburt meiner Tochter passiert ist, und ich hätte mir keine bessere Frau als ihre Stiefmutter wünschen können. Es würde mich sehr glücklich machen, wenn du meine Frau wirst, meine Partnerin und Jojos zweite Mutter. Heiß mit mir jedes neue Jahr willkommen. Von jetzt an und für immer.«

»Wieso kniet mein Dad auf dem Boden?«, flüsterte Jojo hinter ihm.

Emmett hatte die Kinder nicht zurückkommen hören. Sie konnten extrem leise sein, wenn sie das wollten, normalerweise klangen sie eher wie eine Herde Büffel mit Weihnachtsglöckchen um den Hals.

»Ich glaube, so macht man das, wenn man jemandem einen Heiratsantrag macht. Zumindest habe ich das schon oft so in Filmen gesehen«, flüsterte Nolan zurück. »Mom, sagst du Ja?«, fragte er dann lauter.

Emmett hatte den Blick keine Sekunde von Zara abgewandt. In ihren saphirblauen Augen standen Tränen, und ihre Wangen hatten einen wunderschönen Rosaton angenommen. Ihre Lippen waren zu einer schmalen Linie zusammengepresst und bebten unter der Anstrengung, ihre Gefühle unter Kontrolle zu halten, ihre Nasenflügel blähten sich.

»Mom?«, fragte Nolan wieder. »Was ist deine Antwort?«

»Ja«, wiederholte Josie, »was ist deine Antwort? Bekomme ich einen großen Bruder?«

Emmetts Lippen zuckten. Doch gleichzeitig begann sich

auch Sorge in ihm zu regen. Hatte sie noch immer nicht geantwortet, weil sie *Nein* sagen wollte und nicht wusste, wie sie das vor den Augen der Kinder tun sollte? Oder dachte sie noch nach?

Eine Träne rollte über ihre Wange, doch sie wischte sie schnell mit dem Ärmel ihres Mantels fort.

Emmetts Knie begann sich langsam über die unbequeme Position auf den kalten Fliesen zu beschweren.

Wäre es unhöflich, aufzustehen und so auf ihre Antwort zu warten?

Zara blinzelte und nickte dann endlich. »Ja, ich werde dich heiraten.«

So war Emmett aus mehr als einem Grund innerhalb einer Nanosekunde auf den Beinen und zog die Frau, die er liebte, in seine Arme.

Hinter ihnen jubelten die Kinder. Dann wurden Emmett und Zara beinahe umgeworfen, als die Kinder stürmisch ihre Arme um die Hüften ihrer Eltern warfen.

»Wieso hat das so lange gedauert, Mom?«, fragte Nolan, die Arme noch immer um sie geschlungen.

Zara lachte in Emmetts Armen. Emmett stimmte fröhlich mit ein. Kinder waren so ungeduldig.

»Ja«, meinte auch Jojo. »Mir ist vor lauter Warten schon langweilig geworden.«

Zaras Kichern wurde zu einem ausgewachsenen Lachen, und sie warf den Kopf in den Nacken, schloss die Augen und öffnete den Mund. Emmett nahm das als Einladung – auch wenn es keine war –, ihren Mund mit seinem zu versiegeln.

»Ihhh«, quietschten die Kinder einstimmig und ließen ihre Eltern los.

»Das ist eklig. Ihr habt beide Bakterien im Mund, wisst ihr das nicht?«, sagte Jojo. »Was, wenn ihr euch gegenseitig krank macht?«

»Komm mit, Josie«, sagte Nolan mit Ekel in der Stimme. »Du kannst mir mit der Pizza helfen. Aber fass ja nicht das große Messer an.« Wieder verschwanden sie um die Ecke in Richtung Küche.

Emmett ließ seine Zunge in Zaras Mund gleiten und hielt sie eng an sich gedrückt. Sie fühlte sich so gut an in seinen Armen, so richtig. Ihr Herz schlug dicht neben seinem, genau dort, wo es sein sollte, wo es für immer und ewig hingehörte. Er dankte all den Millionen Sternen, dass sie ihm vor zwei Jahren noch eine Chance gegeben hatte. Seine Scheidung von Tiff – seine Vergangenheit – hatte noch immer seine Gegenwart und Zukunft bestimmt, aber Zara hatte ihm gezeigt, dass es auf dieser Welt noch so viel Glück und Freude gab. Sein Leben war so viel reicher mit dieser wundervollen Frau an seiner Seite.

Schließlich löste sie sich aus dem Kuss und blinzelte zu ihm auf, ihre Augen noch immer feucht. »Es tut mir leid, wenn ich dich mit meinem Zögern nervös gemacht habe«, sagte sie, ihre Lippen nun leicht geschwollen von ihrem leidenschaftlichen Kuss. »Meine Antwort war schon immer Ja. Ich dachte nur, ich sollte dir eine schön formulierte Antwort geben, die deiner herzzerreißenden Frage gerecht wird.«

Er lächelte auf die Frau hinab, die sein Herz gestohlen hatte, damit jedoch nicht weggerannt war, sondern es größer, stärker und voller gemacht hatte. »Alles, was ich von dir brauche, ist ein *Ja*«, sagte er. »Sag, dass du mein bist, damit ich dein sein kann. Lass es uns offiziell machen. Du und Nolan wohnt doch eigentlich sowieso schon hier.«

Ein kleines Lächeln bog ihre Mundwinkel nach oben. »Wie könnte ich da Nein sagen? Dein Garten ist einfach so viel größer als meiner. So viel Platz für Pflanzen!«

»Deswegen heiratest du mich also? Weil du scharf auf große *Pflanzen* bist?«

Sie nickte und spitzte anzüglich die Lippen. »Mhmmm. Du weißt doch, ich mag Männer mit großen *Pflanzen.*«

Er drückte sie noch fester an sich und bog sie leicht nach hinten. »Oh, Baby, meine *Pflanze* ist riesig. Ich kann es gar nicht erwarten, bis du sie in die Finger kriegst. Sie *wachsen* lässt.«

Ihr Lachen wärmte ihn. Sie hatte ein unglaublich tolles Lachen. Er hatte sich vom ersten Moment an in dieses

Lachen verliebt und war ihm immer mehr verfallen, mit jedem Mal, wenn er diesen sanften, fröhlichen Ton gehört hatte.

»Du kannst dein Townhouse vermieten oder es verkaufen und die Hälfte von meinem Haus kaufen. Ich bin mit allem einverstanden. Ich will nur, dass du und Nolan für immer in meinem und Jojos Leben seid. Ich will, dass wir eine richtige Familie sind.«

»Das will ich auch.«

»Seid ihr mit dem Knutschen fertig?«, rief Nolan aus der Küche. »Hier sind Pizzas, die fertig gemacht werden müssen.«

»Ja, und Banana Splits auch«, fügte Jojo hinzu.

Zara und Emmett lachten, verdrehten beide die Augen, bevor sie sich widerstrebend voneinander lösten.

Er zog den Reißverschluss ihres Mantels auf, half ihr, aus den Ärmeln zu schlüpfen, und hängte den Mantel an einen der Garderobenhaken hinter sich.

»Wir kommen sofort«, rief er den Kindern zu. Dann nahm er Zara die Ringschachtel aus der Hand und zog den Ring aus seinem Samtbett. Er senkte die Stimme, damit nur Zara ihn hören konnte. »Lass mal sehen, ob der überhaupt passt.« Er nahm ihre linke Hand. »Wirst du es als schlechtes Omen sehen, wenn er nicht passt?«

Seine Verlobte schwieg, doch ihre leicht erhobene Augenbraue verriet ihm, dass sie es zumindest in Erwägung zog. Mit einem verschmitzten Grinsen spreizte sie die Finger, und er schob den roségoldenen Ring mit dem floralen Diamantendesign auf ihren Ringfinger. Ein großer Diamant saß in der Mitte, wie eine Blüte umgeben von vierundzwanzig kleineren Steinen.

Emmett hielt den Atem an.

Der Ring passte wie angegossen.

Er atmete aus.

Puh.

»Er ist perfekt«, flüsterte sie und hob den Blick von ihrem Ring hoch zu Emmetts Gesicht. Neue Tränen ließen das Blau ihrer Augen schimmern. »Genau wie dein Antrag.«

Er verdrehte wieder die Augen. »Die Kinder haben auf jeden Fall ein Talent dafür, interessante Situationen zu schaffen.« Er ließ ihre Hand kurz los, bückte sich nach den beiden Einkaufstaschen und griff dann wieder nach ihrer Hand, um sie in die Küche zu führen.

»Da hast du recht«, stimmte sie zu. »Aber ich glaube, wir sollten heute Abend die Uhren ein bisschen vorstellen, damit wir ein kinderfreies Silvester haben und unsere eigenen Erinnerungen schaffen können … um die Dinge *interessanter* zu machen.«

Emmett drückte ihre Hand und wackelte mit den Augenbrauen. »Das machen wir. Aber ich glaube sowieso nicht, dass die beiden länger als bis zehn durchhalten.«

Hand in Hand betraten sie die Küche, wo ihre Kinder fröhlich dabei waren, Pizzen zu belegen.

Emmetts Herz wurde weit.

Das war seine Familie.

Seine Tochter war glücklich, ausgeglichen, und ihr Herz war sicher und voll.

Und sein Herz ebenfalls.

Er und Zara gingen hinüber zu den Kindern. Er stellte die Einkaufstaschen auf den Tresen, drehte Zara um, so dass ihr Rücken an seiner Brust lehnte, und schlang die Arme um ihre Taille. Sein Kinn ruhte auf ihrer Schulter. »Ich liebe es, den beiden zuzusehen«, murmelte er und drückte ihr einen Kuss in den Nacken.

Sie legte ihre Hände auf seine. »Ich auch.«

»Willst du noch mehr Kinder?«, fragte er, darauf bedacht, so leise zu sprechen, dass die Pizza-Zwillinge ihn nicht hören konnten.

Sie drehte den Kopf, um ihn anzusehen, Unglaube und Belustigung im Blick. »Ich bin sechsundvierzig. Meine fruchtbaren Jahre sind vorbei. Ich bin glücklich mit den zwei, die wir haben. Ich glaube, es ist eher an der Zeit, dass wir über … *Schnipp-Schnapp* reden.« Mit zwei Fingern deutete sie eine Schere an.

Die zwei, die wir haben.

Er grinste und drückte sie fester an sich. »Ich auch. Unsere *zwei* sind perfekt. Und ich mache gleich am Montag einen Termin beim Arzt. Meine kleinen Schwimmer werden blockiert.«

Sie sah noch immer zu ihm auf, und er nahm den liebevollen Blick und ihre leicht geöffneten Lippen als Einladung, wieder ihren Mund zu erobern. Er würde niemals genug davon bekommen, seine Frau zu küssen, und würde jede Gelegenheit dazu nutzen, die sich ihm bot.

»Nicht schon wieder«, stöhnte Jojo. »Die küssen sich aber viel.«

»Könnt ihr das vielleicht woanders machen?«, fragte Nolan. »Wir versuchen hier, das Abendessen zu machen, und ihr beide blödelt nur rum.«

Emmett löste seine Lippen von Zaras, ließ sie aber knapp darüber schweben. »Dürfen wir uns im Wohnzimmer weiterküssen?«, fragte er mit einem Blick zu den Kindern.

Sie nickten beide.

Lächelnd drehte er Zara aus seinen Armen und nahm ihre Hand. »Gebt euer Bestes mit den Pizzen. Ihr habt uns schon oft genug dabei geholfen. Wenn ihr alles gemacht habt, was ihr allein könnt, sagt uns Bescheid, dann kommen wir und helfen mit dem Rest.« Dann führte er seine zukünftige Frau in Richtung Wohnzimmer davon, hob sie in seine Arme, kaum dass sie außer Sichtweite der Kinder waren.

Zara kicherte, schlang ihre Arme um seinen Hals, bis sie

zusammen aufs Sofa plumpsten, Emmett auf ihr. »Diese Kinder …«

»Sind wunderbar selbstständig«, sagte er mit einem Knurren, legte sich ganz auf sie und küsste ihren Nacken. »Können wir sie nicht *jetzt* schon ins Bett schicken?«

Sie lachte unter ihm. »Es ist gerade mal sechs, und sie können beide die Uhr lesen. Ich fürchte, da haben wir keine Chance.«

Er verteilte Küsse über ihren Hals, ihre Wange, ihr Kinn und landete schließlich wieder auf ihren Lippen. »Fragen kann man ja mal.«

Sie schlang wieder die Arme um seinen Hals und begann, mit den Haaren in seinem Nacken zu spielen. »Stimmt, fragen kann man immer. Und ich bin so froh, dass du mich gefragt hast, ob ich dich heiraten will.«

Er griff hinter sich und brachte ihre linke Hand nach vorn, drückte einen Kuss auf ihren Handrücken, bevor er den Ring betrachtete. »Michael und Shane haben mir geholfen, ihn auszusuchen.«

»Die beiden haben einen ausgezeichneten Geschmack. Du aber auch, und ich bin mir sicher, mir hätte der Ring auch gefallen, wenn du ihn allein ausgesucht hättest.« Das Funkeln in ihren Augen verriet, dass ihr Kompliment nicht ganz ernst gemeint war.

Er küsste ihren Ringfinger. »Ja, aber du bist trotzdem froh, dass ich sie nach ihrer Meinung gefragt habe.«

Sie grinste. »Stimmt.«

»Du musst sie anrufen und ihnen die frohe Neuigkeit mitteilen. Sie sitzen bestimmt schon ganz ungeduldig neben ihrem Telefon.« Zaras bester Freund und dessen Ehemann freuten sich schon sehr darauf, bei der Hochzeitsplanung zu helfen. Ohne Emmett überhaupt zu fragen, ob er damit einverstanden war, hatten sie schon geplant, morgen mit einem Stapel Hochzeitsmagazine bei ihnen aufzutauchen. Emmett plante deswegen, ausgiebig auszuschlafen.

»Ich rufe sie nachher an«, sagte sie und zog mit ihrer freien Hand an seinem Haar. »Jetzt muss ich erst mal mit meinem Verlobten rumknutschen.« Sie brachte ihren Mund dicht an seinen. »Auf eine lebenslange Freundschaft und bedingungslose Liebe.«

»Und heißen Sex auf Weinfässern.«

Sie schob ihre Zunge in seinen Mund, jedoch nicht, ohne vorher zu murmeln: »Und heißen Sex auf Weinfässern.«

Dann küsste er die letzte Frau, die er jemals küssen würde, und zusammen mit ihren Kindern feierten sie ins neue Jahr und fingen an, nicht nur eine Hochzeit, sondern auch das perfekte Happy End zu planen.

ENDE

Leseprobe

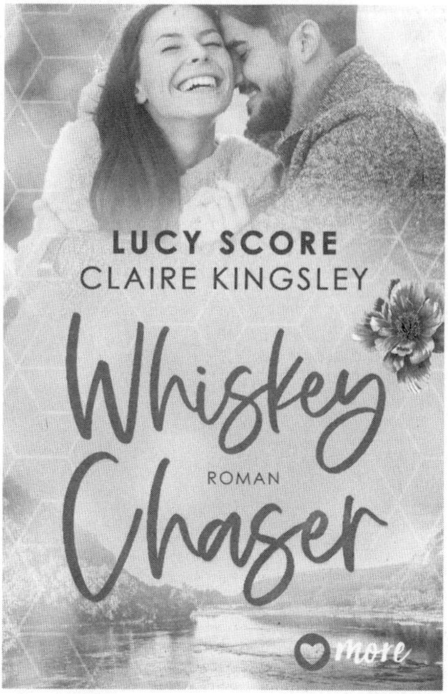

1
Scarlett

Ich hasste Beerdigungen. Sie rochen nach Lilien und Trauer. Zu viele Umarmungen und durchnässte Taschentücher. Und das schwarze Kleid, das ich bei Target im Ausverkauf gefunden hatte, verursachte Juckreiz, wo sich das Etikett an meiner Haut rieb.

»Euer aller Verlust tut mir echt leid, Scarlett.« Bernie O'Dell mit seinen eins achtzig und den hängenden Schultern schloss mich in eine ungelenke Umarmung. Heute hatte er den Friseurladen wegen der Beerdigung geschlossen. Er war einer von Jonah Bodines wenigen Freunden, die bis zum bitteren Ende bei ihm geblieben waren, selbst, als er keine Freunde mehr verdient hatte.

Ich schenkte Bernie ein mattes Lächeln und tätschelte ihm den Arm. »Daddy war immer dankbar für deine Freundschaft.«

Bernie bekam feuchte Augen, und ich reichte ihn an Bowie weiter, meinen netten Bruder. Nicht dass Jameson und Gibson nicht nett gewesen wären, aber Bowie war Konrektor der Highschool. Er war daran gewöhnt, mit Gefühlen umzugehen, die uns übrigen Angst einjagten.

»Gott hat einen Plan«, verkündete Sallie Mae Brickman und drückte mir dabei beruhigend die Hand. Ihre Hände waren stets eiskalt, egal zu welcher Jahreszeit. Selbst wenn am vierten Juli achtunddreißig Grad herrschten, blieb die Limonade in Sallie Maes Händen wahrscheinlich halb gefroren.

»Das hat er ganz bestimmt«, sagte ich, auch wenn ich mir absolut nicht sicher war, ob es einen Plan oder einen Gott gab. Aber wenn es Sallie Mae durch ihren Glauben besser ging, dann sollte sie unter allen Umständen daran festhalten.

Die Schlange der Kondolierenden füllte sich immer wieder auf wie ein schadhaftes Abwasserrohr, und Bernie erzählte Jameson gerade eine

Geschichte vom Angeln. Mein Bruder war so etwas wie ein Einsiedlerkünstler, deshalb war das wahrscheinlich sein ganz persönlicher Alptraum. Unser Vater tot in einer Kiste hinter ihm, und vor der Tür eine Schlange wohlmeinender Bootlegger.

Bootleg Springs, West Virginia, war meiner bescheidenen Meinung nach der beste Ort der Welt, an dem man leben konnte. Während der Prohibition ging es hier beim Alkoholschmuggel hoch her – mein Urgroßvater Jedediah Bodine war eine Legende, weil er mit seinem schwarzgebrannten Schnaps Wohlstand in unser kleines Städtchen gebracht hatte – und nun waren wir mitten in einem Tourismus-Boom dank unseren heißen Quellen und dem halben Dutzend Bäder. Wir waren klein, aber oho. Jeder kannte jeden. Und wenn einer von uns starb – ganz egal, welche Stellung in der Gemeinde er in seinem Leben gehabt hatte –, putzten wir uns heraus, buken Kasserollen und sprachen unser Mitgefühl aus.

»Hey, Babe.« Cassidy Tucker, die attraktivste, bissigste Polizistin ganz West Virginias, trug Uniform und hatte ihre Schwester June im Schlepptau. Cassidy war seit dem Kindergarten meine beste Freundin und wusste genau, was für ein wildes Durcheinander hinter meiner traurigen Miene brodelte. Ich nahm sie fest in den Arm und zog auch Juney in unsere Umarmung.

June schlug mir zweimal auf den Rücken. »Bestimmt fällt dir ein Stein vom Herzen, weil du dir keinen Kopf mehr darüber machen musst, dass sich dein Vater in der Öffentlichkeit betrinkt«, sagte sie schroff.

Ich blinzelte. June war ... anders. Zwischenmenschliche Beziehungen verwirrten sie. Lieber ratterte sie Sportstatistiken herunter, als Smalltalk zu betreiben, aber das hinderte Cassidy und mich nicht daran, sie in gesellschaftliche Situationen zu zwingen. Außerdem war sie eine Bootleggerin. Alle hier waren an ihre Eigenarten gewöhnt.

»Da ist was dran, June«, sagte ich. Alle anderen waren zu höflich gewesen, um zu erwähnen, dass sich mein Vater zu Tode gesoffen hatte. Doch nur weil er echt beschissene Lebensentscheidungen getroffen hatte, hieß das nicht, dass er nicht zu Bootlegs sozialem Gefüge gehört hatte. Wir alle neigten dazu, Unzulänglichkeiten zu vergessen, wenn der Betreffende in der Bootleg Community Church in einer mit Satin ausgeschlagenen Kiste aufgebahrt war.

»Was ist?«, fragte June Cassidy und zog die Augenbrauen nach oben, während sie in der Reihe weiterrückten. Cassidy tätschelte June die Schulter.

Der alte Richter Carwell ergriff mit beiden Händen die meinen, und ich schielte nach rechts zu Bowie. Er umarmte gerade Cassidy ... mit geschlossenen Augen. Ich nahm mir vor, ihn später deswegen aufzuziehen. *Du riechst also auf der Beerdigung deines Vaters an den Haaren einer Polizistin, Bowie? Frag das Mädchen doch einfach, ob es mit dir ausgeht, verdammt nochmal.*

»Das mit deinem Daddy tut mir leid, Scarlett«, schnaufte Richter Carwell. Der Mann sehnte sich schon seit fünfzehn Jahren nach seinem Ruhestand, aber Olamette County wollte davon nichts wissen. Mit Veränderungen tat sich Bootleg schwer.

»Danke, Sir«, sagte ich. »Und richten Sie Mrs. Carwell bitte meinen Dank aus für das Maisbrot, das sie geschickt hat.«

Carolina Rae Carwells Maisbrot war in vier Countys berühmt. Heute Morgen hatte ich mit Gibson, meinem ältesten Bruder, um das letzte Stück gekämpft und durch schmutzige Tricks gewonnen.

Jetzt war ich froh, dass ich damit eine gute Grundlage geschaffen hatte. Wie es aussah, lief es nämlich darauf hinaus, dass alle ihr Beileid bekundeten und gleichzeitig darüber tratschten, wie traurig Jonah Bodines Leben verlaufen und was für ein Segen es war, dass es nun zu Ende gegangen war.

Ein wahrer Segen wäre es gewesen, wenn mein Daddy vor zehn Jahren nach einem seiner vielen besoffenen Blackouts aufgewacht wäre und beschlossen hätte, sein Leben zu ändern. Stattdessen hatte er sich voll und ganz der Idee verschrieben, ein Säufer zu sein, und deshalb drehte sich jetzt in der Kirche, in die wir seit Mamas Tod keinen Fuß mehr gesetzt hatten, alles um uns vier letzten Bodines.

Ja. Nun war ich eine sechsundzwanzigjährige Vollwaise. Zum Glück hatte ich meine Brüder. Die drei mürrischen Jungs waren alles, was ich im Leben benötigte. Nun ja, sie, ein kaltes Bier, einen guten Country-Song und mein kleines Cottage am See. Viel mehr brauchte ich nicht.

»Na, das war ja mal echt eine beschissene Show«, murmelte Gibson und ließ sich in die vorderste Kirchenbank fallen. Er streckte sich und schob mit den Zehen seine Schuhe von sich. Seiner Veranlagung entsprechend arbeitete er als Schreiner und Möbeltischler – und er war allergisch gegen Anzüge. Er war der prototypische große, dunkle, gut aussehende Bad Boy. Mit Aggressionsproblemen. Die anderen in Bootleg hielten ihn für ein Arschloch. Für mich war er der große Bruder, der mitten in der Nacht loszog, um mir Tampons zu holen, wenn ich keine mehr hatte.

Zu seinem großen Entsetzen hatte er das gute Aussehen unseres Daddys geerbt. Dunkle Haare, eisblaue Augen und diesen Bart, der ihn innerhalb von zwei Tagen von schön und gepflegt in einen Höhlenmenschen verwandeln konnte. Gibson war das Ebenbild Jonah Bodines, und er hasste es.

Jameson krümmte seinen hochgewachsenen Körper vor den mit grünem Teppich verkleideten Stufen des Altars. Er schlug sich die Hände vors Gesicht, aber mir war sonnenklar, dass er nicht weinte. Natürlich war er überwältigt, aber das lag daran, dass er gerade viel zu lange viel zu sozial hatte sein müssen.

Bowie legte mir den Arm um die Schulter. »Hältst du das durch?«, fragte er.

Ich lächelte ihn schief an. »Ja. Du auch?«

»Ja.«

Reverend Duane hatte uns ein wenig Privatsphäre geschenkt, bevor Daddy für das Begräbnis weggebracht wurde. Keiner von uns war wirklich erpicht darauf gewesen. Wir hatten die Trauergäste und die Trauerfeier überlebt. Das Begräbnis fand im privaten Rahmen statt. Und es war das Letzte, was zwischen uns und rauen Mengen an Schnaps stand.

Ich warf einen Blick zu meinem Vater hinüber. Ich verstand nicht, weshalb die Leute sagten, die Toten sähen aus, als ob sie nur schliefen. In dem Moment, in dem Jonah Bodines Geist seinen Körper verließ, hatte er nichts Lebendiges mehr an sich gehabt. Genau dieser Gedanke war mir vor vier Tagen gekommen, als ich ihn tot in dem Bett vorfand, das er und meine Mama zweiundzwanzig elende Jahre lang geteilt hatten.

Von uns Bodines stand ich meinem Daddy am nächsten. Wir hatten zusammen gearbeitet. Besser gesagt, hatte ich das Familienunternehmen von ihm übernommen, als er nicht mehr nüchtern genug bleiben konnte, um irgendetwas hinzukriegen. Mit zwölf hatte ich Autofahren gelernt. Seitdem hatte mich Mama in den Sommerferien mit Daddy zur Arbeit geschickt, um sicherzustellen, dass er im Job nicht trank. Tat er aber. Und ich lernte, ein Auto mit Gangschaltung zu fahren, auch wenn ich mich dafür auf einen Stapel zusammengelegter Decken setzen musste.

Und jetzt war er nicht mehr da. Und ich hatte keine Ahnung, wie zum Teufel es mir damit ging.

»Bleibt es dabei, dass wir heute Abend ein Lagerfeuer machen, Scar?« Gibson sah mich an, als wüsste er, dass ich nicht voll und ganz zu denjenigen gehörte, die der Tod des Trunkenbolds im Grunde kaltließ.

»Ja, von mir aus gern.«

Mein kleines Häuschen am See mit dem Strandstück war perfekt, um Wochenenden einzuläuten, und das taten wir mit Lagerfeuern, Flößen und spontanen Konzerten – Bootleg war nicht gerade arm an musikalischen Talenten.

Während der heutige Abend für meine Brüder nur eine weitere Party war, würde ich insgeheim Abschied nehmen von dem Vater, den ich trotz allem geliebt hatte.

»Na, Bowie«, sagte ich, während ich ihn musterte. Er hatte Daddys rabenschwarze Haare und wie ich selbst die grauen Augen unserer Mutter. »Habe ich mir das eingebildet oder hast du vorhin versucht, Cassidy Tucker zu inhalieren? An wie vielen Nachbarinnen hast du bei dem Empfang denn noch so gerochen?«

Er biss die Zähne zusammen, was die hohen Bodine'schen Wangenknochen noch mehr betonte. »Halt die Klappe, Scarlett.«

Ich grinste, es war mein erstes richtiges Lächeln heute. »Ich will dich nur ärgern«, beruhigte ich ihn.

Bowie hatte es zwar nie zugegeben, aber der Mann war heimlich verliebt. Soweit ich wusste, hatte er in dieser Hinsicht nie irgendetwas unternommen. Was ich tun würde, wenn es da einen Kerl gäbe, der mir gefiele? Ich würde es ihm sagen. Das Leben war kurz, und Orgasmen waren großartig.

2
Devlin

Das Haus roch nach Zuckerplätzchen und Staub. Meine Großmutter genoss ein paar Wochen Frühlingsurlaub in Europa, zusammen mit ihrer Partnerin Estelle. Als sie hörten, dass ich Probleme hatte, dass mein ganzes Leben in Trümmern lag, hatten sie mir ihr gemütliches Haus am See angeboten, in irgendeinem winzigen Städtchen in West Virginia, das kein Mensch kannte.

Hier war ich noch nie gewesen. Ich lebte in Annapolis. An Feiertagen und sonstigen Ereignissen kam Gran immer zu uns. Wir waren diejenigen, die zu tun hatten, beharrte sie stets, auch wenn wir alle den wahren Grund dafür kannten. Meine Mutter – ihre Tochter – bekäme einen passiv-aggressiven Anfall, wenn sie sich, für wie lange auch immer, in dieser hinterwäldlerischen Provinz aufhalten müsste.

Diese hinterwäldlerische Provinz war momentan jedoch meine einzige Option. Ich war am Arsch *und* verarscht worden. Ich war vorübergehend verbannt. Und nun wollte ich einfach nur mit geschlossenen Augen dasitzen und die Vergangenheit für ein paar Monate verdrängen.

Einschließlich des Moments, in dem ich Hayden Ralston die Nase gebrochen hatte.

Gewalt war nie die Antwort, hatte mein Vater so hilfreich angemerkt. Doch das finstere Vergnügen, das ich empfunden hatte, als der Nasenknorpel dieses Mistkerls knirschend nachgegeben hatte, besagte etwas anderes. Es war untypisch für mich – einen Mann, der seit dem Kindergarten darauf getrimmt war, die Anerkennung der Öffentlichkeit zu erlangen.

Durch die Verandatür starrte ich in die Nacht hinaus. Ich hatte sie geöffnet, in der Hoffnung, die abgestandene Luft drinnen zu vertreiben, aber dadurch drang jetzt nur die stampfende Musik von nebenan in meine Abgeschiedenheit ein. Irgendein launiger Countrysänger beeinträchtigte meine Angst, was ich ganz und gar nicht schätzte. Ich war schließlich nicht hierhergekommen, um in irgendwelche Spring-Break-Partys zu geraten. Ich war hergekommen, um mich in meinem Elend zu suhlen.

Seufzend hievte ich mich aus Grans kariertem Ohrensessel und stakste zur Tür. Die Fliegengittertür zum Schieben protestierte, als ich sie öffnete. Noch etwas, was ich auf meine Liste der zu reparierenden Dinge setzen musste. Wenn Gran und Estelle schon so nett waren, einen gebrochenen Mann bei sich zu beherbergen, konnte ich immerhin so nett sein, ein paar Dinge, die repariert werden sollten, in Ordnung zu bringen. Mich selbst eingeschlossen.

Lagerfeuergeruch wehte durch den Wald auf das Grundstück herüber, als ich auf die Veranda hinaustrat. Wenn eine dieser Redneck-Partysäue auch nur die Spitze seines Cowboystiefels über die Grundstücksgrenze schöbe, würde ich ihm und seinen Freunden eine Klage wegen Hausfriedensbruchs androhen.

Ich folgte den Geräuschen, die meinen Ohren inzwischen fremd geworden waren, durch den Wald. Gelächter, Jubelschreie. Spaß. Einbindung. Zusammengehörigkeit. Ich hatte keine Ahnung mehr, wie sich diese Dinge anfühlten. Ich war ein Außenseiter, der nur zusah – in meinem alten Leben und auch hier in dieser rustikalen Szenerie. In der Schwebe zwischen vorher und nachher.

Der Pfad zwischen den Grundstücken war ausgetreten, aber ich wusste nicht, ob von menschlichen oder tierischen Füßen. Als ich aus dem Wald trat, fühlte es sich an, als wäre ich über eine Grenze in ein anderes Universum geraten. Ein ausgelassenes Fest. Im Garten tanzten und lachten Paare unter dem Sternenhimmel. Ein Dutzend weitere Menschen hatten sich um das Lagerfeuer versammelt, das knackte und prasselte und bläulichen Rauch in den Nachthimmel aufsteigen ließ. Das Gelände fiel zum schimmernden Wasser des Sees sanft ab. Das Haus – eigentlich eher eine Hütte – erinnerte mich an ein Puppenhaus. Klein und fein.

Die Musik wechselte zu einer Country-Hymne, die selbst ich schon mal gehört hatte, und die Menge reagierte, als hätten sie gerade alle im Lotto gewonnen. Jemand stellte die Musik lauter, und mir fiel wieder ein, weshalb ich hergekommen war.

»Wer wohnt hier?«, fragte ich ein Paar, das auf der improvisierten Tanzfläche herumwirbelte.

»Scarlett«, näselte die Frau in einem so heftigen Südstaatenakzent, dass ich das Wort fast nicht verstanden hätte.

Natürlich hieß sie Scarlett.

»Sie ist drüben auf dem Pick-up.« Südstaatenakzents Freund nickte mit seinem bärtigen Kinn in Richtung eines roten Pick-ups, den jemand rückwärts an das Feuer herangefahren hatte. Eine jubelnde Menge umringte die Ladeklappe.

Das Paar fuhr fort, sich Stirn an Stirn zu wiegen. Steifbeinig ging ich durch das Gras auf den Rabatz zu. *Rabatz?* Das Hinterwäldlertum schien schon auf mich abzufärben.

Ich bahnte mir meinen Weg durch die Menge »nach drüben«, zum hinteren Schutzblech des Trucks, und hielt wie angewurzelt inne. Sie stand mit dem Rücken zu mir, das Gesicht der Menge zugewandt, und trug einen kurzen Jeansrock, eine karierte Bluse, die an der Taille geknotet war, und Cowboystiefel. Das Stück Bein zwischen Stiefeln und Rock war schlank und muskulös. Scarlett war klein, aber die Kurve ihrer Hüften war ausgeprägt. Wie sich jeder Mann das Mädchen von nebenan erträumte, und dabei hatte ich ihr Gesicht noch gar nicht gesehen.

Sie legte den Kopf in den Nacken, ihre Haarspitzen reichten so bis zu ihrem unteren Rücken. Die Menge jubelte noch lauter.

»Hau's weg!« Ich nahm an, so sagte man hier, wenn man die Leute zum Trinken animieren wollte.

Schwungvoll richtete sich die schmächtige Frau wieder gerade, breitete vor ihrem bewundernden Publikum die Arme aus und präsentierte den leeren Ein-Liter-Becher aus Plastik in ihrer Hand. Sie schmetterte den Becher von der Ladefläche und verbeugte sich, wobei ich schemenhaft wahrnahm, wie weit dieser Rock hochrutschte.

Die Menge liebte sie. Und wenn ich nicht nur die leere Hülle eines Mannes wäre, wäre es mir zugegebenermaßen auch ein wenig so ergangen. Sie tanzte einen kleinen Boogie in diesen Stiefeln und beugte sich vor, um rings um die Ladefläche des Trucks emporgereckte Handflächen abzuklatschen. Bis ich an der Reihe war.

Sie hatte einen breiten Mund und ein paar Sommersprossen auf ihrer Himmelfahrtsnase. Ihre Augen waren riesig und von dichten Wimpern umrandet.

»Na so was, schaut mal alle her. Seht, wer endlich zum Spielen rausgekommen ist.« Ihre Stimme war süß und stark wie der Schnaps, den meine Großmutter zum Thanksgiving-Dinner mitgebracht hatte.

Bevor ich reagieren konnte, bevor ich fordern konnte, dass sie die verdammte Musik leiser drehen und sich respektvoll gegenüber ihren Nachbarn zeigen sollte, hatte sie die Hände auf mich gelegt. Genauer gesagt auf meine Schultern. Sie stützte sich auf und sprang, und ich konnte nur noch instinktiv handeln.

Ich griff ihr um die Taille, als sie von der Ladefläche des Trucks hopste. Meine Arme reagierten etwas langsamer. Ich hielt sie oben, und unsere Blicke trafen sich. Ihre Augen waren silbrig grau, groß und funkelten. Lachte sie mich etwa aus? Ganz langsam ließ ich sie herunter, ihr Körper berührte auf dem Weg nach unten jeden Zentimeter von meinem.

Sie war winzig, eine Waldfee aus West Virginia, die mir da an der Brust klebte.

»Wurde verdammt nochmal Zeit, dass du auftauchst.«

»Wie bitte?« Ich hatte es geschafft, zwei Worte sinnvoll zusammenzufügen, und gratulierte mir selbst.

Sie steckte sich die Finger in den Mund und stieß einen schrillen Pfiff aus. »Jetzt können wir die Musik leiser machen«, schrie sie beziehungsweise krakeelte sie oder wie immer man das in diesem gottverlassenen Städtchen nannte.

Sofort war die Musik nur noch halb so laut.

»Kennen wir uns?«, fragte ich, als ich endlich wieder Worte fand. Ich war mir ziemlich sicher, dass ich diesem Bier saufenden Wesen noch nie begegnet war.

Sie ignorierte meine Frage, packte mich stattdessen an der Hand und zog mich zu drei Kühlboxen, die auf halbem Wege zwischen dem Haus und dem Lagerfeuer standen. Sie bückte sich und fischte im Eis, ehe sie zwei Bierflaschen herauszog.

»Hier.« Sie hielt mir eine davon hin. »Hört mal alle her, das hier ist Devlin McCallister, Granny Louisas Enkel.«

»Hey, Devlin«, sagten die Leute, die um die Kühlbox herumstanden, im Chor. Alle hatten den Tonfall an sich, der in den Appalachen üblich war.

Verwirrt und völlig aus dem Lot blickte ich auf das Bier in meiner Hand hinunter, und weil ich nichts Besseres zu tun hatte, öffnete ich es. Die Musik war leise. Meine Mission war erfüllt. Ich sollte gehen.

»Komm schon«, sagte sie, während sie eine Kopfbewegung zu den Leuten am Feuer hin machte. »Ich stelle dich allen vor.«

In diesem Moment fiel mir nichts ein, was mir weniger gefallen würde, als irgendjemandem vorgestellt zu werden. Ich wollte mich einfach nur wieder in Grans Haus verkriechen und mich verstecken, bis ...

Das war anders gewesen, als ich noch Abgeordneter meines Bundesstaats war. Ein verheirateter Mann mit einem hübschen Haus und dem Plan, es in fünf Jahren nach Washington D.C. zu schaffen. Aber jetzt, wo ich ein fast geschiedener, kürzlich in Ungnade gefallener, beurlaubter Abgeordneter war? Da hatte ich es nicht gerade eilig, Smalltalk mit irgendjemandem zu betreiben.

»Devlin, das ist mein Bruder Jameson«, sagte sie und zeigte mit ihrer frischen Bierflasche auf einen Mann in einem grauen T-Shirt. Er hatte die Hände in den Taschen vergraben, die Schultern eingezogen, als wäre auch er lieber woanders.

Ich nickte. Er nickte zurück. Ich mochte ihn sofort.

»Und das hier ist mein Bruder Gibson.« Sie legte die Hand auf die Flanellhemdschulter eines Mannes, der leise auf einer Gitarre klimperte.

Er musterte mich, als wären wir bei einer polizeilichen Gegenüberstellung, und grunzte.

Die Leute waren echt freundlich hier in der Gegend.

»Und das ist mein Bruder Bowie«, sagte sie und stieß mit der Schulter gegen einen Typen, der einen Strickpulli im Waffelmuster trug und ein Bier in der Hand hatte. Die Verwandtschaft war mehr als offensichtlich, wenn man alle drei so dicht beieinander sah. Scarlett hingegen hatte feinere Züge, und im Feuerschein wirkte ihr langes Haar eher rot als braun.

»Hey, Devlin. Was geht?« Bowie streckte mir die Hand hin und lächelte freundlich.

»Hey«, plapperte ich ihm nach, offenbar brachte ich nicht mal mehr bei einer sehr lockeren Vorstellung die erforderliche Leistung. Meine Mutter – die Königin der gesellschaftlichen Etikette schlechthin – würde vor Scham vergehen, wenn sie mich jetzt sehen könnte.

»Granny Louisa hat darum gebeten, dass wir alle dafür sorgen, dass Devlin sich hier wie zu Hause fühlt«, sagte Scarlett und sah Gibson dabei vielsagend an.

Er schnaubte. »Wie auch immer.«

Scarlett schlug ihm auf den Hinterkopf. »Be-*nimm* dich gefälligst.« Sie sprach das erste Wort wie zwei Wörter aus.

»Jaja«, grummelte Gibson und wandte sich wieder seiner Gitarre zu.

»Er ist der starke, zornige Typ«, erklärte Scarlett entschuldigend. »Jameson ist der Künstlertyp, der in Ruhe gelassen werden will. Und Bowie liebt einfach alle. Nicht wahr, Bowie?« Sie klimperte mit den Wimpern, als sie ihn ansah, und er blitzte sie an.

»Fang nicht schon wieder mit dem Scheiß an«, sagte Bowie und wedelte drohend mit dem Finger nach ihr, doch es lag keine Glut in seinen Worten.

Scarlett lachte, und es klang wie Vogelgezwitscher an einem sonnigen Sonntagmorgen. Es war ein so helles Lachen, dass irgendwo in mir ein Schalter umgelegt wurde.

»Und du bist?«, hörte ich mich sagen.

Sie sah mich schräg von der Seite an. »Na, ich bin natürlich Scarlett Bodine.«

Jemand drehte die Musik wieder auf ohrenbetäubende Lautstärke, und Scarlett jauchzte aus tiefster Seele, als sie die scharfen Klänge erkannte. Und mir fiel wieder ein, weshalb ich eigentlich hergekommen war.

»Es wäre nett, wenn ihr die Musik leiser stellen könntet«, fuhr ich sie an.

»Was?«, brüllte sie.

Ich beugte mich ganz nah zu ihr, wobei ich ihren Armen aus dem Weg ging, die sie im Takt der Musik nach oben riss. »Mach die Musik leiser!«

Sie lachte. »Devlin, es ist Freitagabend. Was erwartest du denn?«

Ich hätte die Grabesruhe eines Städtchens am Ende der Welt erwartet, dessen Einwohner um acht ins Bett gingen, während ich meine Wunden leckte. Ich hätte erwartet, dass meine Frau mir treu blieb. Herrgott, ich hätte erwartet, dass mein ganzes Leben anders verlaufen würde.

»Nicht jeder mag Partys«, sagte ich und klang dabei wie ein alter Mann, der Kinder von seinem Rasen verjagte. »Mach sie leiser oder ich rufe die Cops.«

»Na, entschuuuuuldige mal. Ich wusste gar nicht, dass dort, wo du herkommst, *Spaß illegal* ist«, sagte Scarlett schnippisch.

»Ruhestörung ist illegal, *egal* wo man herkommt, und ihr *stört* meine Ruhe.«

»Ach du liebes bisschen. Vielleicht solltest du dich einfach mal locker machen?«, schlug Scarlett vor, in ihrem Blick lag falsches Mitleid, während sie mit den Wimpern klimperte.

Ich wurde immer unsicherer, aber eines war klar: Es war ein Fehler gewesen herzukommen. Bootleg Springs war kein Ort, an dem man sich verstecken konnte, um zu heilen.

»Mach einfach leiser«, murrte ich. Dann drehte ich mich um und suchte Zuflucht im Wald.

»Wirklich schön, dich kennengelernt zu haben«, rief sie mir nach. Und noch etwas war klar. Scarlett Bodine war eine Lügnerin.

3

Scarlett

Ich schlug ein Ei auf und ließ es zu den anderen in die Schüssel tropfen. »Verdammt«, murmelte ich und fischte ein Stück Schale aus der dottrigen Masse. Ich nahm eine Gabel aus der Schublade neben der Spüle und schlug die Eier damit zu einer gleichmäßigen Suppe.

Hastig schaufelte ich den Speck aus der Pfanne, eine Sekunde bevor er verkohlte, und warf die Scheiben auf einen Teller, wo sie in sich zusammenfielen.

»Was zum Henker machst du da eigentlich?«

Devlin stand in der Küche und starrte mich an, als wäre ich irgendeine dahergelaufene Einbrecherin. Okay, irgendwie war ich in sein Haus eingebrochen. Aber zu meiner Verteidigung musste ich sagen, dass mich Granny Louisa darum gebeten hatte.

Das alles hätte ich ihm erklärt, doch er war lediglich mit einer tief sitzenden Baumwollpyjamahose bekleidet hier aufgetaucht. Und ich hätte um meine besten Stiefel gewettet, dass er darunter auch keine Unterwäsche anhatte. Äußerst widerwillig riss ich meinen Blick von dem los, was nach einer spektakulären Ausstattung aussah, und ließ ihn über seinen nackten Oberkörper wandern.

Er schnipste mit den Fingern. »Hallo?«

»Hi«, antwortete ich gut gelaunt.

Devlin verdrehte die Augen und stemmte die Hände in seine schmalen Hüften. »Was hast du in meiner Küche zu suchen, Scarlett?«

»Ich mache dir Frühstück.« Vielleicht war dieser Mensch morgens einfach noch ein bisschen schwer von Begriff. Warum sollte ich sonst mit einem Teller Speck in der Hand in seiner Küche stehen?

»Ich meine, *warum* machst du mir Frühstück? Wie bist du überhaupt hier reingekommen?«

Ich legte den Kopf schief. »Granny Louisa hat mich darum gebeten, nach dir zu sehen, und sie lässt unten immer die Tür offen. Da bin ich einfach reinspaziert.«

»Du bist in mein Haus eingebrochen …«

»Granny Louisas Haus«, korrigierte ich ihn.

»Du bist hier eingebrochen, um mir Frühstück zu machen?«

Allmählich wünschte ich, ich hätte ihm einfach ein paar Zimtschnecken kommen lassen und fertig. Offenbar hatte er keinen blassen Schimmer, was für eine Ehre es war, dass Scarlett Bodine Rührei für ihn zubereitete. Es gab Männer, die von diesem Moment träumten, und er zickte hier nur rum. Es war buchstäblich das einzige Gericht, das ich zubereiten konnte. Ich würde schon noch kochen lernen. Irgendwann. Aber vorerst ernährte ich mich von Sandwichs, Rührei und Fastfood.

Um ganz ehrlich zu sein, bezweifelte ich, dass ich viel verpasste. Und keiner der Männer, die ich gedatet hatte, hatte sich je darüber beschwert, dass ich besser im Bett war als in der Küche.

»Du kannst doch nicht einfach irgendwo eindringen«, fing Devlin schon wieder an. Er gebärdete sich, als würde er gerade einem Kindergartenkind beibringen, was zwei plus zwei ist.

»Klar kann ich das. Das tun wir alle. Ich wollte nur gutnachbarlich sein. Daran gewöhnst du dich besser«, sagte ich, während ich die Eier in die Pfanne goss.

»Ich will nicht gutnachbarlich sein.« Er biss die Zähne zusammen, wobei sein Kiefer ein sexy Knirschen von sich gab. Er war sogar noch attraktiver, als Granny Louisa gesagt hatte. Das überraschte mich, denn sie gehörte nicht zu den Frauen, die etwas unter Wert verkauften.

»Na, da hast du jetzt wohl keine andere Wahl«, sagte ich, während ich einen Pfannenwender aus dem Krug auf der Theke zog und die Eier damit wendete. »Kaffee läuft.« Ich nickte in Richtung Kaffeemaschine. »Vielleicht fühlst du dich besser, wenn du etwas Koffein bekommst.«

Er starrte mich fast eine volle Minute an, bevor er sich endlich auf den Kaffee zubewegte. Kaffee konnte ich einarmig und mit verbundenen Augen kochen.

»Scarlett, ich will nicht, dass du uneingeladen dieses Haus betrittst«, sagte er nach dem ersten Schluck.

Ich schob die Eier auf einen Teller, warf den übermäßig knusprigen Speck dazu und reichte ihm das Ganze. »Ach, das sagst du doch jetzt nur so.«

»Ich sage das und meine es auch so. Ich bin nicht hergekommen, um Freunde zu finden oder auf gutnachbarlich zu machen.«

»Weshalb bist du denn dann hergekommen?«, fragte ich. Welcher vernünftige Mensch würde schon der Einsamkeit halber nach Bootleg Springs kommen? Himmel, wir gingen bei den Ferienwohnungen praktisch von Tür zu Tür, nur um uns unseren neuen touristischen Freunden vorzustellen. Devlin würde ein böses Erwachen erleben.

Es klingelte an der Tür, und ich grinste. Ich hatte die Klingel extra für Granny Louisa eingestellt. Statt eines Klingelns ertönte Beethovens Fünfte. Das zauberte stets ein Lächeln auf die Gesichter von Granny Louisa und Estelle.

»Türklingel«, verkündete ich, für den Fall, dass er zu dumm war, es zu erkennen.

»Schon kapiert«, sagte er trocken und stelzte zur Haustür. Ich nahm mir eine Tasse Kaffee und schaute auf meinen Zeitplan. Bis zu meinem ersten Auftrag hatte ich noch eine halbe Stunde Zeit. Ich hatte Jimmy Bob endlich davon überzeugt, dass er mich die Dachrinnen des Rusty Tool reparieren ließ. Die Fassade des Eisenwarenladens hätte schon vor etwa zwanzig Jahren eine Auffrischung vertragen können, und ich hatte die Nase gründlich voll davon, jedes Mal nass zu werden, wenn ich vom Laden zum Diner ging, nur weil die Dachrinne überlief.

Danach hatte ich einen Wartungseinsatz in einem meiner Ferienhäuser. Der dieswöchige Mieter hatte es irgendwie geschafft, das Garagentor zu entprogrammieren. Danach würde ich beim Sheriff und Nadine Tucker vorbeifahren, um die Ofenfilter auszuwechseln und die Klimaanlage zu überprüfen, damit sie für den Sommer einsatzfähig war. Außerdem hatte ich vor, mir den Bootslift am Anleger von Emma-Leigh und Ennis kurz mal anzuschauen. Emma-Leigh hatte mir heute Morgen geschrieben, dass es in der Aufwärtsposition stecken geblieben war.

Ich hörte Stimmen aus dem Vorraum, dann ging die Haustür zu.

Devlin kam in die Küche und starrte auf den Teller in seiner Hand hinunter.

Ich spähte durch die Plastikverpackung. »Sind das Millie Waggles Brownies?«

»Kann sein. Ihren Namen habe ich nicht mitbekommen. Sie hat nicht viel gesagt.«

Millie kleidete sich wie eine Sonntagsschullehrerin und buk wie eine von Schokolade besessene Sünderin. Sie neigte dazu, die Zähne nicht auseinanderzubekommen, wenn Männer anwesend waren, die auf einer Skala von eins bis zehn mehr als eine Fünf erreichten. Ich wünschte, ich hätte ihr Gesicht gesehen, als der zerzauste Devlin oben ohne die Tür aufgemacht hatte. Wahrscheinlich sprach das arme Mädchen den ganzen Tag lang kein Wort mehr.

Ich nahm mir einen Brownie und biss hinein. »Mmh, o ja. Das ist ein Waggle-Brownie. Herr im Himmel, die Frau ist ein sündhaftes Genie.«

Devlin musterte mich mit einem undurchdringlichen Blick aus seinen braunen Augen. Interesse? Abneigung? Beides? Jedenfalls machte er es einem viel zu leicht, die richtigen Knöpfe zu drücken.

»Na, dann isst du mal besser, bevor die Eier noch kälter werden. Was willst du zum Abendessen?«, fragte ich und blinzelte ihn dabei unschuldig an.

Wieder knirschte er mit den Zähnen. Das wäre erledigt.

»Ich esse allein«, beharrte er.

Ich grinste zu seinem mürrischen Gesicht hinauf, das höllisch sexy war. »Das werden wir noch sehen.«

Er wandte sich von mir ab und zog eine Schublade auf, wobei er den Knauf abriss. »Dieses Haus fällt auseinander«, murmelte er.

»Ich kann das reparieren«, versprach ich. Es war doch nur ein Knauf, Herrgott nochmal. Er tat ja gerade so, als würde das ganze Haus über ihm einstürzen.

Er nahm ein Stück Papier von der Theke und kritzelte etwas darauf.

Neugierig schnappte ich es mir, sobald er sich wieder davon entfernt hatte. *Schiebetüren gleiten nicht, Veranda muss gestrichen werden, Treppe knarrt, potthässlicher Teppich, oben leckt das Waschbecken, Schubladenknauf.* Ich drehte den Zettel um, und meine Augenbrauen schossen nach oben.

»Nun ja, um die erste Liste kann ich mich auf jeden Fall kümmern, aber für die zweite brauchst du womöglich professionelle Hilfe.« Auf der Rückseite stand offenbar alles, was in Devlin McCallisters Leben schiefgelaufen war. Ganz oben: *die falsche Frau geheiratet.*

Er riss mir den Zettel aus der Hand.

»Danke, aber *nein* danke. Ich brauche deine Hilfe für gar nichts. Und schon gar nicht kann ich gebrauchen, dass du hier herumschnüffelst, während du so tust, als würdest du Dinge reparieren. Ich habe eine Liste, die lang genug für einen Handwerker ist.«

»Und wo willst du so einen herkriegen?«, fragte ich ironisch.

Er stapfte durch die Küche und funkelte Grannys Pinnwand an. Triumphierend riss er eine Visitenkarte ab. »Alles im Griff«, behauptete er.

»Um diese Jahreszeit sind sie ziemlich beschäftigt, die Tourismussaison fängt gerade an.«

Stur wählte Devlin.

Mein Handy klingelte in meiner Tasche, und ich fischte es heraus. »Bodine Reparaturservice. Scarlett hier. Wie kann ich Ihnen helfen?«

Knurrend legte Devlin auf.

4

Devlin

Etwa zwei Minuten, nachdem ich Scarlett rausgeworfen hatte, klingelte mein Telefon.

»Warum in drei Teufels Namen wirfst du Scarlett Bodine aus meinem Haus?«, fragte Gran ohne jede Einleitung.

Großartig. Meine Nachbarin war eine kleine Petze. »Dir auch einen guten Tag. Wie ist Rom?«

»Ach, komm mir jetzt nicht mit Rom«, sagte Gran. »Du bist mein allerliebster Lieblingsenkel, Devlin, und ich weiß, dass du es gerade nicht leicht hast. Aber du kannst nicht einfach unhöflich zu den Nachbarn sein.«

»Gran, sie ist in dein Haus eingebrochen und hat mir kalte, wässrige Eier gemacht.« Ich scharrte sie in den Müll und begnügte mich mit mehr Kaffee. Der Appetit war mir schon vor Monaten vergangen.

»Scarlett will nur nett sein.«

»Du lebst in einem Städtchen, in dem es als nett betrachtet wird, wenn jemand einbricht?«

»Muss ich dich daran erinnern, dass du in einer Welt lebst, in der dich deine Freunde und Verwandten verraten und verkaufen, um an die Spitze der Nahrungskette zu gelangen?«

»Jetzt bist du aber ein wenig theatralisch«, sagte ich und musste unwillkürlich lächeln. Gran nahm kein Blatt vor den Mund, wenn es darum ging, wie wenig Interesse sie an der politischen Welt hatte, in der sich meine Eltern und ich bewegten.

»Hör mal, ich will, dass du nett zu diesem Bodine-Mädchen bist. Ich verstehe, dass du nicht gerade erpicht auf Gesellschaft bist, aber ihr Daddy ist letzte Woche gestorben, deshalb würde ich es sehr schätzen, wenn du dich wenigstens bemühen würdest, höflich zu ihr zu sein.«

Sofort fühlte ich mich wie das größte Arschloch der Appalachen-Region. Ich ließ mich auf einen der Esszimmerstühle sinken. »Das habe ich nicht gewusst.«

»Na, dann weißt du es jetzt. Streng dich an.«

Ich blickte auf die Liste auf der Theke hinunter. »Ja, Ma'am.«

»Ich gebe dir jetzt Estelle. Sie will auch Hallo sagen.« Gran reichte mich an ihre Freundin weiter.

»Hey, mein Schöner«, sagte Estelle mit ihrer melodischen Stimme.

»Hey, Stell. Wie ist eure Europareise?«, fragte ich mürrisch.

»Großartig. Gestern haben wir mit ein paar alten Damen aus Dänemark bis in die Morgendämmerung Champagner getrunken. Aber ich mache mir Sorgen um dich.« Estelle und meine Großmutter waren seit zehn Jahren zusammen. Es war eine komplizierte Wendung gewesen, selbst für meine liberalen Eltern, aber jetzt konnte ich mir meine Großmutter ohne ihre spindeldürre, kecke bessere Hälfte gar nicht mehr vorstellen.

»Es geht schon«, log ich.

»Bootleg ist ein guter Ort, um aufzutanken«, sagte Estelle. »Tu etwas dafür und igle dich nicht ein wie Henrietta Van Sickle.«

»Ich hasse es wirklich zu fragen.«

»Henrietta Van Sickle lebt in einer Hütte in den Bergen und kommt nur einmal pro Monat herunter ins Städtchen, um Lebensmittel zu kaufen. Man erzählt sich, dass sie vor zwanzig Jahren ein Schweigegelübde abgelegt hat. Bisher hat sie es noch nicht gebrochen.«

Vielleicht hatte Henrietta Van Sickle auch einen Burn-out vom echten Leben und wollte nur in Ruhe gelassen werden, mutmaßte ich.

Ein Schweigegelübde und eine abgelegene Hütte? Die Idee gefiel mir so gut, dass ich sie als meinen offiziellen Plan B abspeicherte. Ein Plan A, durch den ich mein Leben zurückbekäme, fehlte mir noch. Aber wenigstens wusste ich jetzt, dass es einen Ersatzplan gab.

»Hör mal, gleich fährt unser Tourbus zum Nacktkabarett ab. Tu deiner Gran und mir den Gefallen und geh ab und zu raus. Vielleicht nimmst du Scarlett mit. In niemandem steckt mehr Leben als in diesem Mädchen.«

Ich stieß einen unverbindlichen Laut aus. »Viel Spaß beim Nacktkabarett.«

Wir verabschiedeten uns und legten auf. Ich starrte auf das Handy in meiner Hand und auf die Visitenkarte auf der Theke.

»Ruf mich an, wenn du es dir anders überlegst«, hatte Scarlett fröhlich gesagt, als ich sie zur Haustür hinausschob.

»Fuck«, murmelte ich.

»Die Stufen müssen erneuert werden«, sagte Scarlett, während sie noch mehr auf ihrem Klemmbrett notierte und die Verandatreppe begutachtete. »Und das Fenster da am Ende ist total verrottet. Ich kann es ersetzen, damit das Haus für den Winter besser isoliert ist.«

Vierundzwanzig Stunden, nachdem ich sie hinausgeworfen hatte, war sie wieder im Haus, ging meine Liste mit Kram durch, der repariert werden musste, und fügte ein paar eigene Ideen hinzu.

Wortlos folgte ich ihr durchs Haus und fragte mich, ob sie so gut in ihrem Job war oder nur die Gelegenheit beim Schopfe packte, einen Trottel auszunehmen, der nicht von hier war.

»Und bitte schwör mir bei allem, was dir heilig ist, dass ich den Teppich mit dem Kohlrosenmuster oben herausreißen darf.«

Der war wirklich eine Beleidigung fürs Auge.

»Du verlegst auch Teppich?«

»Ich kenne da einen Typen. Aber ich kann den alten herausreißen und dir Geld sparen. Ich und dieser Teppich hassen uns schon, seit deine Granny hier eingezogen ist.«

»Setz ihn auf die Liste.« Das war einer der Vorzüge, wenn man Partner in einer Familienkanzlei war. Mein Gehalt wurde überwiesen, obwohl ich möglicherweise meinen Ruf zerstört hatte.

Sie nickte rasch.

Die Liste wurde länger und länger, und inzwischen hätte ich am liebsten zu allem Ja gesagt, nur um zu sehen, wozu dieses Mädchen in der Lage war.

Sie sah anders aus als alle Handwerker, die ich kannte. Das war zugegebenermaßen eine sexistische Beobachtung und entsprach mir eigentlich ganz und gar nicht. Trotz des Werkzeuggürtels und der Stirnlampe wirkte Scarlett eher wie eine Grundschullehrerin und nicht wie die schwer arbeitende Inhaberin eines Handwerksbetriebs. Dennoch war sie beunruhigend hinreißend.

Ich war an schöne Frauen gewöhnt. Mein Vater war US-Senator gewesen, und wir waren den Großteil unseres Lebens zwischen Annapolis und Washington D.C. gependelt, bevor er sein Amt niedergelegt hat und Berater geworden ist. Alle dort waren makellos, zumindest äußerlich. Scarlett hingegen rollte in einem Pick-up-Truck an, hatte Schmutz am Kinn und Sägespäne und Schlamm auf den Knien ihrer Jeans. Ihrer ausgezeichnet sitzenden Jeans.

Mit dieser sexy Jeans und dem eng anliegenden Henley-Shirt würde sie auf ein Poster passen, das bei einem Teenager an der Wand hing. Ich hatte Werkzeuggürtel nie als sexy empfunden, aber so wie er sich um Scarletts wiegende Hüften spannte, war ich bereit, meine Einstellung noch mal zu überdenken.

»Also schön«, sagte Scarlett, während sie den Zimmermannsbleistift zurück in den Gürtel steckte. »Ich rechne alles zusammen, damit du ein genaues Preisangebot bekommst, aber eine Schätzung kann ich sofort machen.«

Sie nannte einen Preis, von dem mir nicht schwindelig wurde. »Granny Louisa bekommt den Freunde-und-Familie-Rabatt«, erklärte sie und notierte sich etwas auf ihrem Notizblock.

Ich blickte ihr über die Schulter. Ihre Handschrift sah aus wie die eines Dreijährigen, der herausfinden will, ob er Rechts- oder Linkshänder ist.

»Du kannst es dir überlegen und mir dann Bescheid geben«, schlug sie vor, während sie eine Ecke des Papiers abriss und mir reichte.

»Machen wir's«, entschied ich. Ich wollte mindestens genauso gern sehen, wie sie das hinbekam, wie ich mich bei meiner Großmutter und Estelle dafür bedanken wollte, dass sie mich hier wohnen ließen.

»Also gut«, sagte Scarlett. »Ich kann morgen mit der Veranda anfangen und hier und da eines der kleineren Projekte dazwischenschieben. Ich habe diese Woche noch eine Dachreparatur und ein wenig Trockenbau, aber danach habe ich ein bisschen mehr Zeit.«

»Klingt gut«, erwiderte ich.

Falls meine Zustimmung sie überraschte, ließ sie es sich nicht anmerken. »Wunderbar. Hör mal, wenn ich schon da bin, würde ich gern das Dach überprüfen. Ich habe letztes Jahr ein paar Stellen geflickt und will sichergehen, dass sich keine weiteren Schindeln gelockert haben.«

Ich blickte nach oben. Das Dach war drei Stockwerke über dem Boden. Der erste Stock bestand aus einer Garage und einem ebenerdigen Keller.

»Okaaaaay.« Ich war nicht gerade erpicht von der Vorstellung, dass jemand so weit oben herumkletterte.

»Du brauchst nicht mit raufkommen«, sagte sie und tätschelte dabei meinen Arm, als wäre ich ein verängstigtes Kind. »Ich mach das schon.«

Rasch ging sie zu ihrem Pick-up und nahm die Ausziehleiter aus ihrer Halterung. Pfeifend hielt sie sie über ihren Kopf und ging damit ums Haus. Ich rannte ihr nach.

»Soll ich sie vielleicht tragen?«, bot ich an.

Sie warf mir einen amüsierten Blick zu. »Ich glaube, eine Aluleiter schaffe ich noch.«

Sie lehnte die Leiter an die Vorderseite des Hauses und fuhr sie komplett aus. Wenigstens waren es hier nur noch zwei Stockwerke, aber trotzdem. Sie stellte ihren Stiefel auf die erste Sprosse und ruckelte an der Leiter herum, bis sie ins Blumenbeet einsank.

Scarlett war schon halb die Leiter hochgeklettert, bevor ich danach griff, um sie ihr zu halten. »Bist du sicher, dass du das tun willst?«, rief ich ihr nach.

Sie war bereits oben, hielt sich nur mit einer Hand fest und lachte. »Keine Sorge, Dev. Ich erwarte nicht, dass du mit raufkommst.«

Es war nicht so, dass ich Höhenangst hatte. Das hat mir nie zuvor Probleme bereitet. Es war nur so, dass mir momentan *alles* Angst einjagte. Das Unbekannte, Himmel nochmal, das *Bekannte* auch. Weg von der Arbeit zu sein, weg von meinem Zuhause, weg von Annapolis. Das Einzige, was schlimmer war, als weg von alledem zu sein, war die Vorstellung, dorthin zurückzukehren. Ich scheute jedes Risiko bis hin zu dem Punkt, dass es sich wie eine monumentale Aufgabe anfühlte, das Haus zu verlassen. Ich war schon seit drei Tagen in Bootleg und hatte mich noch nicht weiter gewagt als über die Grundstücksgrenze zu Scarletts Party.

Als ich nach oben blinzelte, sah ich gerade noch, wie Scarlett das Bein über die Dachkante schwang und verschwand. Seit ich eines Morgens beim Frühstück mitbekommen hatte, wie die Frau, mit der ich seit drei Jahren verheiratet war, unseren Ehevertrag durchging, hatte sich dieses hohle Gefühl in meiner Magengrube eingenistet, das sich heute plötzlich nicht mehr ganz so leer anfühlte. Der Himmel schien blauer als sonst, die Sonne greller. Die letzten Narzissen flatterten in der Brise um meine Hosenbeine.

»Scheiß drauf«, murmelte ich. Ich konnte auf eine verdammte Leiter klettern und auf einem verdammten Dach sitzen. Ich hatte schließlich noch Eier. Die hatte Johanna bei der Scheidung nicht bekommen.

Ich kletterte. Klar, womöglich taten mir die Finger weh, weil ich die Sprossen so fest umklammerte. Und vielleicht zitterten meine Knie ein wenig. Doch als ich die Dachkante erklomm, als ich ganz vorsichtig auf die mit Schindeln bedeckte Fläche trat, atmete ich tief durch, und zum ersten Mal seit Monaten fühlte sich das nicht an, als würde ich dabei ersticken.

»Du hast es geschafft.« Scarlett grinste von der Spitze auf mich herunter, wo sie gerade den Schornstein untersuchte.

»Ja, hab ich.« Ich sah auf den See hinaus, von hier hatte man eine noch bessere Aussicht als vom Haus. Er dehnte sich weit aus, eine glitzernde Fläche, die den Blick einfing und festhielt. Die Bäume, an denen frisches Grün wuchs, zitterten im Wind. Der Wind fühlte sich hier oben stärker an. Ich fragte mich, ob er stark genug wäre, die Wolken wegzupusten, die sich über mir angesammelt hatten.

»Die Reparaturen haben gehalten, und ich sehe auch keine neuen Stellen, über die man sich Sorgen machen müsste«, verkündete Scarlett, während sie aufstand und auf mich zugehopst kam, als wären wir auf flachem Untergrund.

»Gut.«

»Nicht schlecht, oder?«, sagte sie und starrte auf das Wasser hinaus.

»Nicht schlecht«, wiederholte ich.

Sie nahm einen belebenden Atemzug, füllte ihre Lunge mit Frühlingssonnenschein. »Ich liebe diese Jahreszeit. Alles erwacht wieder zum Leben.«

Gott, wie ich hoffte, dass sie recht hatte.

Wir hörten es beide. Das Rattern von Metall, und als ich mich umdrehte, sah ich mit Entsetzen, wie sich die Leiter zur Seite neigte und verschwand.

»Ach, fuck«, fluchte Scarlett und rannte zur Dachkante.

Ich kroch ihr hinterher und schnappte sie hinten am Gürtel, während sie über die Kante spähte. »Herrgott, Scarlett, würdest du bitte *nicht* vom Dach meiner Großmutter stürzen?«

»Ich klettere auf Dächern herum, seit ich zwölf war«, sagte sie und verdrehte die Augen wegen meiner Besorgnis.

»Und von wie vielen bist du heruntergefallen?«, fragte ich.

»Sechs oder sieben.« Unbekümmert zuckte sie mit den Schultern.

Meinem eigenen Seelenfrieden zuliebe zog ich sie weg von der Dachkante. »Wir sitzen in der Falle. Wir stecken hier oben fest.« Ich spürte, wie Panik in mir aufstieg, und hasste es. Ich hasste mich selbst. Die Angst, die ihre hässlichen, unangenehmen Klauen nach mir ausgestreckt hatte, als ich herausfand, dass mein ganzes Leben nur Schall und Rauch war, griff wieder nach mir, schlug mir wie eine Faust gegen die Brust.

»Pflanz deinen Hintern hierhin«, sagte Scarlett streng. Sie schob mich nach unten. Ich grub die Fersen in die Schindeln und bemühte mich, nicht daran zu denken, wie tief es runterging von dort, wo wir waren. Sie sank vor mir auf die Knie und starrte mich an, bis sich unsere Blicke trafen. »Alles wird gut. Ich hab mein Handy in der Tasche. Okay?«

Sie wollte mich beruhigen. Ich hasste die Tatsache, dass das notwendig war.

Ich nickte. Sie drückte durch die Jeans hindurch mein Knie. Der Kontakt half.

»Macht dir die Höhe Sorgen?«, fragte sie. Ihr Akzent ließ ihre Worte weich klingen.

Ich schüttelte den Kopf und schloss die Augen. »Das Leben macht mir Sorgen.«

Sie umfasste mein Gesicht, und ich schlug die Lider auf. Ihre klaren grauen Augen – die fast silbrig waren – waren nur Zentimeter von mir entfernt. Ihre weichen rosa Lippen waren knapp außer Reichweite. »Dir, Devlin McCallister, wird es bald wieder gut gehen.«

Es klang wie ein Versprechen. Vielleicht war es auch eine Drohung. Das war mir egal. Ich klammerte mich an diese Worte wie an eine Rettungsleine in einem Unwetter.

»Ich nehme dich beim Wort.«

»Nun, sehen wir mal, wie sich diese Beziehung entwickelt, dann merken wir ja, ob du mich sonst noch bei irgendwas nehmen kannst.« Sie zwinkerte mich übertrieben an, und ich spürte, wie es um meine Lippen zuckte.

Scarlett verstrubbelte meine Haare, als wäre ich ein Kind. »Ich ruf meinen Bruder an. Der holt uns schneller hier runter als die Schwerkraft.«

Sie bewegte sich nicht von mir weg, sondern setzte sich so dicht neben mich, dass sich unsere Hüften berührten.

»Gibs, was machst du gerade?«

Ich konnte seine Antwort nicht hören, aber ich stellte mir vor, dass er etwas Bissiges sagte.

»Gut, dann hast du ja Zeit, um deiner Lieblingsschwester zu helfen. Ich bin auf Granny Louisas Dach ...«

Sie hielt inne und runzelte die Stirn. »Ich bin nicht heruntergefallen ... Nein. Ich brauche keinen Krankenwagen ... Herrgott, Gibs, jetzt mach dich mal locker. Die Leiter ist umgefallen. Dev und ich sitzen auf dem Dach fest, und ich krieg langsam Hunger.«

Sie hörte zu und verdrehte die Augen gen Himmel.

»Daaaanke«, säuselte sie und legte dann auf. »Er weiß, dass es sich um einen Notfall handelt, wenn Hunger im Spiel ist. In zehn Minuten ist er hier.«